[美] 马克·吐温 著

雍毅 译

Selected Short Stories of
Mark Twain
马克·吐温
短篇小说精选

天津出版传媒集团

天津人民出版社

Contents

卡县跳蛙

　　朋友从东部来信，托我打听他的朋友列奥尼达斯·威·斯迈利。于是我奉命拜访了爱唠叨的好心人西蒙·惠勒老头，并把打听的结果记录在此。

　　我心生疑窦：列奥尼达斯·威·斯迈利只是个传说，我朋友根本不认识此人。他只是凭空猜想，以为只要我向老惠勒打听斯迈利，就会让他想起臭名远扬的吉姆·斯迈利，而且还会唠唠叨叨说起一长串和我不相干的陈年旧事，直教我听得耳根发腻，活活烦死。假如朋友的意图果真如此，那他算是达到了目的。

　　我见到西蒙·惠勒，是在破烂不堪的安格尔矿区一个倾颓欲坠的旅馆里，当时他正惬意地坐在酒吧的炉火边打盹儿。我发现他是个秃头胖子，面容慈祥，和蔼朴实，讨人欢喜。他起身跟我打了声招呼。我告诉他说，我是受朋友之托，特来向他打听一位儿时的好伙伴，他名叫列奥尼达斯·威·斯迈利——就是那位列奥尼达斯·威·斯迈利神父，他是一位年轻的福音牧师，听说曾在安格尔矿区住过一段时日。我还补了一句：如果惠勒先生能告诉我列奥尼达斯·斯迈利神父的消息，我将不胜感激。

西蒙·惠勒把我逼入墙角，拿起一把椅子挡住我的去路，然后坐下来，一口气讲完下面那些单调乏味的往事。他始终不露一丝笑容，眉头一皱不皱，从头至尾用一个语调，如细水长流般，无一点儿变化，不露丝毫兴味。但他那滔滔不绝的叙述中，却流露出一股感人至深的热心和真诚。这分明向我表明，不管这个故事是否荒唐可笑，他必须将它当成一件大事来讲，而且他对故事的两个主角钦佩有加，认为他们是谋略斗智的奇才。我任凭他照着自己的思路不停地讲述，始终没插一句话。他是这么说的：

你是说列奥尼达斯·威先生吧，呃，就是列神父——怎么说呢，这里以前倒是有个名叫吉姆·斯迈利的人。那是一八四九年的冬天——要么是一八五〇年的春天——不知怎的，我记不太清了。反正不是一八四九年的冬天，就是一八五〇年的春天，肯定错不了。因为我记得很清楚，他刚来矿区那会儿，大水槽还没修好。他那个人吧，怎么说呢，简直就是天下第一号怪人，不管看见什么东西，都要跟人打赌。只要有人愿意赌，他就陪着赌。人家要是赌硬币的正面，他就赌反面；人家要是不肯，他就换个面儿，再跟人家赌。反正别人想怎么赌，他就跟着怎么赌——不管怎么赌，只要能赌，他就心满意足。说来也怪，他的运气一直都好，好得非同寻常，差不多每次都是他赢。他老是想找机会跟人赌，不管什么事，只要有人提起，他就要跟人家赌。随便你挑哪一边，他照赌不误，这我刚才就已说过。要是赌一场赛马，你就等着瞧吧，到头来他不是赢个大满贯，就是输个精光。看见狗打架，他要赌；看见猫咬仗，他也要赌；看见公鸡斗，他还要赌；看见墙头落着两只鸟，他也要跟你赌一把，看哪只先飞走。只要一有野外集会，他就赶去凑热闹，还拿沃尔克牧师打赌，说他的布道在这一带是最棒的。这还用他说，人家本来就是最棒的，而且人也不错。他要是看见有一只屎壳郎在地上爬，就要跟你赌一把，赌它往哪里爬，多长时间能爬到。你要是答应跟他赌，他就跟着屎壳郎一起爬，就算爬到墨西哥，他也无所谓。他就想看一看，那屎壳郎到底能爬到哪里去，一路要爬多长时间。这一带的许多小伙子都见过斯迈利，还能把他的事说给你听。嗬，他们说起他的事来，全都不走样——他什么都要赌——简直是个赌徒。有一回，沃尔克牧师的太太生了一场大病，一躺就是好多天，眼看没救了。可是，有一天早上，牧师来了，斯迈利站起身来，问他太太病情如何。牧师说她大有起色——多亏神的恩典——蒙神保佑，病快痊愈了。斯迈利呢，脑子想也不想，张嘴就说："这样吧，我来跟你赌两块五，赌她的病好不了。"

这个斯迈利吧，他还养了一匹母马——小伙子们都管它叫"一刻钟完事的驽马"。这不过是个戏称，它跑得当然比这快——他经常靠那匹马赢钱，虽说它跑得慢了点，而且不是发哮喘，就是生热毒，或者瘸病什么的。赛跑时别的马总是让它先跑二三百码，然后再超它。可是，临近比赛终点，它就抖起精神，拼命狂奔，撒欢尥蹶子，四条腿轻飘飘地到处乱蹬，还不时腾空跃起，偶尔踢到路边的栅栏，又是咳嗽，又是打喷嚏，又是吹鼻子，弄得灰尘飞扬，闹得天翻地覆——赶到终点裁判台时，那母马总是比别的马快出一头，刚好叫你能看清楚。

他还养了一条小斗狗，样子顽劣，一看便知道它不值一文，就会伺机偷吃东西。可你一旦往它身上押钱，那狗立马变了样。下巴往上一扬，活像汽船的前舱。牙齿往外一露，嘴巴就像燃烧的炉膛。别的狗会扑上去欺负它，还接二连三将它咬住抛到身后。可是安德鲁·杰克逊[1]——就是那条斗狗的名字——找不到满意的部位决不张嘴，因为它没想着咬别的部位——人家一直不停地往另一条狗的身上翻倍押钱，直到把钱全部押完。就在这时，安德鲁突然猛地一口，咬住那条狗的后腿骨——但它只咬不啃，你明白不，它把那条狗死死咬住不放，哪怕咬上一年也不松口，直咬得叫它服输为止。斯迈利总是仗着那条斗狗赢钱，直到后来有一天，它碰上一条缺后腿的狗——那狗的一条后腿被圆盘锯锯断了。那次吧，两条狗斗了好长一阵，等大家把赌钱全都押完，安德鲁这才扑上去，正准备朝它平时咬惯的部位下嘴，突然发觉上了当。那还用说，它肯定扑了个空。它好像吃了一惊，有点儿萎靡不振，再也不想斗下去，结果让另一条狗给咬得皮开肉绽。安德鲁瞅了瞅斯迈利，好像是说，它伤透了心，都怪他弄来一条没后腿的狗，让它无处下嘴，而它打架主要靠咬对方的后腿。后来，它一瘸一拐地走到一边，躺在地上，气绝身亡。那可真是一条好狗，那个安德鲁·杰克逊要是还活着，一定出了名，因为它本事大，又机灵——这我最了解。像它

---

1 意在嘲讽美国第七任总统安德鲁·杰克逊（1767–1845）。他是民主党创建者之一，因作风强硬而闻名，绰号"印第安人的杀手"。

那么能打的狗，在那种情况下要没本事打，实在讲不通，不就因为它不会说话呗。一想起它最后打架的那个场面，还有它的下场，我心里就难受。

这个斯迈利吧，他还养过能捉老鼠的小狗、小公鸡和公猫之类的小动物，搞得你不得安宁。不管你拿什么跟他赌，他都能赢你。有一天，他抓了一只青蛙回家，说是要好好训练它。于是一连三个月，他什么都不干，整天坐在后院，教那青蛙跳高。你还别说，他确实教得好。只要他在青蛙的屁股上轻轻一戳，它立马跳起来，在空中打个转，就像一只甜面圈——有时还会翻个筋斗，要是跳得好，也许还能翻两个，然后四爪朝地落下来，稳稳当当，就像猫一样。他还教那青蛙抓苍蝇，并不停地训练它，把它训练得只要看见一只苍蝇，就能一口吞进肚里。斯迈利说，青蛙都爱学习，而且一学就会——这话我信。

对了，我还见他曾把丹尼尔·韦伯斯特[1]——就是那只青蛙的名字——放在这间屋子的地板上，然后大喊一声："丹尼尔，苍蝇，抓苍蝇！"他话音刚落，青蛙便一跃而起，你还没来得及眨眼，它就扑哧一下，早把柜台上的一只苍蝇吞进肚里，然后像块泥巴似的，啪嗒一声落在地上，伸出后爪抓耳挠腮，那漫不经心的样子，仿佛它并没觉得自己比别的青蛙强到哪里去。虽说它本事很大，但你从没见过像它那么低调又利索的青蛙。只要是规规

1　意在嘲讽美国政治家丹尼尔·韦伯斯特（1782–1852）。他曾三次担任美国国务卿，政治观点多变灵活，曾被评选为"最伟大的五位参议员"之一。

矩矩的立定跳，它一定比你见过的任何一只青蛙都跳得高。要说立定跳高，那可真是它的拿手戏，你知道不。只要是赌这一项，斯迈利哪怕只剩一分钱，都要往它身上押。斯迈利有了这只青蛙，神气得不得了。这也可以理解。那些见过世面的家伙都说，他们从没见过比这更牛的青蛙。

对了，斯迈利还把那只青蛙养在一只小笼子里，经常提着它上闹市闲逛，设个赌局赢钱。有一天，一个外乡人来到矿区，这伙计正好碰上斯迈利提着青蛙笼子，就问他：

"你那笼子里装的是什么呀？"

斯迈利板着脸说："本来应该装只鹦鹉或者金丝雀，可偏偏都不是——就是一只青蛙。"

那伙计拿过笼子，转过来转过去，仔细瞅了瞅，还给他说："嗯——果然是只青蛙，那它有什么本领？"

"这个嘛，"斯迈利慢条斯理地说，"它有一个拿手的绝活，要我说，它比卡拉维拉县任何一只青蛙都跳得高。"

那伙计又拿过笼子，仔仔细细看了半天，然后还给斯迈利，慢吞吞地说："我没看出它比别的青蛙厉害到哪里去。"

"也许吧，"斯迈利说，"看来你不了解青蛙，也可能不懂装懂。你可能是个专家，也可能是个外行。不管你怎么想，反正我心里有数，我敢跟你赌四十块钱，赌它比卡拉维拉县任何一只青蛙都跳得高。"

那伙计想了想，显得有些为难，说："哎，我人生地不熟的，手里又没青蛙，要是有的话，我就跟你赌。"

斯迈利一听就来了劲儿："好说……好说……你先替我拿着笼子，我立马给你捉一只来。"于是那伙计接过笼子，拿出四十块钱和斯迈利的四十块放在一起，坐在地上等他回来。

　　那伙计坐在那儿寻思了半天，然后从笼子里拿出青蛙，掰开它的嘴，又掏出一只汤勺，给它灌了满满一肚子细铁砂——一直灌到它的下巴——然后把它放在地上。斯迈利去了沼泽地，在泥潭里扑腾了好一阵，终于捉来一只青蛙，交给那伙计，说："行了，你要是愿意赌，就把它跟丹尼尔并排放在一起，把它的前爪和丹尼尔的对齐，我喊口令，咱就开始。"说着，他喊道："一……二……三……开始！"他和那伙计同时指尖一戳各自的青蛙，那只刚捉的青蛙顿时生机勃发，一跃而起，而丹尼尔却喘着粗气，耸了耸肩——那样子就像个法国人，但不管用——它不能动了，扎了根似的，稳得就像一座教堂，一点儿也挪不动，简直就像轮船抛了锚。斯迈利大惊失色，十分恼火。他当然想不明白究竟是怎么回事。

　　那伙计拿着钱就走，要出门口时，还竖起大拇指，往肩后伸了伸，指着丹尼尔——就像这样——慢吞吞地来了一句："我没看出它比别的青蛙厉害到哪里去。"

　　斯迈利呢，站在那儿抓耳挠腮，低头把丹尼尔打量了好半天，自言自语道："我真搞不懂，这只青蛙这回怎么这么不争气——该不会是犯了什么毛病——怎么肚皮好像特别胀。"他揪住丹尼尔脖子上的皮，提起来掂了掂，又说："他奶奶的熊，要没五磅重才怪呢！"然后他把青蛙头朝下抖了抖，抖出两把细铁砂来。他这才恍然大悟，气得发疯——放下青蛙便去追那伙计，但已经追不上了。后来……

（西蒙·惠勒讲到这里，忽听前院有人喊他，便站起身来，要去看那人找他有何事。）他一边往门外走，一边回头对我说："你先待着别走，老乡，少安毋躁——我去去就来。"

饶了我吧！我心想，要是一会儿他又说起懒汉吉姆·斯迈利的臭屁事，我可能永远打听不到列奥尼达斯·威·斯迈利牧师的消息，于是我拔腿便走。

刚到门口，正赶上那位热心肠的惠勒又回来了，他挡住我的去路，又开始絮叨起来：

"对了，这个斯迈利吧，他还养了一头独眼母黄牛，尾巴断了，只剩下半截，就像一根香蕉，而且……"

"哎！该死的斯迈利，让他那头倒霉的母牛见鬼去吧！"我嘟囔了一句，客气地跟那位老先生道声再见，扬长而去。

发表于 1865 年

食人列车

前不久，我去了一趟圣路易斯。西行途中，我在印第安那州的特雷霍特换乘列车，行至一个小站，便有一位慈眉善目、年纪大约四十五至五十岁的绅士进了车厢，坐在我身旁。同他天南海北地畅谈了约有一个钟头，我便发现他见多识广，颇有风趣。听说我从华盛顿来，他立即向我打听起形形色色的公务员和国会事务。我很快知道，同我交谈的这位先生非常熟悉国会大厦内外的政治生活，就连国家立法机关参众议员的生活作风和办事习惯，他都了如指掌。没过多久，便有两位男子在离我俩不远的地方驻足片刻，其中一位对另一位说："哈里斯，我的老弟，你要是愿意替我办成这件事，我永远忘不了你。"

我这位新结识的旅伴一听，眼里顿时闪出喜色。我想，大概是那人的话勾起了他快乐的回忆。顷刻间，只见他的那张脸又陷入沉思，仿佛略带忧愁。他转过头来，对我说道："我来给你讲个故事，把我亲身经历的一件秘事告诉你。这件事自发生以后，我从没跟别人提起过。耐心听我说完，答应我，别打断我的话。"

我说不会，他便讲了下面那段奇遇。他讲的时候，时而活灵活现，时而忧伤缠绵，但始终满怀激情和真诚。

　　一八五三年十二月十九日那天，我从圣路易斯乘夜班火车去芝加哥。当时车厢里总共只有二十名乘客，全是男的，没有女人，也没孩子。大家兴致勃勃，很快混得很熟，非常开心，看来那将是一段愉快的旅程。我想，对将要经历的那场噩梦，大家谁也没有丝毫预感。

　　晚上十一点钟，下起大雪来。列车开出韦尔登小镇不久，便驶入寂寥的大平原。无垠的荒原，一直延伸到朱比利定居点，四周不见一座房舍，凄凉萧瑟。狂风肆虐，呼啸着掠过平坦的荒漠，没有树木，不见山丘，就连七零八落的石头也看不见，风力势不可挡。大雪随风飞扬，仿佛暴风雨在海面上击起的浪花一般。雪越积越厚，车速越来越慢。大家心照不宣，机车头在积雪中行驶起来越来越难，说实话，有时完全停止不前。狂风在铁轨上吹起一个个大雪堆，仿佛一座座大坟头。聊天的兴致开始锐减，欢声笑语再也听不见，大家个个愁眉不展。方圆五十英里没有一户人家，我们已被大雪围困，可能要永远待在这片荒凉的平原，忧虑萦绕在每个人心间，人人心情沮丧，情绪相互影响。

　　凌晨两点，周围一切活动全部停止。我从不安的睡梦中惊醒，一个可怕的事实顿时浮上心头——我们成了雪堆里的囚徒！忽听有人喊道："大家起来，动手自救！"大伙儿一听，纷纷跳出车厢，执行这道命令。漫漫冬夜，一片漆黑，大雪铺天盖地，暴风来势凶猛。人人心里明白，现在必须争分夺秒，不然将有灭顶之灾。于是铁铲、双手、木片——凡能用来清扫积雪的，全派上了用场。一伙人在和长堤般的积雪疯狂搏斗，雪堆的下半部隐没在漆黑的阴影里，上半部暴露在火车头反光灯刺眼的亮光下——那是何等怪异的场面。

短短一个小时足以证明，我们纯粹是白费力气。暴风雪积成了十几个雪堆，堵在铁轨上，而我们才铲掉一个。更糟糕的是，大家发现，机车头最后一次冲向雪堆时，驱动轮的纵向轴断裂了！即使铁路畅通无阻，我们也无法前进。大家筋疲力尽，垂头丧气地上了车厢，围着炉火，严肃地讨论眼前的处境。我们已没有任何食品——这是眼下最令人头疼的事。所幸煤水车厢里有储备的木头，大家还不至于冻僵，这是我们唯一的慰藉。讨论到最后，大家只能接受列车长那令人沮丧的结论：这样的鬼天气，徒步行走五十英里，等于死路一条；我们无法派人去求援，即使有救援，也不可能赶来；我们只能听天由命，耐心等候，要么得救，要么饿死！我想，听了这话，哪怕意志最坚强的人，也会胆战心惊。

就在这一小时之内，随着窗外忽高忽低的阵阵风声，车厢里的说话声已减弱下来，变成了三三两两的窃窃私语，话题不离列车。车灯暗淡下来，大多数被困的乘客在忽明忽暗的阴影中陷入沉思——尽可能忘掉眼前的处境，如有可能，睡上一觉。

长夜漫漫——我们感觉那个夜晚的确是漫长的——慢悠悠的时光终于熬到尽头。东方破晓，现出灰冷的晨曦。天色逐渐发亮，乘客们接二连三活跃起来，显露出生命的迹象。大家纷纷将垂在额头的帽檐推上头顶，伸了伸僵硬的四肢，望着窗外惨淡的景色，黯然凄凉！四周没有任何生灵，不见一个人影，唯有一片白茫茫的雪原。大风卷起片片雪花，如漩涡一般，遮蔽了头顶的苍天。

整个白天，我们都在车厢里无精打采地转悠，沉默寡言，忧虑绵绵。又是一个滞留不去的沉闷夜晚——饥饿难耐！

又一个黎明——又一个白天，我们仍在沉默、忧愁和饥饿中徒然等待，毫无指望地盼着不可能到来的救援。又一个不得安睡的夜晚，梦中享受饕餮盛宴，醒来备受饥饿的啮噬，肝肠寸断。

第四天来了又去——接着是第五天！一连被困五天，实在是可怕！每一双眼里都露出饥饿的凶光，隐藏着一个不可告人的可怕秘密———一种不祥之兆朦胧地萦绕在每个人心间——大家心照不宣，但咬紧舌根，谁也不敢说出口。

第六天过去了——第七天黎明时分，在死亡阴影的笼罩下，这一伙人已形同枯槁，憔悴不堪，心灰意懒。现在到了非说不可的时候！人人心中滋生的念头终于到了要从每张嘴里蹦出的时刻！人的本能经历了极端的考验，临近崩溃的边缘。这时，明尼苏达州的理查德·休·加斯顿站了起来，他身材高大，脸色像死灰一般。大家心里明白他要说什么。人人做好心理准备，但个个显得无动于衷，不露一丝兴奋的神色——刚才那一双双狂野的目光里，只流露出一种平静而沉思的严肃神情。

"先生们，再也不能拖延了！死期就要到了！我们必须决定，我们中间谁先去死，供大家分肉食之！"

伊利诺伊州的约翰·杰·威廉姆斯先生起身说道："先生们，我提田纳西州的詹姆斯·索亚牧师。"

印第安那州的威廉·里·亚当斯说："我提纽约州的丹尼尔·斯洛特先生。"

查尔斯·杰·兰登先生说："我提圣路易斯州的塞缪尔·亚·鲍德温先生。"

斯洛特先生说："先生们，我想谢绝对我的提名，来成全新泽西州的小约翰·亚·凡·诺斯特兰先生。"

加斯顿先生说："如果大家没有异议，这位先生的愿望将得到满足。"

凡·诺斯特兰先生表示反对，所以斯洛特先生的谢绝不予接受。索亚和鲍德温也表示谢绝，但以同样的理由遭到拒绝。

俄亥俄州的阿·勒·巴斯科姆先生说："我建议提名到此结束，改由议会投票选举。"

索亚先生说："先生们，我对这种做法表示强烈抗议，综观全局，这有悖常规，极不合理。我请求各位采纳我的建议，立即取消这种做法。我提议，选举一位会议主席，和几名协助他的合适干部，这样才能名正言顺地处理好眼前这件事。"

艾奥瓦州的贝尔先生说："先生们，我反对。这个时候不能拘泥于形式和礼仪。我们断粮已经七天有余，空谈只会浪费时间，徒增悲哀。我对之前的几位人选非常满意——我相信在座的各位先生也很满意——我个人实在不明白，我们为什么不该立刻选出一两个人来。我想提出一个解决方案……"

加斯顿先生说："你的方案将会遭到反对。照规矩办，那又得耽误一天，这样反而造成你不想看到的延误。新泽西州的那位先生……"

凡·诺斯特兰说："先生们，我与各位素不相识，并不看重你们赐予我的荣誉，让我感到棘手的是……"

亚拉巴马州的摩根先生插了话："我提议回到先前的投票选举问题。"

这个提议通过了，进一步的争论也就自然停止。选举干部的提议也通过了。根据这个提议，加斯顿先生当选为主席，布莱克先生当选为秘书，霍尔科姆、戴尔、鲍德温三位先生当选为提名委员会委员，瑞·莫·豪兰当选为司务长，协助委员会做出选择。接下来，休会半小时，召开小型干部会议。随后，小木槌一响，大会又开始进行。委员会提交报告，内容是提名肯塔基州的乔治·弗格森、路易斯安那州的吕西安·赫尔曼、科罗拉多州的威·迈锡克三位先生为候选人。该报告被大会通过。

密苏里州的罗杰斯先生说："主席先生，既然报告已提交议会，我提议对它进行修正，以圣路易斯州的卢修斯·哈里斯的令名，来替换赫尔曼先生的大名，因为人人都知道，哈里斯先生身体健康，德高望重。我不希望被人误解，以为我是在刻意贬低路易斯安那州那位先生的高贵人品和身份——我绝无此意。我同在场的各位先生一样，对他敬重有加。但是，我们谁也不能睁眼无视这样的事实：在我们被困于此地的一个礼拜里，他身上瘦掉的肉比我们中的任何一位都要多——我们谁也不能无视这样的事实：委员会一直在严重渎职，要么玩忽职守，要么知而故犯，竟让我们投票选举这位先生，不管他的动机多么纯正，他身上的确没有多少营养成分……"

主席说："密苏里州的这位先生请坐。本主席不允许对委员会的公正提出质疑，除非以正式形式按规定提出。针对这位先生的提议，议会将采取什么行动？"

弗吉尼亚州的哈利迪先生说："我提议进一步修改报告，由俄勒冈州的哈维·戴维斯先生取代迈锡克先生。也许各位先生会强烈反对，以为艰难贫困的边疆生活已将戴维斯先生磨炼得肉老皮厚。可是，先生们，这个时候还能挑剔老嫩吗？这个节骨眼上，难道还要斤斤计较，挑肥拣瘦？已经到了紧要关头，难道还要为区区小事争论不休？不，先生们，我们要的是块头大，油水多，分量足——大块头才是我们目前急需的必需品——我们要的不是能力，不是天才，不是教育。我坚持自己的提议。"

摩根先生情绪激动地说："主席先生，我坚决反对这个修正案。俄勒冈州的那位先生太老，况且他只是骨架子大，身上的肉并不多。我想请问那位弗吉尼亚州的先生，我们是要喝汤，还是要吃肉？他是不是想用泡影蒙蔽我们的眼睛？他是不是想拿俄勒冈州的幽灵，来嘲笑我们挨饿的饥肠？我想请问，他能否看看他周围那一张张焦虑不安的愁脸？能否瞧瞧我们这一双双痛苦不堪的饿眼？能否听听我们期盼的心跳？他怎么能把这个饿得瘦骨嶙峋的冒牌货硬塞给我们？我想请问，他可曾想到我们的悲惨处境？可曾想到我们过去的悲哀？可曾想到我们暗淡的未来？他怎能毫无恻隐之心，把这个残骸、这个腐尸、这个蹒跚跟跄的骗子，这个来自俄勒冈州荒凉海滩的粗糙、枯萎、干瘪的流浪汉硬塞给我们？没门儿！"[掌声响起]

经过一场激烈辩论，该修正案付诸表决，没有通过。候选人遂换成第一修正案提名的哈里斯先生，然后投票表决。五次投票都没通过。第六次投票的结果是，哈里斯先生入选，全体投了赞成票，唯独他自己投了反对票。于是有人提议，他是否入选应该以掌声表决，结果由于他再次为自己投了反对票，该提议又被否决。

拉德维先生提议，其他候选人应当由议会提名，然后选出一位充当早餐。该提议获得通过。

第一次投票中出现了平局：一半人赞成其中一位候选人，因为他年纪轻；另一半人赞成另一位候选人，因为他个头大。主席把决定性的一票投给了后者，即迈锡克先生。这一决定在落选者弗格森先生的朋友中激起强烈的不满情绪，有人要求重新投票表决。但在此期间，休会的提议获得通过，会议随即解散。

弗格森小集团议论了好半天，由于准备晚餐的事分散了他们的注意力，他们也就不再抱怨。后来，他们准备再次议论，却宣布了哈里斯先生准备献身的特大喜讯，于是他们的不满情绪顿时烟消云散。

我们支起车厢座位的靠背，临时拼成几张餐桌，心怀感激之情坐下来。摆在我们面前的赏赐，是在这难熬的七天里我们梦寐以求的最精美的晚餐。我们和短暂的几小时以前相比，简直是判若云泥！之前的大失所望、满眼悲伤、饥肠难耐、忧虑如焚、走投无路，已化为感恩怀德、心平气和与难以言说的喜悦。我知道，那是我坎坷人生路上最快乐的时刻。狂风咆哮，扬起片片雪花，在监牢般的车窗外疯狂飞舞，但已无力困扰我们。我喜欢哈里斯的肉。也许他的肉本来可以煮得更烂，但我可以毫无顾忌地说，谁的肉都不如哈里斯的肉合我胃口，他让我的食欲得到了极大的满足。迈锡克非常健康，只是肉味太冲，要论真正的营养和肉质的细嫩，我还是爱吃哈里斯。迈锡克自有他的长处——这我不想否认，也不愿否认——但他就像一具干尸，充当早餐不合适。先生，一点儿也不适合。他的肉太瘦吗？——妈呀，饶了我吧！——他的肉太老吗？嗯，实在是老得咬不动！你都想象不出他的肉有多老——你绝对想象不出。

"你是想要告诉我……"

"请不要打断我的话！吃过早饭后，我们选了一位来自底特律的名叫沃克的人当晚餐。他很不错，后来我还写信给他妻子提起这事。他那个人，怎么赞扬都不为过。我将永远怀念沃克。他被煮得半生不熟，但是味道不错。次日早上，我们又把亚拉巴马州的摩根当作早餐吃了。他是摆在我面前的最精美的一个——相貌堂堂、受过教育、温文尔雅，能流利地讲好几种语言——是个完美的绅士——十全十美的先生——油水多得出奇。晚饭我们吃的是俄勒冈的那个老族长，他是个坑人的东西，毫无疑问——又老又瘦，肉咬不动，没人能形容当时的情景。后来我说，先生们，你们随意享用，我要等下一位被选中的人。这时，伊利诺伊

州的格兰姆斯说："先生们，我也要等。等你们选出一个有东西拿得出手的人，我将乐意与各位再次享用。'

"没过多久，大家开始对俄勒冈州的戴维斯普遍表示不满，这成了一个不言而喻的事实。于是，为了维持我们吃过哈里斯后人皆怀有的一番好意，便进行了一次选举，结果佐治亚州的贝克当选。他真是好吃极了！哈哈——之后我们吃了杜利特尔，又吃了霍金斯，还吃了麦克尔罗伊（有人嫌弃他，因为他特别瘦小），还吃了彭罗德，还吃了两个姓史密斯的人，还吃了贝利（他装了一条木腿，这显然是个缺憾，其他方面倒还可以），还吃了一个印第安小子，还吃了一个街头卖艺的手风琴师，还吃了一个名叫巴克敏斯特的绅士——他其实是个穷光蛋流浪汉，一点儿也不合群，当早饭吃不怎么样。我们很高兴能在救援队赶来之前把他选中。"

"这么说来，大饱眼福的救援队最后果真来了！"

"来了，是在一个阳光灿烂的上午来的，当时选举刚刚结束，入选者是约翰·墨菲，他是最好的人选，我愿意作证。不过，约翰·墨菲后来和我们一起回家了，坐的是来救我们的火车，后来他又娶了哈里斯的遗孀……"

"谁的遗孀？"

"就是我们第一次选中的那个人的遗孀。墨菲娶了她，幸福美满，夫唱妇随，日子过得红红火火。啊，听起来像看小说，先生——就像传奇故事。我到站了，先生，我得跟你说再见了。你什么时候方便，可以和我住上一两天，跟你在一起，我会很开心的。我喜欢你，先生，我已经对你有了好感。我会像喜欢哈里斯那样喜欢你的，先生。再见，先生，祝你旅途快乐！"

他走了。有生以来我从没感到如此惊愕，如此痛苦不堪，如此困惑茫然。但我打心眼儿里高兴，他终于走了。虽然他举止温文尔雅，说话柔声细语，可是每当他把那饿狼似的眼光投在我的身上，我都感到毛骨悚然。听说我已赢得他居心险恶的垂青，和已故的哈里斯一样受到他的器重，我的一颗心几乎停止了跳动！

我的困惑难以言状。我相信他说的每一句话。他讲述的故事如此真切，我一点儿都不怀疑。而那些可怕的细节却让我难以接受，搅得我心神不宁，无法自拔。见列车长在盯着我看，我遂问道："那个人是谁？"

"他以前是个国会议员，而且是个不错的议员。不过，他乘坐的列车曾被大雪围困，差点儿做了饿死鬼。他遭遇了严寒，浑身冻僵，又没东西吃，饿得只剩一口气，后来生了一场大病，神经失常了两三个月。现在他已经好了，只是变成了偏执狂。只要旧话重提，他总是唠叨个没完没了，恨不得把他说的那一车厢人全部吃光。幸亏他在这里下车了，不然这会儿早把大伙儿烦死了。他把那些人的名字记得一清二楚。等把别人全部吃光，只剩他自己时，他总是说：'后来又到了例行选人当早餐的时候，而且又没人反对，我就赶紧选了自己。然后我又辞掉，因为已经再也没人反对了。所以我才能在这里。'"

知道自己听到的并不是一个嗜血成性的食人肉者的真实经

历，而不过是一个狂人并无恶意的奇谈怪论，我才体会到一种难以形容的快慰。

发表于 1868 年

卡匹托尔山维纳斯雕像传奇

第一章

【场景——罗马城中一雕塑室】

"哦，乔治，我好爱你！"

"多谢你的一片痴情，玛丽，我知道——可你父亲怎么那么顽固？"

"乔治，他是为我好，可他对艺术一窍不通——他只会开杂货店，生怕嫁给你我会挨饿。"

"他真是死脑筋——不过却给了我一点儿启发。谁叫我不是一个只会赚钱但没心肝的杂货店老板，就知道饿着肚子当什么天才的雕刻家？"

"别丧气，乔治，亲爱的——他对你的偏见早晚会消除，只要你能挣五万……"

"五万个鬼！姑娘，我连生活费都是借的！"

第二章

【场景——罗马城中一室】

"尊敬的先生,光说没用。我不是故意刁难你,可我不能把女儿嫁给一个只会恋爱却挨饿的穷画家——我看你也没别的什么本事。"

"先生,我是穷,这我承认。可名气难道一钱不值?就连阿肯色州的贝拉米·福德尔议员都说,我的新作《阿美利加》雕像是一件很有灵气的雕塑品,他很满意,说我总有一天会功成名就。"

"呸!那个阿肯色的蠢驴懂个啥?名气算个屁——你那座只能吓唬鸟的大理石雕像值不值钱,市场说了算。你用了六个月才雕出那玩意儿,连一百块钱都卖不到。没门,先生!你拿五万块来,才能娶我的女儿——不然她可就是小辛巴的媳妇啦。我给你六个月的期限,去筹这笔钱。好自为之吧,先生。"

"哎呀,我好惨啊!"

第三章

【场景——雕塑室】

"哦,约翰,我童年的朋友,我是最不幸的男人。"

"你是个大傻瓜!"

022

"我已经一无所爱，只剩下这尊可怜的《阿美利加》——你瞧，就连她也摆出一副冷若冰霜的面孔，对我毫不同情——那么美，又那么无情！"

"你是个笨蛋！"

"哦，约翰！"

"哼，净胡说！你不是说有六个月的期限可以筹钱吗？"

"约翰，别拿我的痛苦开玩笑。就算给我六百年，又有什么用？我一个可怜的穷光蛋，既没资本，又没朋友，上哪儿去弄那么多钱来？"

"白痴！懦夫！幼稚！弄这点钱，哪用得着六个月——五个月足够了！"

"你疯了吧？"

"六个月——时间绰绰有余——交给我吧，我来替你筹这笔钱。"

"你这话是什么意思，约翰？你究竟怎么去筹这么吓人的一笔钱？"

"你把这事交给我，别过问行不行？你就让我一手操办好不好？你能不能答应，无论我怎么办，你都没意见？你能不能保证，对我的行为没有怨言？"

"我都被你搞糊涂了——不知该说什么好——我答应。"

约翰拿起铁锤，不慌不忙地敲掉《阿美利加》的鼻子！他又敲了一锤，它的两根手指掉在地上——然后又是一锤，掉了半只耳朵——再一锤，敲碎了一排脚趾——又一锤，左侧小腿顿时断裂，掉在地上，变成一堆碎片！

约翰戴上帽子走了。

乔治哑口无言地望着眼前这尊被打碎的吓人的畸形怪物，足足过了三十秒钟，然后瘫倒在地，浑身抽搐。

约翰很快叫来一辆马车。他把伤心的艺术家和断腿的雕像抱到车上，嘴里从容地低声吹着口哨，驾着马车扬长而去。他先把艺术家留在自己的寓所，然后驾着马车带着雕像，消失在奎里纳尔宫[1]前的大道上。

第四章

【场景——雕塑室】

"六个月的限期，下午两点就要期满！啊，真是痛苦不堪！我的生命即将枯萎，真想一死了之。昨晚就没吃饭，早上又没饭吃。我不敢进饭馆。饿吗？——别提啦！鞋匠快把我逼上绝路——裁缝也在逼我——房东追着我要房租。自从可怕的那天过后，我再没见过约翰的面。我和玛丽每次在大街上相逢，她都对我温柔一笑。可是，她那铁石心肠的父亲却让她不敢多看我一眼，只能往别处顾盼。现在谁在敲门？又是谁来逼债？我敢肯定，准是那个狠心的坏蛋鞋匠。请进！"

1　建于罗马的奎里纳尔山上，从前是王宫，现为意大利总统府。

"啊，恭喜大人——您真是洪福齐天！我给大人送新靴子来啦——啊，别提钱的事，您慢慢来，千万别跟我提这事。希望大人今后赏脸，多光顾小店，我将不胜荣幸——啊，告退！"

"他亲自把靴子送上门来！竟然不要钱！临走前还打躬作揖，这可是跪拜国王陛下才行的大礼啊！居然希望我能继续光顾他的店！难道世界末日到了？这究竟是……请进！"

"打扰了，先生，我给您送来一套新衣服……"

"请进！！！"

"打扰了，阁下，真是一千个对不起！我在楼下给您准备了一个漂亮的套间——这么破烂的小屋实在不配……"

"请进！！！"

"我是特来向您禀告，您在我行的信用状况前段时间不幸出了故障，现在完全恢复正常，非常满意。如果您要办理什么业务，我们非常欢迎您的光临……"

"请进！！！"

"尊贵的年轻人，她是你的人了！她很快就来！接受她——娶她——爱她吧——祝你幸福！——上帝保佑你们！开心啊开心，真开心……"

"请进！！！"

"哦，乔治，我的心肝，我们得救啦！"

"哦，玛丽，我的宝贝，我们是得救了——可这是为什么，到底是怎么回事，我真是蒙在鼓里啊！"

第五章

【场景——罗马城—咖啡屋】

一伙美国绅士，其中有位手拿一份《罗马周刊》，边看边把下面的报道翻译给其他人听：

神奇的发现

大约六个月前，移居罗马多年的美国绅士约翰·史密斯先生在坎帕尼亚区以少量资金购置了一小块地。这块地就在西皮奥家族的陵园附近，原业主是伯吉斯公主的一位破产的亲戚。后来史密斯先生去了公众产权登记处，将这块地转让给一位名叫乔治·阿诺德的美国穷艺术家。据他说，这是因为他曾不慎损坏了阿诺德先生的财物，应照价赔偿，所以愿将这块土地转让给对方，以履行赔偿义务。他还说，他愿意出工费和材料费，替阿诺德先生修葺这块土地，作为额外补偿。四个礼拜前，在对这块土地进行必要的翻耕时，史密斯先生挖出一尊极其珍贵的古代雕像，这给罗马丰富的艺术宝藏又增添了新的珍品。这是一尊优美的女人体雕像，虽然年代久远，不幸沾满泥土，但她那迷人的丰姿，谁见了都会为之心动。这尊高贵雕像的鼻子和左侧小腿，还有一只耳朵和右脚脚趾，以及一只手的两根指头全部遗失，但其他部位保存完好。政府立刻对雕像实行军管，并指定几位艺术评论家、古董专家和亲王主教组成专门委员会，对其价值进行评估，并决定必须给予发现它的土地所有人应得的补偿。整个事件秘而不宣，昨晚才公开。此前委员会闭门坐谈，仔细商议。昨晚他们一致认定，这是一尊维纳斯女神雕像，出自公元前3世纪一位卓尔不凡的无名艺术家之手。他们认为，这是世上已知的最完美无瑕的一件艺术品。

委员会在半夜举行了最后一次商谈，认为这尊维纳斯雕像价值连城，能值一千万法郎！根据罗马律法和惯例，凡在坎帕尼亚区发现的艺术品，政府都拥有一半所有权，因此政府只能给阿诺德先生拨款五百万法郎，才能将这尊美丽的雕像收归国有。今天上午，维纳斯雕像将被运往卡匹托尔山收藏。委员会将在中午拜见阿诺德先生，并面呈教皇圣座下令国库拨付的五百万巨额金币法郎的手谕！

众人齐声高呼："走运！真叫走运！"

另一个声音说："先生们，我建议，我们立刻成立一个美国股份联合公司，在这里购置地皮，挖掘雕像，并和华尔街保持良好关系，操纵股票的涨跌。"

全体响应说："赞同。"

第六章

【场景——十年后的罗马卡匹托尔山上】

"最亲爱的玛丽,这尊誉满全球的雕像,就是你听说过无数次的那尊著名的《卡匹托尔山维纳斯》雕像。通过罗马最著名的艺术家的努力,它的微小残缺已被'修补'(就是说,已用石膏填补)——如此高贵的作品经过简单的添补,必将使添补者的大名永垂史册。这个地方似乎如此陌生!快乐的十年以前,最后站在这里的前一天,我还是个穷光蛋——可怜啊,身上没有一分钱。可是我费尽心血,终于使罗马成为世界古代艺术巅峰作品的主人。"

"《卡匹托尔山维纳斯》誉满全球,令人景仰——它的价值可真大!一千万法郎啊!"

"是啊,现在是值这个价。"

"哦,乔治,她真是个美女神啊!"

"是啊——可是在我们的恩人约翰·史密斯打碎她的腿和鼻子之前,它一钱不值。聪明的史密斯!——天才的史密斯!——高尚的史密斯!我们幸福的缔造者!听!呼哧呼哧的声音,知道是怎么回事吧?玛丽,小家伙得了百日咳。你呀,永远都学不会照顾孩子!"

末一章

　　那尊维纳斯雕像至今仍在罗马的卡匹托尔山上，堪称世界上最具魅力最负盛名的古代艺术品。不过，假如你有幸站在它面前，也像游人那样对它如痴如醉，可别让这个关于它神秘来历的真实故事破坏了你的兴致——假如你看到一篇报道，说在纽约州的塞拉库斯或附近别的地方挖出一尊巨大的"石化人"，千万不要声张——假如把它埋在那里的巴纳姆要高价卖给你，你可千万别买。叫他找教皇去！

发表于 1869 年

附注：

以上短剧发表于1869年美国"石化人"诈骗大案引起轰动期间。

鬼梦记

——寓教于斯

　　前天夜里，我做了一个诡异的梦，梦见我坐在城外的一个门阶上想着心事。好像是深夜十二点至次日凌晨一点的样子。天和气清，空阒无人，不闻足音。除了远处一条狗的沉闷吠声和更远处另一条狗的隐约应和声，再无任何声音衬托这死一般的寂静。

　　不久，我听见街那边响起骨节碰击的"啪嗒"声，我想，那里准是在举办舞会，大概有人敲着响板[1]，在给演奏小夜曲的人打着节拍。稍后，我又看见一具遮着盖头的高大骷髅，半裹着一条发霉的破尸布，嶙峋的条状骨骼上挂着丝丝缕缕的烂布条，肩上扛着一口虫蛀的旧棺材，手里拎着一包东西，迈着威严的步伐，从我身旁大摇大摆地走过，然后消失在星光下的朦胧幽暗中。我这才明白刚才的"啪嗒"声响是怎么回事。原来是骷髅的关节骨发出的响声，那响声是它走动时肘骨碰击两侧的肋骨发出的。可以说，我被吓了一大跳。

　　我还没缓过神来，细想那鬼怪的出没是何预兆，忽又听见另

―――――――――

1　一种碰奏乐器，多为硬木或象牙制成，套在拇指上碰击发声。

一个鬼怪走了过来——因为我听出了同样的"啪嗒"声。他肩上扛着大半个棺材，腋下夹着棺材头脚上的几块木板。我特别想偷看他盖头下的模样，再和他说上一两句话。他却转身从我旁边走过，眼窝空洞无物，咧开凸现的牙齿冲我笑了笑。我心想，我是无法留住他了。

他刚走开，我又听见一阵"啪嗒"声，然后那昏暗朦胧的光中又现出一个鬼影。这家伙弓腰扛着一块沉重的墓碑，用一根绳子拖着一口破旧棺材向我走来。他行至我面前，着实将我打量了一番，然后转身背对着我，央求道："帮我卸下这个东西好吗？"

我帮他卸下墓碑，放在地上，这才注意到碑上刻着一个人名"约翰·巴克斯特·考普曼赫斯特"，另刻有死者的去世年月"1839年5月"。那死鬼讨厌地坐在我身边，用上颌骨擦着前额骨——我估计，这大概是他生前的习惯使然，因为我没看见他擦掉一滴眼泪。

"真不像话，太不像话啦！"他说着，一面将尸布的碎片拉过来裹在身上，一面郁闷地将下颌骨倚靠在一只手骨上，又将左脚骨搭在右腿的膝盖骨上，然后拿起一颗从棺木里取出的锈钉，漫不经心地刮起脚踝骨来。

"什么太不像话啦，朋友？"

"唉，一切的一切。我真希望不要死去。"

"你让我吃了一惊。何出此言？出什么事了？怎么回事？"

"怎么回事？瞧这尸布，破烂不堪。瞧这墓碑，千疮百孔。再瞧这丢人现眼的破旧棺材。一个人的全部财物，在他眼前毁灭殆尽，还要问他出了什么事！简直就像是硫磺火湖[1]！"

"别激动，别激动。"我说，"真是太不像话，确实太不像话。不过，我没想到，像你这种处境，还在乎这些东西？"

"呃，亲爱的先生，我就是在乎。我的自尊受到伤害，我的安逸遭到破坏——可以说全给毁了。我把遭遇说给你听——你不反对的话，我就慢慢说来，叫你听个明白。"那可怜的骷髅一边说着，一边将尸布上的盖头往后一拉，仿佛要为行动扫清障碍。这就使他在无意中表现出一种得意快乐的样子，这与他墓中活死人的地位可谓天壤之别，也与他苦闷的情绪形成了强烈反差。

"说下去！"我说。

"我就住在从你这儿往上走一两个街区的那座寒碜的古墓地。我来到这条街上——喏，是从那边来的——就是想丢掉这根软骨！就是倒数第三根肋骨。朋友，要是你身上带着绳子，就拿它拴住那根软骨的末端，把它系在我的脊椎骨上。虽说用银丝系的话，要舒服得多，也更耐磨，而且更好看。可是，如果那地方经常摩擦，你想想看，那根肋骨就会渐渐磨损，一寸寸断裂。这都是因为子孙后代漠不关心啊！"那可怜的鬼怪将牙齿磨得嘎吱作响，叫我听得心里难受，浑身打颤。因为它的牙齿缺了一层包裹的皮肉，这就大大增强了响声的效果。"我住在那块古墓地，已有三十年了。我跟你说，自从我这衰老疲惫的躯体头一回在那儿躺下以来，一切都在发生变化。我翻过身，伸了个懒腰，准

1　《圣经》上所说的上帝从天庭降下的用以惩罚有罪之人的烈火。

备长眠于地下，心里觉得美滋滋的。因为从此可以一了百了，再也没有烦恼、悲伤、焦虑、怀疑和恐惧，直到永远。我惬意地听着教堂司事在埋我，心里越发感到满足。从他第一铲土撒向我棺盖发出吓人的"哗啦"声，到后来我的新居屋顶将要垒成时那微弱的拍土声，一切都是那么美妙！哎呀！我希望你今晚也去试试！"说着，那死人的手骨啪的一声，落在我的脸上，把我从梦幻中惊醒。

"是啊，先生，三十年前我就躺在那里，快乐逍遥。因为是在城外的乡间，那里微风和畅，野花遍地，古木参天，懒洋洋的微风吹得树叶沙沙作响，松鼠在我们坟顶和四周蹦蹦跳跳，爬虫也常去造访我们，鸟儿的欢唱响彻幽静的僻壤。啊，一个人要是能在那个年代死去，就算少活十年也值啊！当初一切都是那么美妙。我的左邻右舍都很友好，因为住在我附近的死人都是来自城里的上等人家。我们的子孙似乎也很孝顺，把我们的陵墓保护得极好。栅栏总是修葺得完美无缺，坟头的挡板经常刷着油漆或者涂料，一有锈斑或开始腐烂，就换几块新的木板。墓碑是直立的，护栏明亮，完好无损。玫瑰花和灌木丛都修剪得错落有致，齐齐整整。围墙也洁净光滑，上面还镶着石子。可是，那个时代已一去不复返了，子孙已将我们彻底遗忘。我孙子现在住的豪宅，是用我这双老手挣的钱盖起来的，而我却睡在没人理睬的墓穴，与入侵的爬虫为伴。它们竟然咬碎我的尸布，筑成自己的窝巢！我和一起躺在地下的故人，建设了这座美丽的城市，保障了它的繁荣。而我们宠爱的那些仪表堂堂的乳臭小儿，却把我们遗留在这荒芜的墓地，一任我们腐烂发霉，遭受邻人的咒骂和嘲笑。看这今昔的差别——比如说：我们的坟墓现在已全部凹陷，坟头的挡板已腐烂倒塌，护栏东倒西歪，一只脚还跷在空中，看着很不体面，也没个正经样。我们的墓碑萧条倾颓，墓石垂头丧气，再无任何饰物——没有玫瑰花，没有灌木丛，没有碎石铺成的道路，没有任何养眼的东西。就连曾经风光一时的木板栅栏，也因不上油漆而变得陈旧，摇摇欲坠，悬垂在路边，成为我们凄凉安息地的招牌，并因此惹来更多的嘲笑，而它本来是要维护我们的神圣，避免野兽入侵，防止冒失的脚步来亵渎陵园。如今，我们已不能在喜欢的树林隐藏自己的贫穷和破衣烂衫，因为这座城市已将它破坏性的手臂伸向四周，把我们网罗在内。我们快乐的老家只剩下一丛悲哀的林木，它们矗立在那里，对城市生活感到厌倦，将根伸入我们的棺材里面，望着烟雾弥漫的远方，希望那是它们生长的地方。我告诉你，这简直太不像话啦！

“你这才如梦方醒——才明白是怎么回事。我们的子孙花着我们的钱，在我们周边的城里过着奢靡的生活，而我们却要拼命自保，不让头颅和骸骨分离。可怜啊，我们的陵园没有一座坟墓不漏雨水———一座也没有。每逢夜里下雨，我们只能爬到树上栖息——有时，那冰凉的雨水会顺着颈项流淌下来，把我们突然冰醒。然后吧，我跟你说，那些古墓便一座座全都隆起，旧墓碑一块块全给踢翻，老骷髅们一个个全都蹦蹦跳跳，冲进树林！哎呀，要是你在雨夜十二点后去那里走走，就会看见我们十五六个骷髅挤在一根树枝上栖息，关节枯燥地啪嗒作响，寒风从肋骨间穿过，发出呼哧呼哧的响声！多少个夜晚，我们冷冷清清地栖息在树上，一待就是三四个钟头。然后爬下来，冻得僵硬，寒彻透骨，困倦疲惫，互相借用头骨，舀出墓穴的雨水——要是我现在往后仰头，你朝我的口腔看上一眼，就会发现我的颅内有一半是淤积的老干泥渣——害得我呀，有时头重脚轻，糊里糊涂！是啊，先生，要是你碰巧在天亮前去那边走走，就会看见我们从墓穴里往外舀水，还把尸布挂在栅栏上晾干。

"唉，一天早上，我的一条精美的尸布给人偷走了——我想准是那个名叫史密斯的家伙偷的，他就住在那边一堆粗鄙的坟里——我之所以这么认为，是因为我头一回看见他时，他只穿了一件格子衬衫。可是最近我在那块新墓地的联谊会上又看见他时，他却摇身一变，成了同类中穿得最考究的一具尸体——他一见我来，就走开了，这是明摆的事实。

"不久，这边墓地上一个老太婆的棺材也不见了——她无论走到哪里，总是带着那口棺材，因为要是她在夜空中过于暴露，就容易着凉，诱发痉挛性风湿病，当初就是这个病要了她的命。她姓霍奇基斯——全名是安娜·玛蒂尔德·霍奇基斯——你大概认识她吧？她长了两颗上门牙，高挑个头，但背驼得厉害，左侧的肋骨掉了一根，头骨的左边挂着一缕铁锈色的头发，右耳上方靠近前额处也挂着一小缕。她的下颌骨松了，用铁丝系在一边，左前臂的小骨也没了——是在一次打架时折断的——她走起路来，昂首阔步，双手叉腰，鼻孔朝天，俨然一只公鸡——因为她素来无拘无束，潇洒自如，结果骨骼磨损殆尽，如今形同一箱破

碎的女王陶器 [1] ——你大概见过她吧？"

"天理不容！"我不由得惊叫，因为不知怎的，我竟没料到他会问我这个问题，搞得我有点儿猝不及防。但我连忙向他解释，以弥补自己的粗鲁无礼："我的意思是说，我没那么荣幸，因为我不会故意对你的朋友无礼，对她说三道四。你刚才说，你的尸布给人偷走了——这真是太可惜了——不过，就凭你身上裹的这条来说，虽说它残缺不全，但能看得出来，你丢的那条好像当时挺值钱的。怎么就……"

一副极其可怕的表情，展现在我这位访客的脸上，开始在那腐烂的五官和枯萎的脸皮间扩散开来。我开始惊慌失措，忧虑不安，而他却告诉我说，他不过是摆出一副深沉狡黠的笑容，再使个眼色，其实是想向我暗示，就在他搞到现在这件尸衣的当天，邻近墓地的一个鬼魂刚好丢了相同的一件。我一听，这才安下心来。但我恳求他今后说话要有分寸，因为他的面部表情模棱两可。智者千虑，必有一失。尤其要避免皮笑肉不笑。在他看来是光彩夺目的成就，在我眼里可能暗淡无光。我跟他说，我就喜欢看骷髅兴高采烈的样子，甚至喜欢它高雅风趣，但我认为微笑并不是骷髅的拿手好戏。

"说得对，朋友。"可怜的骷髅说道，"我刚才跟你说的都是事实。这些古墓地里，有两处坟地——一处是我住的这边，另一处在前面更远的地方——都已被我们的子孙故意弃置不管，

---

1 英国的一种奶油色精致陶瓷。

结果再也无人占为墓穴。且不说葬在这种地方令人骨痛难受——
这在多雨的季节，可不是一件小事——目前这种状况会导致地产
的毁灭。我们要么必须搬迁，要么心安理得地看着自己的外观日
渐颓废，直到完全毁灭。虽然你难以置信，但这是真的。我认识
的所有死人中，没有哪一个的棺材是好好修补过的，这是不争的
事实。且不说那些躺在松木盒里的下层贫民，他们是被装上快递
马车运来的——我要说的，是你们这种高格调的不朽人物。你们
享用的是镶银的棺木，上面点缀着显耀的黑色羽饰，后面跟着
长长的送葬队伍，行至这片陵园，选一块风水宝地葬身——我要
说，像贾维斯、布莱德索、博尔林这类人家的祖宗，他们也将全
部化为乌有。他们本是我们这里最殷实的，可是现在，你瞧瞧他
们——已力殚财竭，穷困潦倒。博尔林家族中一个死鬼竟拿自己
的墓碑，跟最近刚死的一个酒肆老板换了一些新鲜的刨花，枕在
自己的头下。我跟你说，这事令人回味无穷，因为没有哪具尸体
能拥有像他那座可引以为豪的墓碑。他喜欢念自己的碑文，后来
又开始相信碑上刻的是真事。你会看见他夜夜骑在墙头，欣赏自
己的碑文。墓志铭本来一文不值，却能让一个可怜的家伙在死后
流芳百世，尤其是那种生前倒霉透顶的人。但愿墓志铭的用途能
更多一些。我现在虽不怨天尤人，但说句心里话，我真觉得自己
的子孙有点吝啬，他们只给我立了一块陈旧的厚墓碑——这且不
说，上面没有一句赞美之词。那墓碑上也曾刻着：

"我初见这几个字，感到挺自豪，但后来才注意到：只要有哪个老友来到这边，总要把下巴挂上围栏，拉长脸，从上往下把那墓碑看上一遍，直到发现那几个字，然后窃笑不已，扬长而去，显得幸灾乐祸，洋洋自得。于是我便刮掉了那几个字，免得给那些傻瓜嘲笑。可是，每个死人总是对自己的墓碑感到特别自豪。那边光是贾维斯家族的坟墓就有六七座，每座都有家人给立的墓碑。就在刚才，史密瑟斯还带了几个鬼魂从这里经过，那几个野鬼是他雇来专门替他抬墓碑的。

"喂，希金斯，再见，老朋友！那是梅雷迪思·希金斯，是一八四四年死的，他在这块墓地和我们是一伙的——他出自古老世家，曾祖母是印第安人——他和我关系最密切——他刚才没答应，是因为没听见我叫他。我感到很抱歉，因为我本想把他介绍给你。你准会喜欢他的。他是你所见过的关节脱位最厉害、脊椎最凸出、全身骨骼畸形的老骷髅，却十分有趣。他笑的时候，听来像是两块石头互相磋磨发出的响声，而且笑之前总要兴奋地尖叫一声，就像拿一根钉子刮窗玻璃那样刺耳。

"嗨，琼斯！那是老哥伦布·琼斯——光一件尸衣就值四百美元——他的全部家当，包括墓碑在内，总共花了两千七百美元。那是一八二六年春天的事。在那个年代，他的派头大得很。死人们大老远地从阿勒根尼山赶来，就为一睹他的陪葬物——住在我隔壁陵墓的那个伙计，至今仍清楚记得当时的情景。你看见那个腋下夹着一块挡板、丢了一根小腿骨、啥也没穿的家伙没？
他是巴斯托·达尔豪西，仅次于哥伦布·琼斯，是我们这块墓地
上配置最豪华的人。我们就要全部离开这里了，再也无法忍受子
孙后代的冷遇。他们开发新墓地，却让我们在此受辱。他们就知
道修路，却从不给我们修坟修棺木。瞧瞧我这口破棺材——跟你
说吧，这在当年摆在城里随便哪个客厅，都是一件引人注目的
家具。你要的话，就拿走吧，反正我也修不起。要是给它装个新
底，再加几块盖板，再给左边添些衬里，你就会发现，它跟你用
过的同一类储藏室一样舒服。不用谢——不，别客气——你对我
彬彬有礼，我要把全部财产都给你，不然的话，就显得我不够意
思。瞧这块尸布，质地还挺好的，你要是喜欢的话……不要？那
随你的便，但我希望做人就应该慷慨大方——我这个人一点儿也
不小气。

　　"再见，朋友，我得走了。也许今晚我会有一条好路可
走——但还不清楚。我只知道一件事是确定的。那就是，我现在
已走上移民路线，再也不想睡在这破烂不堪的古墓地。我要一直
往前走，直到发现体面的住处，哪怕走到新泽西。男的全都要
走。移民的事，是在昨晚召开的秘密会议上决定的。等太阳升起
时，我们的老营地将不会留下一根骨头。那种墓地也许适合我那
些活着的朋友，但不适合像我这样能荣幸发表这番意见的残骸。
我的意见就是大家的意见。你若不信，去看看那些将要远行的鬼
魂，就知道他们临行前把那里搞得有多乱。他们暴动骚乱，以表
达自己的厌恶。喏，这是布莱德索家的几个鬼魂。要是你能帮我

一把，让我扛起这块墓碑，我倒是很想加入他们的行列，跟他们一起慢慢赶路。布莱德索是个古老家族，曾经特别风光体面，出殡时总是用六匹马拉的灵车，五十年前我白天在街上行走时，见到的就是这般光景。再见，朋友。"

他就这样扛着自己的墓碑，加入那可怕的鬼魂行列，身后拖着那口破旧的棺材。他虽一再诚心劝我把它收下，我却断然拒绝了他的好意。那些无地安身的凄惨骸骨，背负着他们可怜的财物，啪嗒啪嗒从我面前走过，我一直坐视静观，给予同情，估计足有两个钟头。其中有一两个最年轻的，还没怎么散架，在打听沿线夜班列车的情况。但余者看来并不了解这种旅行方式，他们只是打听通往各城镇的普通公路（其中有些城镇在如今的地图上已经找不到了，它们早在三十年前就从地图上，乃至地球上消失了。还有个别城镇虽然标在地图上，但其实一直根本就不存在，而且幽静的城镇都掌握在房地产机构的手中）。他们还打听那些城镇里墓地的情况，当地居民的名声如何，以及对死者是否敬畏。

整个事件使我兴趣盎然，亦使我对那些无处安身的孤魂野鬼不由产生怜悯之情。一切都是那样逼真，我竟然不知道这是一场梦。因此，我脑子突发奇想，欲将这诡异而又悲壮的幽灵大流亡写成故事出版。于是我把自己的想法说给一个裹着尸布的流浪鬼听。我告诉他说，看来我要将一个沉重的话题轻慢待之，这对死者极为不敬，可能会使他们那些阳间的朋友大为震惊，深感痛心。但若不这样，我就无法真实描述事件的始末。而这位冷淡而又庄严的已故公民的遗骸，却倚靠在我旁边的院门，对着我的耳朵悄声说道："别为这事伤脑筋。既然这个社会能够容忍我们即将迁出的这片荒凉墓地的现状，也就能够容忍你随便怎么议论躺在这里被人弃之不管的死人。"

就在这时，鸡叫了！那支诡异的队伍突然消失，没留下一片碎布、一根骨头。我也从梦中醒来，发现自己躺在床上，脑袋却伸出床外，而且"下垂"得很厉害——这个睡姿大概便于做富有寓意的梦，却做不出富有诗意的梦。

附记：读者尽管放心，如果你所在的城镇的墓地至今仍完好无损，那么我说的这个"梦"绝不是针对你那个城镇，而是刻意针对与之相邻的城镇。

发表于 1870 年

牛肉销售协议风波

此事与我关系甚微，但我毕竟涉入其中，况且它曾一度引起民众关注，激起莫大民愤，就连两大洲的报刊也歪曲事实，大放厥词。因此，我希望能简明扼要地向全国人民做个交代。

我在此申明，以下简述所列诸事均可从联邦政府的官方记录中得到充分证明。此不幸事件的起因是：

大约在一八六一年十月十日，新泽西州希芒县鹿特丹镇已故的约翰·威尔逊·麦肯齐曾与联邦政府签订了一份协议，向谢尔曼将军[1]供应总数为三十件的桶装牛肉。

那是一桩非常不错的买卖。

话说，麦肯齐携牛肉去找谢尔曼，等他赶到华盛顿时，谢尔曼已去了马纳萨斯。于是他便携牛肉追至彼处，但为时已晚。后

1　指威廉·特库赛·谢尔曼（1820-1891），美国南北战争中的联邦军将领，曾经历马纳萨斯战役惨败，后攻克纳什维尔、查塔努加和亚特兰大等城市，因"向海洋进军"政策而闻名于世，曾策划屠杀印第安人的军事行动，是美国内战史上一个颇有争议的人物。

来他又追至纳什维尔，再从纳什维尔追至查塔努加，复从查塔努加追至亚特兰大——但始终没追上谢尔曼。于是，他在亚特兰大稍作休停，然后沿谢尔曼的征途直抵海边。可是，这回他又晚到了几天。听说谢尔曼准备乘"贵格城号"去游览"圣地"[1]，他便乘船前往贝鲁特，打算截住"贵格城号"。可是，等他将牛肉运至耶路撒冷时，才获悉谢尔曼并没乘"贵格城号"出海，而是去了大平原[2]攻打印第安人。于是他又返回美利坚，动身前往洛基山。在大平原上经历六十八天的辛苦跋涉，就在离谢尔曼总部四英里处，他却被印第安人用战斧劈死，剥下头皮，牛肉亦被洗劫一空，只丢下一桶，后被谢尔曼部队截获。因此，那位勇敢的航海家虽已身亡，却履行了自己的部分协议。在一份以日记体写的遗嘱中，他将协议传给儿子巴尔泽洛缪·威尔逊。巴尔泽洛缪列了一份账单，却不幸去世。账单如下：

合众国

应偿付已故新泽西州约翰·威尔逊·麦肯齐医生
向谢尔曼将军供应三十件桶装牛肉之费用
单价100美元，计3,000美元
旅费及运费14,000美元

1　指巴勒斯坦。
2　位于北美洲中部。

总计17,000美元

收讫人：

　　巴尔泽洛缪虽已死亡，但生前曾将协议留给威廉姆·杰·马丁。马丁曾欲收取货款，但事没办完便撒手人寰。去世前曾将协议留给巴克·杰·艾伦。艾伦也曾欲收取货款，却死于非命，但临终前曾将协议留给安森·吉·罗杰斯。罗杰斯也极力收取那笔货款，经过层层审核，终于快到九级审计官的公署。但就在那时，对人一视同仁的死神未经召唤突然降临，将他性命拿去。罗杰斯生前曾将账单留给康涅狄格州的一位亲戚，名唤"复仇者"霍普金斯。霍普金斯拿到单据后，虽仅活了四个礼拜零两天，但因他差点儿见到十级审计官，从而创下最高纪录。霍普金斯在遗嘱中将单据赠予他的一位舅父，人唤"及时行乐"约翰逊。约翰逊尚未及时行乐，便已命丧黄泉。临终前有言："别为我哭泣，我要去了。"真是一语成谶，可怜的灵魂！打那以后，那份协议共有七人继承，但个个死于非命。及至后来，协议终于落入我手中，是我的一位亲戚传给我的，他姓哈伯德，名伯利恒，是印第安那州人。他生前一直对我怀恨在心，弥留之际却不计前嫌，将我唤去，含泪将那份牛肉销售协议交与我手中。

　　以上是我继承那笔遗产前的一段历史。现在我就把自己涉足此事的细节逐一向全国人民交代清楚。我拿着那份牛肉买卖协议和旅费及运费发票去见合众国的总统。

总统道："说吧，先生，我有什么能为你效劳？"

我答道："陛下，大约在一八六一年十月十日，已故新泽西州希芒县鹿特丹镇的约翰·威尔逊·麦肯齐与联邦政府签订了一份协议，向谢尔曼将军供应总数为三十件的桶装牛肉……"

我话音未落便被他打断。他叫我走人——态度和蔼而又坚定。次日，我去拜见国务卿。

他问我："先生，有何贵干？"

我答道："大人，大约在一八六一年十月十日，已故新泽西州希芒县鹿特丹镇的约翰·威尔逊·麦肯齐与联邦政府签订了一份协议，向谢尔曼将军供应总数为三十件的桶装牛肉……"

"好啦先生，休要多言，本部门与牛肉供应合同毫不相干。"

他躬身送我出门。我将此事寻思了一遍。次日，我又去拜见海军部长。他说："有话快说，先生，别叫我久等。"

我说："大人，大约在一八六一年十月十日，已故新泽西州希芒县鹿特丹镇的约翰·威尔逊·麦肯齐与联邦政府签订了一份协议，向谢尔曼将军供应总数为三十件的桶装牛肉……"

可是，我的话只说了一半。他也不管涉及谢尔曼将军的那份牛肉供应协议的事。我心里开始犯嘀咕：这个政府有些古怪，好像存心想赖掉那笔牛肉账。次日，我又去见内政部长。

我告诉他说："大人，大约在一八六一年十月十日……"

"够啦，先生，我对你早有耳闻。走吧，拿着你的破牛肉合同离开这里。我们内政部不管陆军的给养问题。"

我只好离去，但却憋了一肚子火。我心想，我就要缠着他们，我要大闹这个霸道政府的每个部门，不解决合同的事决不罢休。收不回货款，我情愿一死，就像我的前辈那样，以死抗争。于是我质问邮政部长，围困农业部，拦截众议院议长。可是他们全都不管与陆军有关的牛肉供应协议事宜。后来我又去找专利局局长。

我跟他说："尊敬的大人，大约在……"

"真要命！你到这里来，就是为了那份蛊惑人心的牛肉供应协议？亲爱的先生，那份事关陆军的牛肉供应协议与我局毫不相干。"

"哼，你说得倒好——可是，总得有人付那笔牛肉账吧。现在你必须给钱，不然我就没收这个破专利局，把里面的东西全部搬走。"

"可是，亲爱的先生……"

"先生，说也没用。我认为你们专利局对那批牛肉负有不可推卸的责任。我不管是不是你们的责任，货款必须要付。"

闲话休提。结果是一场武斗，专利局胜出。不过，我也有意外收获。他们告诉我说，我应该去找财政部。于是我便去了财政部。我足足等了两个半钟头，他们方允许我见第一财政大臣。

我对他说："最高贵、最庄严、最尊敬的先生，大约在一八六一年十月十日，约翰·威尔逊·麦肯……"

"够啦，先生！你的事我早有耳闻。去找一级财政审计官吧。"

我去找了一级审计官。他叫我去找二级审计官。二级审计官又叫我去找三级审计官。三级审计官又叫我去找咸牛肉司的一级督察。这位督察倒像办事的样子。他查看了账本和活页文件，但没找到合同底本。尽管如此，我却深受鼓舞。那个星期内，我一直找到该司的六级督察。第二个礼拜，我又找了理赔司。第三个礼拜，我又去误勘司查询，后在测算司找了个落脚处，又等了三天。现在我只剩一个地方没去问。于是我便去纠缠勤杂司司长——确切地说，我去找了他的办事员，因为他本人没来上班。那里有十六位俊俏姑娘在室内记账，另有七位英俊文员在一旁指导。这帮青年男女眉来眼去，喜气洋洋，好像听见婚礼的钟声敲响。这时，只见两三个业务员从报纸上抬起头来，盯着我打量了半天，又继续看报，谁也不说话。不过，自从跨进咸牛肉司一号公署的一瞬间，直到我离开误勘司的最后一个公署的那一刻，我已经积累了丰富的经验，习惯于这帮四等初级助理业务员的灵活性。此时我已技艺娴熟，自打踏进公署的那一刻，直到一位办事员跟我说话为止，我都可以一直保持金鸡独立，即使改变姿势，也不会超过两三次。

于是我就立在那里，直到换了四个不同的姿势，才对一位正在看报的办事员说："赫赫有名的浪人，格兰特哪去啦？"

"先生，你这话是什么意思？你指的是哪一位？你说的是司长吧，他出去了。"

"今天他又去寻花问柳了吧？"

那年轻人瞪了我一眼，又继续看他手里的报纸。这帮业务员的办事作风，我算是领教过了。我知道，纽约方面再次来函之前，他要是能读完报纸，我的事就会有着落。他还有两张报纸没读。

过了一会儿，他总算读完，先打个哈欠，才问我有什么事要办。

"大名鼎鼎而又令人景仰的笨蛋，大约在……"

"你就是那位要办牛肉协议那件事的人吧。把单据给我。"

他接过单据，然后在一堆零七八碎的材料中翻来翻去，最后终于找到那份失落多年的牛肉协议记录——我还以为他发现了西北航道 [1]；以为他发现了我的许多祖先尚未靠岸便已被撞成肉泥的礁石。我很感动，也很高兴——我的事终于有了眉目。我激动地说："把它交给我，这下政府该给办了。"他挥手叫我退后，说我还得先办一些手续。

"那个约翰·威尔逊·麦肯齐如今人在何处？"他问道。

"死了。"

"何时死的？"

"不是自然死亡——是让人给砍死的。"

"怎么砍死的？"

"战斧砍死的。"

"是谁砍的？"

"这还用问，当然是印第安人。难道是主日学校 [2] 的校长不成？"

1　指由格陵兰岛经加拿大北部北极群岛到阿拉斯加北岸的航道，这是大西洋和太平洋之间最短的航道。

2　也称星期日学校，是英美诸国在星期日为贫民开办的初等教育机构，兴起于 18 世纪末，盛行于 19 世纪上半期，主要教授《圣经》、拼音、识字。

"当然不是。凶手就一个印第安人么？"

"正是。"

"那印第安人姓什么？"

"姓什么？我不知道。"

"必须要有姓名。是谁看见他拿战斧砍人的？"

"我不知道。"

"当时你不在场吗？"

"你明知故问。我不在场。"

"那你怎么知道麦肯齐是让人砍死的？"

"因为他肯定当场毙命。我有充足的理由相信，他当时就已经死了。真的，我知道他早就不在人世了。"

"我们必须要有证据。你找到那印第安人了没？"

"当然没有。"

"那你必须得找到他。你找到那把战斧了没？"

"我从没想过要找那玩意儿。"

"你必须要找到那把战斧。你得交出那个印第安人和那把战斧。只要两者能证明麦肯齐的死因，你才可以拿着索赔单据，去找指定的委员会审核。若以这样的速度办理，你的子女或许可以活到拿上这笔钱去享受生活的那一天。不过，你必须要有那人的死亡证明。但我不妨告诉你，虽说麦肯齐死得可怜，但他支出的运费和旅费，政府是不予报销的。假如你能让国会通过一项救济法，为此拨出一笔专款，政府或许会支付谢尔曼部下截获的那桶牛肉的货款；但印第安人吃掉的那二十九桶牛肉，政府是不会赔付的。"

"这么说来，我只能拿到一百美元，就连这点钱也是个未知数！麦肯齐毕竟携着牛肉跑遍了欧亚美；他毕竟历尽千辛万苦，辗转千里运送牛肉；还有，继承他遗志的那些无辜的追账人一个个全都死光了，难道这件事就这么不了了之啦！年轻人，咸牛肉司的一级督察为何不将此事提前告知与我？"

"因为他并不知道你提出的要求是否属实。"

"二级督察为何不提前告知？三级督察为何不提前告知？各司各部为何不提前告知？"

"他们全都不知晓。我们这里按程序办事。你已走完各种程序，了解到你想要知道的事。这是最好的办法，也是唯一的办法，非常正规，虽然很慢，但万无一失。"

"是的，万无一失，必死无疑。我们宗族的人大多都已经死光了。我觉得自己也快要被主召唤去了。年轻人，从你那温柔的流盼中，我看得出来，你爱上那边那个耳后插着几支钢笔 [1]、长着一双脉脉含情的蓝眼的佳丽——但你是个穷光蛋。来，伸出手来——拿着，这是那份牛肉协议。去，搞定她，快活去吧！我的孩子，上帝保佑你俩！"

关于大宗牛肉销售协议一事，我所知道的就是这些。此事曾造成很大社会舆论。从我手里接去那份协议的办事员也一命归天。后来协议落入谁的手中，我一概不知。我只知道，假如一个

1　戏指发卡。

人能长命百岁，他若想调查一件事，不妨去找华盛顿的推诿公署，在那儿耗上几天，历经几番周折和拖延，才能查出本该在头一天就能查出的事——但前提条件是，推诿公署也能像大型私营商业组织一样，将办事流程安排得方便灵活，有条不紊。

发表于 1870 年

中世纪传奇

一、身世揭秘

深夜，高大的克鲁根斯坦封建古城堡内一片死寂。公元一二二二年临近岁末。城堡中塔楼林立，一座高耸突兀的塔楼里亮着一点微弱的灯光。一场秘密会谈正在这里举行。威风凛凛的克鲁根斯坦老男爵坐在一把豪华椅上，陷入沉思。过了一会儿，他以温和的腔调说道："我的女儿！"

一位全身穿着骑士盔甲、具有贵族风度的青年应声答道："说吧，父亲！"

"我的女儿，你从小到大一直困惑不解，现在是揭开这个秘密的时候了。且让我把事情的原委说给你听。我的兄长乌尔里赫是勃兰登堡大公。我们的父亲在临终前曾留下遗旨，假如将来乌尔里赫府没生儿子，我的府上生下儿子，那么继承权就传给我的儿子。他还说，假如两府都没生儿子，生的是女儿，继承权就传给乌尔里赫的女儿，但她需证明自己身洁如玉。倘若她做不到，而我的女儿又能保持无可指责的令名，她就该继承爵位。于是我和你母亲便在这里虔诚祷告，祈求上帝赐给我们一个儿子。但祈祷却成枉然，我们生了你。我陷入绝望，眼看着权利的赏赐将从掌中溜走——美妙的梦想即将灭亡！但我一直满怀希望！乌尔里赫成婚已有五年，但他的夫人一直没给他生下一男半女。

"'等待时机！'我心想，'天无绝人之路。'我的脑中闪出一个补救计划。你是夜里出生的。只有医生、护士和六个侍女，知道你是个女婴。但不出一个钟头，我便将他们统统吊死。次日清晨，我对外宣布说，克鲁根斯坦城堡内诞生了一名男婴，于是整个男爵领地欣喜若狂——因为那个男婴将成为强大的勃兰登堡的继承人！我们一直严守这个秘密，你母亲的姐姐将你抱去喂养，从那以后，我们再无任何顾虑。

"你十岁那年，乌尔里赫府也生下一个女婴。我和你母亲虽愁眉不展，但仍希望能从医生口中听到好消息，盼着那女婴得上麻疹，或者别的什么先天性疾病，但我们一直大失所望。那女婴活了下来，而且长得很健康——天咒她死！但她不死也无所谓。我们安然无恙。因为，哈哈，我们不是有个儿子吗？他不就是将来的公爵吗？讨人喜欢的康拉德，不是这样吗？我的孩子，对于一个像你这样二十八岁的女人，除了这个名字，别的名字都配不上你！

"目前的情况是，我的兄长已垂垂老矣，日渐憔悴。操劳国事，令他苦不堪言。所以他想要你去他那里，代他行使公爵权力，虽然你尚未获得那个实名。你的扈从已准备完毕——你今夜即刻启程。"

"现在，你要听好，记住我说的每一句话。有一条和德意志同样古老的律法，那就是：任何一个女人，在被授予爵位前，如果当众坐上大公的御座，即使稍坐片刻，她也将被处死。所以你要谨记我的话：你要假装谦让。你可在置于御座脚下的首相席上发表意见。在被授予爵位，确保安全之前，你都要这么做。你的性别不可能被人发觉，但活在奸诈的俗世，你还得运用自己的智慧，尽量确保一切太平无事。"

"啊，我的父亲！我的身世一直瞒着别人，就是为了这个缘故？难道你要我骗取无辜堂妹的权利？饶了我吧，父亲，求你放过女儿！"

"什么？你这贱货！我绞尽脑汁为你谋取万人敬仰的荣华富贵，这就是你的回报？你哭哭啼啼多愁善感，这与我的脾气格格不入，真是愧对先父的尸骨。你立刻前往公爵府，要谨慎从事，想尽办法成全我的意图！"

且让这对父女的谈话就此结束。从中足以看出，善良的姑娘虽泪流满面，祷告哀求，却无济于事。莫说这些，无论她做什么，都无法说动这个顽固的克鲁根斯坦老男爵。就这样，女儿终于怀着一颗沉重的心，望了一眼身后紧闭的城门，带着几个勇敢的扈从，在一群执剑的封臣骑士的前呼后拥下，在夜幕下策马奔驰而去。

女儿出城之后，老男爵静默坐了半晌，然后转身对着他那伤心的夫人说道："夫人，看来我们的事情进展飞速。自从我打发精明英俊的德钦伯爵，叫他前往兄长的女儿康斯坦茨那里去执行魔鬼使命，如今已整整三个月了。万一他失手，我们全都逃不了干系。而他一旦得手，即使厄运注定我们的女儿不该成为公爵，她也将势不可挡，登上爵位。"

"我心里有一种不祥的预感。但愿一切顺利。"

"呸，妇人之见！让猫头鹰咕咕叫吧！睡你的觉去，让勃兰登堡的壮丽辉煌进入梦乡！"

二、庆典与眼泪

上一章所说事件发生后的第六日，勃兰登堡公国辉煌的首都城内，闪现出一支壮丽的军队，爆发出臣民的一片欢呼声，因为年轻的王位继承人康拉德来了。老公爵满心欢喜，康拉德相貌英俊，举止优雅，很快赢得他的垂青。宫殿大厅内贵族云集，都在轰轰烈烈欢迎康拉德的莅临。一切显得那么明丽欢欣，使康拉德觉得快乐满足，他的恐惧和忧愁烟消云散。

可是，宫殿内一间僻静的厢房里，却呈现出一派迥然不同的光景。公爵的独生女康斯坦茨公主独倚窗前，两眼红肿，噙满泪水。此时她又在大声哭诉：

"坏蛋德钦跑了——已经逃出公国！起初我难以置信，可是，唉，这是千真万确的事！而我却那么爱他。明知父王绝不答应我嫁给他，但我还是大胆爱他。我曾经那么爱他——但我现在恨他！我恨死他了！啊，我该怎么办？我完了，完了，彻底完了！啊，我快要疯了！"

三、情节迷离

数月倏忽而过。人人称赞青年康拉德施政有方，颂扬他断事英明，判刑宽大，执政谦廉。老公爵很快便将一切事务全部交由他处理，自己却踌躇满志坐在一旁，听他在首相席上颁布王室政令。照理说，像康拉德这样一个深受万民爱戴、赞扬和尊敬的青年，应当比谁都高兴。但奇怪的是，他一点儿也不开心。因为他惊愕地发现，康斯坦茨公主开始向他示爱！世上其他人的爱情，在他看来都是命中的幸福，而她的爱慕，却危机四伏！他也看得出来，快乐的老公爵也同样发现了女儿的恋情，并且已在梦想着给她举行婚典。公主脸上的愁云，每天都在逐渐消失，那双明亮的眼睛，日日闪现出希望和生机。不久，她那张愁云密布的脸上，又露出飘忽不定的笑颜。

康拉德惶恐不安，他痛恨自己屈从于本能。初入宫殿，一切陌生，他心里忧伤，渴望得到一种唯有女性才能体会到并给予的同情。出于本能，他便从一个同性人的身上寻找友情。现在，他开始躲避堂妹，结果却把事情弄得越发糟糕。因为他越是躲避，她越要纠缠，这是再自然不过的事。他起初感到诧异，后来极为震惊。姑娘一直纠缠他，追求他。无论白天黑夜，无论何时何地，她总是碰巧撞见他。她好像异常焦虑。其中必定有什么秘密。

这事不能没完没了。全天下都在议论此事。老公爵一脸茫然。可怜的康拉德痛苦不堪，提心吊胆，简直就像幽灵一般。一天，他刚从藏画馆边上的一间密室走出来，不料碰上康斯坦茨。她突然抓住他的双手，大声说道：

"喂，你为什么躲着我？是我做得不好，还是说错了什么，竟让你对我失去好感？一定是我曾经得罪了你？康拉德，不要鄙视我，可怜我吧，别再折磨我的心！我再也无法，再也无法控制自己，心里的话不说出来，我就要憋死了——我爱你，康拉德！好了，我总算说出来了，你爱鄙视就鄙视吧！"

康拉德无言以对。康斯坦茨犹豫片刻，误以为他的沉默就是许诺。她伸出胳膊钩住他的脖子，眼睛里燃烧着疯狂的喜悦，喃喃说道："你心软了！你心软了！你会爱我——会爱上我的！啊，说你爱我，我的爱人，我崇拜的康拉德！"

康拉德大声抱怨，脸上现出病态的苍白。他浑身颤抖，就像一棵颤抖的杨树。接着，他不顾一切，一把推开可怜的姑娘，大声说道："你不了解自己想要的人！永远不可能！"他说着，像个罪犯似的落荒而逃。公主惊得目瞪口呆，接着开始哭天抹泪。而此时的康拉德，也在他的室内痛哭流涕。两人同时陷入绝望，仿佛看见对方脸上的凄惨景象。不久，康斯坦茨慢慢站起身来，离开密室，自言自语道："原以为我的爱情能够融化他那颗残忍的心，不料竟招致他的白眼！我恨他！他冷落我——这个男人——他竟把我像狗一样踢开！"

四、丑闻揭秘

时光飞逝。郁结的愁云再度布满老公爵爱女的脸。人们再也看不见她和康拉德在一起的情景。公爵因此郁闷愁苦。漫长的几周过后，康拉德的脸颊又泛起血色，眼睛也恢复了往日的神采。他执政清明，心智日渐成熟。

不久，宫廷里听到一个奇怪的传闻，越传越大，越传越远。后来传得满城风雨，传遍整个公国。传闻说："康斯坦茨公主有了私生子！"

消息传到克鲁根斯坦男爵的耳朵，他将饰有羽毛的头盔在头顶挥动了三圈，大声高呼："康拉德公爵万岁！啊，瞧吧，从今往后，王冠肯定就是他的了！德钦不辱使命，这无赖表现不错，应该犒赏！"

于是他到处散布这个消息。接下来的四十八个小时内，整个男爵领地上，无不载歌载舞，张灯结彩，痛饮狂欢，庆祝这个伟大的事件。为古老的克鲁根斯坦花这点钱，人人感到开心自豪。

五、灾难临头

审判即将开始。勃兰登堡公国的各大贵族和男爵齐聚在公爵府的审判厅。厅内座无虚席，再无观众立足之地。康拉德身穿紫貂袍，端坐首相椅上。两侧各坐几位公国的大审判官。老公爵曾敕令严审其女，绝不姑息偏袒。尔后卧榻不起，伤心欲绝，来日屈指可数。因为担心他的生命，可怜的康拉德曾再三向他恳求，要求免除开庭审判堂妹的罪行，但却无济于事。

集会的人群中，最揪心的是康拉德。

最开心的是他父亲。这位克鲁根斯坦的老男爵已悄然而至，而他女儿"康拉德"却全然不知。他来到这群贵族中，因自己家族的蓬勃运势而得意洋洋。

传令官宣读了有关律令，接下来的预备程序执行完毕，尊敬的首席法官大人说道："犯人，走上前来！"

不幸的公主站起身来，暴露在众目睽睽之下。首席法官大人继续说道："最尊贵的公主，有人在本公国的大审判官面前控告你，并已证实，说你未经神圣婚姻，私生一子。根据古老律法，你将被判处死刑，除非另有原委。这个原委，代理公爵殿下，我们的好心人康拉德大人，将在他的庄严判决中通告你，因此你要注意听。"

康拉德勉强伸出手里的权杖，就在同一刹那，紫貂袍下他那一颗女人的心，怜悯地系向将被判处死刑的犯人，泪水不禁夺眶而出。他张开嘴巴，正欲说话，首席法官大人却飞快说道："且慢，殿下，不是那里！对公爵嫡亲的判决，坐在那里宣布不合法度，你必须坐上公爵王位！"

可怜的康拉德听闻此言，心里一阵颤栗，他那铁骨铮铮的老父同样为之颤抖。康拉德尚未加冕——难道他敢亵渎王位？他犹豫不决，吓得脸色发白，但已无路可退。无数双诧异的目光落在他的身上，若他犹豫过久，就会变成怀疑的对象。他坐上王位，又一次伸出权杖，说道："犯人，我以勃兰登堡公爵乌尔里赫亲王殿下的名义，行使禅让与我的庄严职责。你仔细听好，依照本公国的古老律法，你死罪难逃，除非供出犯罪同伙，交由行刑官处决。抓住这个机会——或许可以救你性命。说出孩子父亲的姓名！"

审判大厅一片肃静，没有一丝响声——众人可以听见自己的心跳声。只见公主慢慢转过脸来，眼里射出仇恨的光芒，一只手指指向康拉德，说道："那个男人就是你！"

这一令人惊愕的指证，将康拉德置于无助无望的危难之中，他心里一阵冰凉，如临死期。究竟什么力量才能解救他！而要想驳倒对方的指控，他必须泄露自己的女儿身份。而未曾加冕的女人坐上公爵王位，就得处死！刹那间，他和他那严酷的老父同时晕倒在地。

这个惊天动地、跌宕起伏的故事到此打住。它的后半部不会见诸本书或别的出版物。现在不会，将来也不可能。

事实上，我已将笔下的主人公（或者说是女主人公）置于一个特定的封闭场地，连我自己也不知道，如何叫他（或她）重新走出困境。所以我打算不再插手此事。就让那个人物自寻最佳出路——要么留在原处。我原以为，解决这样的小小难题，将不费吹灰之力。现在看来并非易事。

发表于 1870 年

好孩子正传

从前有个好孩子，名叫雅各布·比利文斯。无论父母对他要求多么过分，多么不合情理，他都唯命是从。他总是认真读书，上主日学校从不迟到，虽然明知逃课最实惠，但他从不逃课。他的行为异常古怪，让别的孩子老也摸不透。虽然撒谎很容易，但是他从不撒谎。他只是说，撒谎不对，这就是他的充分理由。他老实巴交，近乎荒唐可笑，简直怪得无以复加。礼拜天，他从不打弹珠，也不掏鸟窝。他从不把辣味糖扔给街头艺人的猴子吃。总之，一切正当的娱乐活动，他好像全都不感兴趣。别的孩子总想摸清其中的原因，却始终得不出满意的结果。他们对他只有一个模糊概念，认为他有一种我曾说过的"怪癖"。于是他们把他列入保护对象，绝不让他受到任何伤害。

好孩子读遍主日学校的课本，从中得到莫大的乐趣，他的秘密就在这里。书上那些好孩子的事迹，他全都信以为真，绝对相信。他盼望有朝一日能遇上那样的好孩子，可他从没见过那样的活人。也许在他出生之前，他们早就离开了人间。每当读到书上某个孩子的突出事迹，他就赶紧翻到最后一页，想知道那个孩子最后的结局。他想越过万水千山，寻找那个孩子的足迹，却终成惘然。因为书上的好孩子总是在最后一章死去，并附有一页葬礼的插图：他的亲人和主日学校的孩子们立在他的墓旁，他们穿的裤子太短，戴的帽子太大，人人手里拿着一条足有一码半长的手帕捂着脸哭。他的希望就这样化为泡影，永远见不到那样的好孩子，因为他们总是在书中最后一章死去。

雅各布有个崇高理想，希望自己能被写入主日学校的课本。他还希望，那个课本能附几页介绍他光荣事迹的插图。其中一页描绘的是：他不肯对妈妈撒谎，她为此高兴得热泪盈眶。另一页描绘的是：他站在门前的台阶上，把一个铜板赏给一个带着六个孩子的乞讨婆，叫她随意花，别浪费，因为浪费是一种罪。还有一页描绘的是：一个坏小子经常躲在墙角，等他放学经过，就拿板条抽他头，然后把他撵回家，一边撵，嘴里一边"嘿！嘿"叫喊，而他却宽宏大量，从来不告他的状。这便是小雅各布·比利文斯的崇高理想。他就希望自己能被写入主日学校的课本。可是有时候，一想到书中的好孩子总是命不长，他心里就不是滋味。要知道，他可不想死。想做主日学校课本里的好孩子，死是一件最不愉快的事。他知道，做个好孩子，就得付出健康的代价。他也知道，像书中的好孩子那样好得超然物外，那比生一场痨病还要命。他还知道，书中的好孩子最后一个也没活下来。即使他被写入书中，他也永远看不到。就算那本书能在他死前出版，但假如书中缺了一页描绘他葬礼的插图，那也没人爱看。一想到这些，他就苦恼不堪。再说，如果书上没写他给社区的临终建议，那本书也算不上主日学校的好课本。到头来，他当然只能定下心来，量力而行，随遇而安——好好活着，尽量多活几年，在死期到来之前，准备发表临终演讲。

可是，不知为何，这个好孩子总是运气不好，他遇到的事和书中好孩子遇到的事总是完全两样。书中的好孩子总是玩得开心，坏小子老是摔断腿，而他却老是掉链子，经常事与愿违。有一回，他发现吉姆·布莱克在偷别人家树上的苹果，就跑到树下，给他说了一段有个坏小子偷邻居树上的苹果，掉下来摔断胳膊的故事。说来也巧，吉姆真的就从树上掉了下来，却落在他的身上，把他胳膊给砸断了，而吉姆反倒安然无恙。雅各布死活想不通，书上压根儿就没这回事。

还有一回，雅各布见有几个坏小子把一个瞎子推进泥坑，就连忙跑过去把他扶起来，想得到他感恩的祝福。可是，那瞎子不但没说一句感谢他的话，反而拿手杖在他头上敲了几下，还说雅各布扶他起来，是想再把他推进泥坑，然后再假惺惺地把他扶起来。雅各布翻遍所有的书，发现这事跟书上说的完全不符。

雅各布还想做一件好事，就是找一条挨饿受虐、无家可归的瘸腿狗，带回家好生宠爱，叫它没齿难忘他的恩情。后来，他终于找到这么一条狗，便欢天喜地把它带回家喂养。可是，他刚要抚摸它，那狗突然扑上来，把他的衣服撕了个稀巴烂，只剩前襟的几片。那副狼狈相，叫人看了大惊失色。他查阅了权威书刊，仍不知所以然。那条狗和书上说的狗同属一个品种，可它们的行为却截然不同。这孩子干什么都惹祸。同样的事，书中的孩子做了受益匪浅，可他做了却晦气不断。

　　一天，在去主日学校的路上，雅各布见几个坏小子坐着帆船离开岸边，在船上嬉戏打闹，他顿时大惊失色。因为他在书中看到，凡是礼拜天出去划船的孩子无一不溺水身亡。于是他赶紧坐着木筏前往告诫，却不慎踩到一根打滑的圆木，落入水中。幸亏有个男人把他及时打捞上来，医生按压出他腹中的积水，才使他的两肺又能重新呼吸。不料他却因此染上风寒，病倒在床，一躺就是整整九个星期。最令人费解的是，船上那几个坏小子却痛快淋漓地玩了一整天，又活蹦乱跳地跑回家，真是匪夷所思。雅各布·比利文斯说，书上根本就没这种事。他简直如坠云里雾里。

　　雅各布病愈之初，有些消沉。后来他暗下决心，无论如何要继续努力。他知道自己目前的经历还不配写入书里，但他还没超出好孩子的年龄段，只要坚持不懈，直到生命终结，他仍有希望载入书页。即使一切全成泡影，他仍然可以靠临终演讲活在人们心间。

　　雅各布查阅了权威书刊，发现现在正是他该奔赴大海、去船上当差的年龄。于是他去拜访了一位船长，向他提出申请。船长问他要推荐信，他便自豪地抽出一本宗教宣传册，指着上面写的一行字给船长看："雅各布·比利文斯惠存，爱你的老师赠送"。谁知这位船长竟是个粗人，不讲文明，他说："操！简直是放屁！这哪能证明你会不会刷盘子、倒垃圾。估计他是不想推荐你。"这是雅各布有生以来遇到的最怪的一件事。老师写在宗教宣传册上的赞誉之词，历来无不打动船长那颗仁慈的心，从而开启通往名利双收的大门——他所读过的书中从来都是这么说的。他简直不相信自己的耳朵和眼睛。

雅各布吃尽了苦头。权威书上说的那些好事，他一次也没轮到。后来有一天，他到处寻找坏小子，想给他们一些劝告，正好发现一帮孩子正在老铸铁厂房拿狗寻开心。他们把十四五条狗拴成一长串，准备把装硝化甘油的空罐系在狗尾巴上看热闹。雅各布动了恻隐之心。他坐在其中一个空罐上（责任当头，他绝不在乎油腻），一把抓住领头狗的项圈，然后转过脸来，以责备的目光瞪着坏小子汤姆·琼斯。可就在这时，市议员麦克维尔特怒气冲冲跨进房门。那帮坏小子一哄而散。雅各布·比利文斯自知无辜，便从地上站了起来，张口来了一句："啊，先生！"——这是主日学校课本中一小段庄严演说词的开场白，这类演说词往往以"啊，先生"开始，但与实际完全不符，因为无论好孩子还是坏孩子，逢人从来不会张嘴就说"啊，先生"。可是没等雅各布·比利文斯把话说完，这位市议员早已揪住他的耳朵，提着他原地转了半圈，然后照他屁股狠狠打出一掌。刹那间，这位好孩子已被炸得冲出屋顶，朝太阳飞去，十五条狗的残骸连成一串，也像风筝尾巴似的随他飞去，而那位市议员和那座旧铸铁厂房早已从地面消失，不见踪迹。至于小雅各布·比利文斯，他虽历经艰辛，却再没有机会发表临终前的演讲，除非说给树上的小鸟听。他的躯干虽然落在邻近县城里的一棵树上，可是他的残肢却均匀地散落在四个村镇。这样一来，人们必须到五个不同的地方去验尸，才能了解他是否还活在世上，况且还要追查事故的原因。一个孩子竟被这样活活分尸，你绝对没见过。

好孩子就这样死了。他虽努力进取，但结局并不像书上写的那样。同他一样努力的孩子，后来全都出人头地，唯独他不幸死去。他的遭遇的确很不寻常，其中的原因恐怕永远解释不清。

附注：硝化甘油惨案引自流动报纸的一条新闻，作者姓名不详，否则我会在此注明。

发表于1870年

奇遇记

这段往事是少校讲给我听的，我凭着自己的记忆，记录在此：

一八六二年至一八六三年冬，我在康涅狄格州新伦敦港特朗布尔要塞任指挥官。那边的生活也许不如"前线"富有活力，但也自有一番情趣——脑子不会因缺少刺激而结成硬块。且说一件事。当时北方的空气中到处弥漫着神秘谣言，大意是：南方叛军的特务正四处出没，预谋炸毁我军北方要塞，火烧旅店，并将携带病菌的衣物送进城里，如此这般。你别忘了，这往往会让我们提高警惕，打破驻防生活素有的沉闷。况且，我军驻地设有新兵招募点——也就是说，我们根本没空打盹儿，没空做梦，也没空瞎混。虽然我们盯得很紧，但每天仍有一半新兵从我们手中溜掉，他们趁夜间我们毫无防备，偷偷逃走。入伍的津贴十分丰厚，新兵若想逃走，只需拿出其中的三四百块即可买通哨兵，剩余的钱对穷人而言，可谓一笔不小的财富。不过，我们的生活并不沉闷，这我刚才就已说过。

话说，有一天，我正独自一人在营房写作，突然闯进一个十四五岁的少年。他脸色苍白，衣衫破烂，冲我深鞠一躬，问道："这里是招兵的地方吧？"

"没错。"

"长官，请收下我，好不好？"

"哎哟，这可不行！小家伙，你年纪太小，个头也不够高。"

他脸上露出失望的神情，看似心灰意冷，然后慢慢转过脸去，欲行又止，后又转过脸来，哀求我道："我没家人，又没朋友。您能收留我，那该多好！"

这事肯定行不通。我和气地向他说明原因，叫他坐在炉边暖暖身，又问他道："你饿了吧，我给你弄些吃的？"

他不吱声，也无需回应，那双温柔的眼睛饱含感激之情，胜过一切言语的表达。他在炉边坐下来，我继续伏案写作。偶然间，我偷偷瞥他一眼，见他衣履又脏又破，式样和材质倒也不错。这足以让人浮想联翩。我还发现，他嗓音低沉悦耳，眼睛深邃忧郁，举止谈吐却像个绅士。这穷小子分明遇上了麻烦。于是我动了恻隐之心。

后来我因专注于写作，竟把那少年忘到脑后。不知过了多久，我无意间抬头一望，见他背对着我，只露出半个脸来，一行眼泪正默默往下流淌。

"哎哟！"我心想，"这个可怜蛋还饿着肚子呢，我竟给忘了。"于是我因失礼向他赔了个不是："来吧，小兄弟，陪我一起吃饭，今天就我一个人。"

他感激地望着我，脸上露出一抹喜色，然后站在餐桌前，一手抚着椅背，待我入座后，方才坐下身来。我拿起刀叉，握在手里没动。见那少年颔首默默祷告，顿时勾起我对家乡和童年无尽的神圣回忆。我心中不由哀叹，我已疏离宗教信仰，心灵的创伤得不到净化，再也得不到慰藉和激励。

我一边吃着饭，一边观察小维克洛的举止——他全名叫罗伯特·维克洛，懂得如何使用餐巾，而且，呃，总而言之，他是个颇有教养的少年。至于细节，不必多言。他那股淳朴率真的劲儿使我对他心生好感。我俩谈的主要是他。我轻而易举便摸清他的来历。当他说起自己生长在路易斯安那州时，我立刻喜欢上他，因为我也曾在那里待过一段时日。我对密西西比河沿岸地区非常熟悉，喜欢那片土地，而且不久前刚离开那里，对它仍有一丝眷恋。从他嘴里说出的那些地名，听来如此亲切。于是我刻意将话题引到地名上，想听他说些耳熟能详的名字——比如班顿鲁日、普雷格明、唐纳森维尔、六十哩点、邦内特卡雷、库存码头、卡罗尔敦、新奥尔良、乔皮图拉斯街、海滨步行街、嘉童路、圣查尔斯饭店、堤沃利圆环道、贝壳路、庞恰特雷恩湖等。他还提到"李司令号"[1]"那切兹号""月蚀号""奎特曼将军号""邓肯·肯纳号"等舰船。再次听到那些耳熟能详的旧名，我特别高兴，仿佛又回到大河沿岸，往事历历在目，那里的一地、一街、

1　汽船名，以美国内战时期南方邦联总司令罗伯特·爱德华·李（1807–1870）的姓名命名。

一船，全都栩栩如生。简短地说，小维克洛的经历大致如下：

内战爆发时，维克洛随父亲和罹病的姑姑住在班顿鲁日附近一座富庶的大庄园里。那是祖传的田产，已历时五十年。维克洛的父亲是北方联军的拥趸，虽屡遭迫害，却始终坚守自己的原则。后来有天夜晚，几个蒙面人放火烧了他家的宅府，他们全家被迫逃亡。为避追杀，他们东奔西颠，饱受贫穷饥饿和困厄之苦。因颠沛流离，风吹雨淋，姑姑不幸身亡，终得解脱，死在荒郊野岭，就像一个流浪儿。当时天空雷声轰鸣，大雨倾盆，浇在她的尸体上。不久，维克洛的父亲又被几个持枪匪兵抓获，尽管他再三哀求，他们还是当着他的面，将他父亲五花大绑。（少年说到这里，眼里露出仇恨的光芒，自言自语："就算不能当兵，也没关系——天无绝人之路，总会有办法。"）匪兵说他父亲死有余辜，并警告他必须在二十四小时内滚出那个地方，不然就让他遭殃。

维克洛遂于当晚偷偷溜到河边，躲在一个庄园附近的码头。后来恰逢"邓肯·肯纳号"停靠码头，他便游水上船，躲进船尾拖挂的小舟。待黎明前汽船驶入库存码头，他才偷偷上岸，走了三哩¹ 路，来到新奥尔良市嘉童路舅父家中，他的麻烦这才暂告一段落。舅父也是北方联军的拥趸，认为离开南方才是上策。于是没过多久，舅父便携少年维克洛搭乘帆船，悄悄离开新奥尔良，如期到达纽约港。他们住在阿斯特旅店，少年维克洛怡

1　即英里，英美制长度单位，一哩等于1609米。

然自得，常漫步于百老汇大街，浏览北方的奇异景观。然事有变迁——可谓好景不长。起初舅父还算乐观，如今却愁眉苦脸。这且不说，他还变得喜怒无常，动辄发火，老是埋怨花销太大，赚钱无门。"一个人都不够花，何况是两个人。"——这话成了他的口头禅。后来，有天早上，舅父突然失踪——没吃早饭。少年到账房一打听，方知舅父头天晚上已结账走人——伙计说他去了波士顿，但又不能肯定。

这下少年又孤苦伶仃，举目无亲。他不知如何是好，便决定去找舅父。于是他行至客运码头，想买张船票去波士顿，可兜里那点钱根本不够用，只能买张去新伦敦港的船票。就这样，他乘船来到新伦敦港，希望神能保佑他走完其余的路程。他在新伦敦港的大街上流浪了三天三夜，靠着好心人的施舍，这里吃一口，那里睡一觉。可是后来，在锐气全无的绝望之际，他终于放弃寻找舅父的念头。他说若能入伍当兵，他将感激不尽，假如不能当兵，能否让他当个鼓手？他还一个劲地讨我欢喜，感激之情溢于言表！

少年维克洛的经历就是这些，是他亲口跟我讲的，只是我没他讲得那么详尽。我还跟他说："小兄弟，从现在起，你就是我的朋友——别再烦恼了。"他一听，眼里顿时露出喜色。我把约翰·雷伯恩中士叫进屋来（他是哈特福特人，如今仍住在那个地方，没准你还认识他呢），吩咐他道："雷伯恩，你把这孩子安置在军乐队。我打算招他当个鼓手，你要多多关照，别叫他受委屈。"

作为驻地指挥官，我和少年鼓手的交往自然也就告一段落，可我心里仍惦记着那个孤苦伶仃的穷苦少年。我经常关注他的情况，希望能见他喜笑颜开，快乐无忧。可是日复一日，他依然如故，愁眉不展，跟谁都不来往，而且经常魂不守舍，心事重重，郁郁寡欢。一天早上，雷伯恩说要和我单独谈谈。他说："长官，希望您别生气！可是，说真的，目前军乐队的士兵寝食难安，看来总得有人出来主持公道才行。"

"哦？是怎么回事？"

"都是维克洛那小子！长官，您都想象不到，军乐队的士兵烦他到了什么程度。"

"哦？继续，往下说。他都干了些什么？"

"祷告，长官！"

"祷告？"

"是，长官！那小子天天祷告，搅得军乐队不得安宁。早晨一睁眼就要祷告，中午还要祷告。到了晚上——别提啦，祷告得更凶，简直像走火入魔。军乐兵难道不想睡觉？哼，根本没法入睡。他吧，就像俗话说的，唠叨个没完没了，一旦祷告起来，就像驴推磨，根本停不下来。他刚给军乐队队长祷告完毕，就缠着小号手，要给他祷告几句，然后又缠着低音鼓手不放。整个乐队自上而下，一个也不放过，全得听他祷告。那股认真劲儿让你觉得，他好像已觉察到自己将不久于人世，要是没一支铜管乐队陪伴，他在天堂就不快乐。所以，他要倚仗这帮乐手，为他齐奏国歌，他才能适应那个地方。对了，长官，就算你扔靴子打他，也打不着他，因为屋里黑咕隆咚，什么也看不清。这且不说，他老是背地里祷告，而且跪在大鼓后，任凭那帮人怎么扔靴子打他，像雨点一般，他照样雷打不动，根本不理你！——他只管自己祷告，拿别人的叫骂当成喝彩。他们骂他：'喂，闭嘴！''让不让人睡！''毙了他！''滚出去！'诸如此类的话。可那又有什么用？他照样我行我素，不理那个茬。"雷伯恩停顿片刻，又说："那傻小子心眼还算好，每天早上起来，都把满地的靴子收拾起来，一双双整理好，该是谁的就给谁放回原处。一只只的靴子全都投向他，太过频繁，结果军乐队每个士兵的靴子他全认得——他就算闭上眼，也能把满地靴子收拾整齐。"

雷伯恩又停顿片刻，我忍住没打岔。

"可是，最让人受不了的，就是每次他刚一祷告完毕——假如他能祷告完毕的话——就抬高嗓门唱起歌来。他说话的声音很甜，这你也知道。那嗓音吧，都能叫一只铁铸的狗从阶前跑下来去舔他的手。长官，你要是信得过，那我就告诉你，他的嗓音比起他的歌声，那可差得远啦！长笛的音色跟他的歌声比起来，那算是刺耳的。那歌声吧，在黑夜中飘荡，低沉萦回，轻柔甜美，让你感觉如在天堂一般。"

"那又怎么会让人'受不了'呢？"

"问得好，长官，你听听，他是怎么唱的：

如我这般——贫穷、落魄、不见天……

"只要听他唱过一回，就知道什么是柔肠寸断，泪水涟涟！

不管他唱什么，听来都是那么悱恻缠绵——令人刻骨铭心——每次都能叫你感慨万千！你听，他唱得多么伤心：

> 可怜的罪人，这般心灰意冷，
> 岂能等待天明，今夜你必须服从神。
> 莫辜负爱怜，
> 它来自上天……

　　"如此这般，叫你听了感觉自己就像个恶贯满盈、忘恩负义的畜牲。每当他唱起家乡，唱起亲娘，唱起童年的回忆，唱起已逝的往事和故人，你的眼前总会浮现出过去曾眷恋却已失去的那些人和事——那歌声太美啦，太神奇啦——可是，天啊，听了真是叫人伤心！整个军乐队——哇，全都失声恸哭——就连那帮坏家伙也都个个泪流满面，从不遮掩。原先扔靴子打他的那帮家伙，你知道吧，全都从床上跳下来，在黑暗中扑上去搂住他！真的搂啦！——嘴里还叫着他的乳名，求他原谅，口水流了他一身。那个时刻，若是哪个军团敢来伤害那小子一根汗毛，这帮家伙肯定要和他们血战到底，即使来一个整编军团，也毫不畏惧！"

　　雷伯恩又停顿片刻。

　　"就这些？"我问。

　　"就这些，长官。"

　　"可是，既然这样，那还有什么可抱怨的？他们到底想要怎样？"

"怎样？喂，我的好长官，他们想让你命令他别再唱歌。"

"真是荒唐！你不是说他的歌声很神奇啊。"

"是很神奇。就因为太神奇了，所以凡人听了根本受不了。他的歌声能煽动人心，搅得你心神不宁；让你痛不欲生，让你觉得罪大恶极，只配下地狱；让你后悔不已，食而无味，不得安生。这且不说，还能让你伤心落泪——知道吧，大家每天早上见面时，都不好意思互相对望。"

"哦，这倒是件稀罕事，大家的抱怨很不寻常。这么说，他们真的想要禁止他唱歌？"

"是啊，长官，就这个意思。他们的要求不高，就想让他别再祷告，至少别祷告个没完没了。可是，问题主要还是唱歌。他们认为，只要能塞住他的歌喉，祷告的事虽说把他们折磨得够呛，倒也能够忍受。"

我告诉雷伯恩中士说，我会考虑此事。当天夜晚，我悄悄潜入军乐队的营房探听情况。中士并没夸大其词。我听见黑暗中有人祈祷的声音；还听见受折磨者的咒骂声；接着又听见阵雨般的靴子在空中飕飕飞舞，乒乒乓乓落在大鼓四周。那个场面让我感慨万千，也觉得特别好玩。不久，一阵令人难忘的沉寂过后，又响起歌声。天啊，真是缠绵哀婉，如魔幻一般！世间没有比那更美妙、更瑰丽、更柔和、更神圣、更动听的声音。我在那里只待了一会儿，便体验到一种与要塞指挥官身份格格不入的情感。

次日，我下了一道命令，严禁在营房内祷告和唱歌。接下来的三四天里，刚拿到入伍津贴就开小差的事件层见叠出，引起骚动，令人气愤，我遂将那少年鼓手给忘得一干二净。后来有天早上，雷伯恩中士又找上门来，他说："长官，那新兵蛋子的行为实在是古怪。"

"怎么古怪？"

"嗨，长官，他老是不停地写写画画。"

"写写画画？写什么——写信？"

"我也不知道，长官。每次下岗后，他总在堡垒中到处探头探脑，东张西望，而且就他一个人。我敢说，堡垒中的每个洞坑拐角他都进去过——而且他还不时拿出铅笔，在纸上写写画画。"

经他这么一说，我心里极不舒畅。我本想嘲笑他过分多疑，但转念一想，凡事只要有一丝可疑，就不可掉以轻心，尤其在那个时期，就更不能麻痹大意。因为当时我们身在北方，时有事端发生，这就提醒我们，必须常有戒备之心，不可轻信他人。我忽然想起那少年是南方人——来自最南端的路易斯安那州——这不由让人心生疑云——在当时的情况下，那团疑云叫人无法安然释怀。可是当我命令雷伯恩去处理那件事时，心里却感到一阵剧痛，就好像是一个父亲在亲手策划揭露自己儿子的罪行，让他蒙受羞辱和伤痛。我吩咐雷伯恩莫要声张，等待时机，趁那少年不备，给我设法弄些他写的东西。我还指示他，暂时不要采取任何行动，免得让那少年发现自己已被盯梢。我还命令他不要干涉那少年，让他照旧自由行动，如果他到镇上，就务必派人一路尾随跟踪。

接下来的两天里，雷伯恩向我汇报了好几趟，但其实没什么结果。那少年仍旧写写画画，可一见雷伯恩走近身旁，他便漫不经心地把字条塞进口袋。他还去过两趟镇上，每次都去一个废弃的旧马棚，并在那里逗留一两分钟才肯出来。他的举动，我不能掉以轻心，看来来者不善。我必须承认，自己开始感到不安起来。我回到自己的营帐，派人请副官过来议事——他是詹姆斯·沃森·韦伯将军的儿子，是个多谋善断的军官。副官一听大惊失色，十分困惑。我俩商议了半晌，决定对此进行秘密调查。此事至关重大，我决定亲自出马。我吩咐手下在凌晨两点把我叫醒，不久我便来到军乐队的营房。我在地上匍匐前行，耳边响起一片鼾声。我不敢惊扰任何人，后来终于爬到那流浪儿的床前。见他睡得正香，我便抓起他的衣物和用具包，又悄悄溜了出来。待我回到自己的营帐，见韦伯正在等我——他急于知道结果怎样。我俩立刻动手搜查那少年的衣物，结果令人失望。在他的衣袋里，我们只发现一张白纸、一支铅笔和一把折刀，另有一些杂七杂八的古怪玩意儿，这些小东西都是男孩子当作宝贝收藏的，没什么用途，仅此而已。我俩又满怀希望打开那个用具包。里面除了一册小开本的《圣经》，别无其他，但这本书却让我俩感到无地自容！因为扉页上写着这样一句话："陌生人，看在母亲的份上，请善待我的儿子！"

　　我望了韦伯一眼，他垂下眼帘。他又望了我一眼，我也垂下眼帘。两人一时无语。我虔诚地把书放回原处。韦伯站起身来，二话没说就走了。过了一会儿，我打起精神，又去干那件难以启齿的事。我仍像先前那样匍匐前行，将窃取的物品送回原处。这种姿势似乎特别符合我先前的行为。

事情办妥之后，说真的，我简直心花怒放。

次日正午时分，雷伯恩又来汇报。我打断他说："这件荒唐事就此为止！咱们一直都把这可怜的小家伙当成了怪物，他不过就像一本赞美诗集，没什么危害。"

中士面露诧异之色，说道："我说长官，那不是您的命令嘛！况且他写的东西，我都搞到了一些。"

"那又能说明什么？你是怎么搞到手的？"

"我从锁孔偷偷一望，见他又在写写画画。估计快写完了，我就轻轻咳嗽一声。他一听，立刻把字条揉成一团，扔进火炉，还四下张望，看是否有人进来。然后正襟危坐，显得从容不迫，漫不经心。我走进屋里，和他畅谈了一会儿，然后再给他派个差事。他一听欣然前往，不露一丝惊慌。炉中的炭火刚生着，纸团就丢在一块煤炭后面，给挡住了，看不见，但我还是把它拿了出来。就是这个。您瞧，还没烧毁。"

我瞥了一眼那张字条，只看了上面写的一两句话，就打发中士去叫韦伯来。纸上写的全文如下：

特朗布尔要塞，第八日

上校：上份名单末所列三门大炮的口径有误，实为发射十八磅炮弹的口径。其余装备如上回所报，要塞情况亦如上回所报，但欲派往前线的两个轻步兵连目前仍按兵不动——何时出动，目前不详，但不久将知。鉴于此，我们若要得手，最好将行动推迟至……

文字至此终止——因为信刚写到此处，便被雷伯恩的咳嗽声给打断。少年的卑鄙行径已暴露无遗。突然遭到无情打击，我对他的一腔关爱和满心器重顿时化为乌有，对他的孤苦处境所给予的仁爱，也瞬间成为泡影。

不过，不必为此担心，总有办法对付——而且必须马上全力以赴。我和韦伯将此事反复商酌，仔细琢磨。韦伯说："还没写完就被打断，真是遗憾！将行动推迟至……推迟至何时？会是什么行动？假虔诚的小蟊贼，本来他可能还要继续写下去的！"

"是呀！"我说，"我们已经输了一招。信上说的那个'我们'指的是谁？是内线同伙？还是外线人？"

那个"我们"让我俩坐立不安，胡乱猜疑。可是，猜来猜去又有何用？于是我俩开始商议实际问题。我们决定先把岗哨扩增一倍，尽量保持高度警戒，然后再传唤维克洛，叫他从实招来。但这似乎不是最明智的做法，除非其他办法行不通。他写的那些信，我们必须多弄一些来。于是我俩开始制定方案，很快便达成共识：维克洛从不去邮局——也许那个废弃的马棚就是他送信的地方。

我俩派人叫来我的机要文书——此人是个德国青年，名叫施特内，天生就是一块侦探的料。我们跟他讲了事情的来龙去脉，令他前去侦察。没出一个钟头，便有消息传来，说维克洛又在写写画画。不久以后，又有消息传来，说他请了假，要进城一趟。

趁他因事耽搁之际，施特内抢先赶到马棚躲藏起来。没过多久，便见维克洛慢悠悠走进马棚，先四下环顾，然后把一个东西藏在墙角的垃圾堆里，之后逍遥离去。施特内冲上垃圾堆，取出一看，原来是一封信函，便拿来交给我俩。信上没写姓名地址，也无落款，而是接着上一封信继续往下写道：

　　我们认为，最好将行动推迟至两个步兵连出动之后。我是说，我们内线的四人认为最好如此。尚未联络其他人——怕引起注意。我说内线的四人，是因为我们少了两人，他俩是亲兄弟，来自"三十哩点"，方登记入伍，即被运往前线。目前急需二人替补那兄弟俩。我有重要情况向你汇报，但这种联络方式不可靠，将尝试另一种联络方式。

"这个小王八蛋！"韦伯骂道，"谁会料到他是个特务？不过，不用担心。咱们先把已知情况合计一下，看事态发展到何种程度。首先，我们的队伍中出了一个叛军的特务，这人我们认识。其次，队伍中另有三个特务，他们是谁，我们并不知情。其三，这些特务是通过应征入伍的途径，轻而易举混进我们北方军的队伍——其中两人显然已被收编并运往前线。其四，外线有特务帮手，但人数不详。最后，维克洛有'重要情报'汇报，但不敢用'现有的联络方式'，而是将'尝试另一种联络方式'。目前的情况就是这样。咱们是逮捕维克洛，逼他招供，还是捉拿去马棚取信的人，叫他供出实情？还是静观其变，继续调查？"

我们决定采取最后一种方案。经过判断，我们认为目前无需采取收网行动，因为维克洛的同伙显然要等待时机，两个轻步兵连出发之后，他们可能才会出动。我们遂授予施特内充足的权利，令他竭尽全力，查出维克洛的"另一种联络方式"。我俩计划玩一场大胆的游戏，为了达到此目的，我们打算尽量将几个特务长期蒙在鼓里。于是我们命令施特内立刻再去马棚，待四下无人，将维克洛的那封信依旧放回原处，待他的同伙来取。

傍晚时分，仍不见动静。时值雨雪交加，阴冷漆黑，夜间又刮起刺骨的寒风。我从热被窝里爬出来好几回，亲自出外巡视，以确保各岗哨戒备严密，不出半点闪失。每次都见哨兵个个特别清醒，十分警觉。危机四伏的传言显然已在悄悄四处蔓延，岗哨扩增一倍等于认可了那些传言。天快亮时，我碰见韦伯正顶风前行，方知他也巡视了好几趟，以确保万无一失。

次日的几件事，略微加快了事态的发展。维克洛又写了一封信，施特内在他之前赶到马棚，暗中窥看他藏信。维克洛刚一离开，他便拿出那封信，溜出马棚，远远跟踪那小特务。施特内的身后还跟着一个便衣侦探，以备不时之需，为他提供法律援助，这是我们明智的决定。后来，维克洛去了火车站，一直等到纽约开来的列车进站。当乘客从车厢蜂拥而下时，维克洛便站在那里，打量着一张张脸孔。不久，一位戴着绿墨镜的老先生拄着拐杖，从列车上踉跄而下，在离维克洛不远处停住，四下张望，像是在寻找什么人。维克洛立刻冲上去，把一个信封塞入那老先生手里，然后迅速跑开，消失在人群中。刹那间，施特内一把抢过那封信，匆匆经过侦探身边，一面吩咐他道："盯住那老先生——别让他走掉！"然后随着人流疾步走出车站，径直回到要塞。

我们关起门来坐着说话，并命令门外的卫兵不许他人进入。我们先打开从马棚获取的那封信。只见上面写道：

神圣同盟：已获取昨夜放入原来那门大炮里的上司命令，此命令将取消之前从下级机关得到的指示。已在炮内照例留下记号，表明命令已到得令人手中……

我刚看到此处，韦伯便打岔道："那小子不是一直处在监视中吗？"

我说没错，自从上次那封信被我们弄到手之后，他就一直处在严密监视中。

"那他往炮筒里又是放东西又是取东西的，怎么就没人发现？"

"说的是，"我说，"看来情况有点不对。"

"我也觉得有点不对。"韦伯说，"这意味着哨兵中有他的同伙。他们假装没看见，不然他也干不成这事。"

我派人叫来雷伯恩，命令他去检查炮台，看能否发现什么线索。然后我接着往下念那封信：

新命令不得违抗。MMMM 务必于明晨三时 FFFF。将有两百人，分成若干小组，从各地乘火车或其他车辆，按时到达指定地。我今日即发信号。岗哨已扩增一倍，军官昨夜多次巡视，估计已走漏风声，但成功必定无疑。W.W. 今日自南方来，将以另一种方式接收密令。明晨二时整，你们六人必须至166，见 B.B. 后，他将下达详细指示。口令和上次相同，但顺序相反——首尾音节对调。切记××××，勿忘，莫灰心。你们将于日出前成为英雄人物，并将百代流芳，永垂史册。阿门。

"势如霹雳火星，"韦伯说，"看来咱们将要陷入困境！"

我说毫无疑问，目前的形势已呈现出严峻态势。我复又说道："他们正在策划一次孤注一掷的行动，这不言自明。今晚是预定的行动时间，也不言自明。这次行动的实质——我是说行动方式——就隐藏在那一串让人费解的 M 和 F 字母中。不过，据我判断，他们的最终目的是要偷袭并夺取要塞。我们现在必须采取迅猛行动。我认为，再继续秘密跟踪维克洛，将徒劳无获。我们必须尽快摸清'166号'在什么地方，才能在明天凌晨两点将敌人一网打尽。要得到这个情报，最快的办法肯定是逼那小子招供。但在采取重大行动之前，我必须向作战部汇报情况，请求全权指挥。"

电文准备用密码发送，我审阅后，签字批准，随即发出。

我俩立刻讨论完刚才那封信，然后打开从跛脚老先生手里抢来的那个信封。里面装的不过是两页空无一字的信纸！这对我们的热切期待简直就是冰冷的打击。两人一时呆若木鸡，脑子就像那两张无字的信纸，一片空白。不过，这也只是一瞬。因为我俩接着便自然想到"隐色墨水"这种事,遂将信纸靠近炉火,等它遇热后显出字迹。但纸上没显出任何字,不过几道模糊的印迹而已,看不出什么名堂。于是我俩叫来军医,令他拿信纸去化验,叫他把已知的各种办法统试一遍,直到化验成功,等字迹一显示出来,速将信的内容向我汇报。遇到这种打击,令人十分恼火,因为想从那封信里得到有关这个阴谋活动的重大秘密,一直是我们满心期待的事。

这时雷伯恩中士来了。他从兜里掏出一根一英尺来长的棉线,上面还打着三个结。他把棉线提起来给我俩看。

"这是我从河边的大炮里发现的。"他说,"我把炮口盖全都打开仔细检查了一遍,只发现这根棉线。"

这样看来,这根棉线就是维克洛的"信号",表示"上司"的命令没有误送。我命令立刻将过去二十四小时内看守过那门大炮的哨兵全都单独禁闭起来,未经同意,不许他们和任何人交谈。这时,作战部部长打来电报。电文如下:

暂停人身保护权,宣布戒严令。

必要时逮捕嫌疑人,行动要迅速果断。

随时向作战部报告情况。

现在,我们可以行动了。我派人秘密逮捕了那个跛脚先生,悄悄将他带回要塞,关押起来,不许别人跟他说话,也不许他跟别人说话。他起初暴跳如雷,但很快平静下来。

接着，有消息传来，说有人看见维克洛将一个东西交给两个新兵，还说他刚一转身，那俩新兵就被抓去坐了禁闭，还在他们身上搜出一张字条，上面有铅笔字，还画着符号：

```
雄鹰第三次飞行

切记 ××××

      166
```

我奉命给作战部发了密电，报告了行动进展情况，还描述了那张字条。我们现在似乎处于强有力的地位，足以大胆扯下维克洛的假面具。于是我派人去叫维克洛，还派人把那封用"隐色墨水"写的信拿了回来。军医附带递来一份报告，说信上的字没化验出来，但还有别的办法，假如我愿意等，他可以再试一下。

不久，维克洛来了。他显得有些疲劳紧张，但却故作镇定，不慌不忙。就算他有什么猜疑，也不会表现在脸上和举止上。我叫他站了一会儿，然后亲切地问道："小兄弟，你老去那个旧马棚是怎么回事？"

他干脆而又自然地答道："长官，我不知道是怎么回事，其实也没什么特殊原因，我就喜欢一个人去那里玩。"

"你去那里玩？"

"是的，长官！"他说，还像原先那么天真单纯。

"你去那里就是为了玩一玩？"

"是的，长官！"他说着，抬头望着我，那双温柔的大眼睛露着天真，带着惊奇。

"真的？"

"真的，长官，千真万确！"

我迟疑片刻，又问他道："维克洛，你为什么经常写信？"

"写信？没有啊，长官。"

"真没有？"

"真没有，长官。哦，您要说是胡乱写写，那我还真是写了一些，都是写着玩的。"

"那你写完后拿它去做什么？"

"没做什么，长官，写完就随手丢啦！"

"你就没拿去送给别人？"

"没有啊，长官！"

我突然亮出他写给"上校"的那封信，他顿时一怔，接着马上镇定下来，脸上泛起一抹红晕。

"那你把乱写的东西送给别人，又是怎么回事？"

"长官，我从没……从没想干什么坏事！"

"没想干坏事？你泄露了要塞的武器装备，还敢说没想干什么坏事？"

他垂下头来，无话可说。

"哼，老实交待，不许撒谎。这信是写给什么人的？"

他显得有些慌张，但很快镇定下来，诚恳地说道："长官，我实话实说，决不撒谎。这信不是写给别人看的，我只是写着玩的。我知道自己错了，也很荒唐，但我以名誉担保，只犯过这么一回错。”

“嗯，听你这么说，我很高兴。写这种信是很危险的。但愿你只写过这封信，是吧？”

“是的，长官，绝对是。”

他的胆量让我目瞪口呆，说谎面不改色，比谁都诚恳。我胸中怒火升腾，但还是压了下去，稍后又问：“维克洛，我有两三件小事想向你讨教，你仔细想想，能不能帮我这个忙？”

“长官，我尽力而为。”

“那好，你先告诉我，‘上司’是谁？”

他顿时神色慌张，快速瞥了我俩一眼，但又若无其事地恢复了平静，从容答道：“我不知道，长官。”

“你不知道？”

“是不知道。”

“真不知道？”

他眼睛使劲盯着我看，却因过度紧张，又将下巴慢慢低垂下来，贴在胸前，闭口不言。他只是站在那里，不安地抚摸着一只纽扣，纵使他行为卑贱，倒也叫人觉得怪可怜的。我立刻打破沉默，又问：“‘神圣同盟’是些什么人？”

只见他浑身颤抖，两手微微胡乱比划一下，像是一个绝望的人在祈求怜悯，却又不吭声。他就那么站着，低头看着地面。我和雷伯恩坐在那里，眼睛盯着他，等他说话，却见豆大的泪珠从他脸颊上滚落下来。可他始终不说一句话。过了一会儿，我又问他：“回答我，小子，你必须如实交代。‘神圣同盟’是些什么人？”

他仍在默默流泪。我立刻厉声喝道:"回答我的问题!"

他极力忍着不出声,然后可怜巴巴地抬起眼来,哽咽道:"哦,可怜可怜我吧,长官!我回答不出,因为我不知道。"

"什么!"

"真的,长官,我说的是实话。我直到现在从没听说过什么'神圣同盟'。我以名誉担保,长官,就是这样。"

"我的天,瞧你写的这第二封信!看见这几个字了吧——'神圣同盟'。你还有什么话可说?"

他凝视着我的脸,一副因遭受极大冤屈而受到伤害的样子,伤心地说道:"长官,这个玩笑太残忍了!我一直努力做好事,从没伤害过任何人,他们怎么这样诬陷我?有人伪造我的笔迹。这封信,我一个字也没写过,以前也从没见过。"

"哼,你这坏透顶的小骗子!"说着,我从兜里掏出用隐色墨水写的那封信,递到他眼前,又问:"这个东西,你又如何解释?"

他脸色煞白,如同死人一般。两腿微微颤抖,伸手扶墙使自己站稳。稍后轻声问我,声音弱得几乎听不见:"您已经……看过了?"

我嘴里还没来得及吐出一个虚假的"是"字,我和雷伯恩的脸上大概就已透露出实情,因为我分明看见那少年的眼里又流露出一股坚毅的神情。我等他说话,但他一直不吱声。后来我又问他:"喏,这封信已说明了一切,你还有什么话可说?"

他非常镇定地答道:"我无话可说,但有一句,信上的东西并无恶意，清清白白，也没得罪谁。"

他的话，我一时无语反驳，仿佛陷入死角。我真不知如何是好。但我很快计上心头，这才舒了一口气，遂问他道："你对'上司'和'神圣同盟'真的一无所知？你说的那封伪造信，真不是你写的？"

"不是的，长官，真不是。"

我慢悠悠地掏出那根打着结的棉线，二话不说，拿给他看。他冷漠地看了一眼，然后用探究的目光看着我。我的忍耐已达到极限，但还是压住怒火，用平时的语气问道："维克洛，看见这个了吗？"

"看见了，长官。"

"这是什么？"

"好像是一根棉线。"

"好像是？它就是一根棉线。你不认得吗？"

"不认得，长官。"他沉着地回答。

他的冷漠着实令人惊讶！我一言不发，好让片刻的沉默，增加我后续问话对他的震慑。之后我起身把手按在他的肩头，厉声喝道："这对你没任何好处，穷小子，一点儿好处都没有。你留给'上司'的记号，还有这根打结的棉线，是在岸边的炮筒里发现的……"

"炮筒里发现的？啊，不，不对，不可能！不是在炮筒里，是在炮筒盖的一条裂缝里！——肯定是在那条裂缝里！"说着，他双膝跪地，合掌作揖，抬起头来，面如死灰，惊恐万状，一副可怜巴巴的模样。

"不，就是在炮筒里。"

"啊，出事了！天哪，我完蛋了！"说着，他蹿起身来，左躲右闪，不让我抓住，拼命想要逃走。但想要逃跑，绝不可能。所以他又猛地跪倒在地，嚎啕大哭，两手死死抱住我的大腿，缠着我苦苦哀求道："哦，行行好，可怜可怜我吧！别出卖我，他们随时都会杀了我！保护我，救救我，我全招！"

过了好一阵，他才安静下来，已不像刚才那样惊恐，头脑也清醒了许多。我便开始盘问他。他低垂着眼帘，恭顺地回答，泪水不停地往下流，还不时拿手抹一下。

"这么说，你是存心要谋反？"

"是，长官。"

"你是特务？"

"是，长官。"

"外面一直有人指使你？"

"是，长官。"

"你是自愿的？"

"是，长官。"

"大概也很乐意？"

"是，长官，不承认没什么好处。南方是我的家乡，我心在南方，一切为了南方。"

"那么，你跟我说，你被人冤枉，家人受害，都是故意编来骗我的？"

"长官，是他……他们教我这么说的。"

"你竟然想要背叛怜悯你、保护你的人，想把他们毁了不成。迷路的可怜虫，你知不知道自己有多卑鄙？"

他哭泣不语。

"好，这事先不追究。我且问你，'上校'是谁？他在哪里？"

他开始放声大哭，极力哀求，就是不肯说，还说他若供出那人，就会被人杀掉。我威胁他说，如不从实招来，就把他关进黑牢房监禁起来。我还向他保证，如果他将情报和盘托出，我一定保护他，不让他受到任何伤害。他紧闭嘴唇，所有问题一概不回答，那股倔犟劲儿，我实在拿他没辙。后来，我带他来到牢房。一见那黑洞洞的牢笼，他立刻一改故辙，突然悔恨痛哭，苦苦哀求，说他愿将一切全部说出。

于是我又将他带回营帐，他这才说出"上校"的名字，还详细描述了他的外貌特征，说他身穿百姓衣服，住在镇上的大旅店。我再次威胁他，他又说出"上司"的名字，并描述了他的相貌特征。说他化名理·弗·盖洛德，住在纽约市邦德大街15号。我立刻打电报给纽约市警察局局长，告知这个情况，叫他迅速逮捕盖洛德，先将他关押起来，待我派人押回军营再审。

"目前看来，"我继续审问维克洛，"你还有几个'外线'同谋，好像是在新伦敦港。说出他们的名字和住址来。"

他说出了三男两女的名字和住址——他们全都住在大旅店。我派人去将那五人和那个"上校"一并抓来，关押在要塞。

"接下来，我要你说出要塞内你三个同伙是谁。"

我以为他又想拿谎话来搪塞我，可是，当我亮出从他两个同伙身上搜出的神秘字条时，他的态度立刻有了转变。我告诉他说，我们已抓获他的两个同伙，他必须供出另一个。这下他吓蒙了，立刻哭喊道："哦，请别逼我，他会随时杀了我。"

我说他胡扯，我会派人随身保护他，况且士兵集合不带武器。我命令所有新兵集合点名。只见这坏小子两腿哆嗦着走出营房，极力装出一副若无其事的模样，往队列前面走去。后来他对其中一个新兵只说了一个字，还没走开五步，那新兵便被拿下。

维克洛一回到我俩这边，我便下令将他的三个同伙带进来。我让其中一个往前迈一步，问道："喂，维克洛，听着，不许隐瞒实情。这人是谁？他的情况你知道多少？"

他已"身不由己"，只好孤注一掷，两眼盯着那人的脸，毫不犹豫地一口气说完——大意是："他的真名叫乔治·布里斯托，是新奥尔良人。两年前在'朱庇特号'海岸油轮上当过二副，是个亡命之徒，因犯杀人罪入狱两次——一次因为拿绞盘棒打死一个名叫海德的甲板水手；另一次因为打死一个码头工人，因为他不肯抛测深锤，还说那不是码头工人该干的活儿。他是个特务，是上校派来刺探军情的。一八五八年'圣尼古拉斯号'在孟菲斯附近爆炸时，他在船上当三副，还差点被私刑处死，因为死伤者被空木船运往岸上时，他抢了他们的财物。"

他说的就是如此这般——他还细说了那人的经历，说完后，我遂问那人："你对此有什么好说的？"

"恕我直言，长官，他简直就是信口雌黄，胡说八道。"

我派人将他带下去关押，又把其余二人依次叫到面前，让维克洛辨认。结果同样如此。这小子将他二人的经历也细说一遍，一字一句毫不犹豫。可是，我从那两个混蛋嘴里得到的，不过是愤怒的声明，说他根本就是一派胡言。他俩拒不承认自己是特务。我遂派人也将他二人带下去关押，然后命令士兵将其他俘虏一个个押来。维克洛将他们的一切全部供出——包括他们来自南方哪个城镇，以及涉嫌这个阴谋活动的详细情况。

可是，他们全都矢口否认他说的那些事，没一个人承认一件事。男的暴跳如雷，女的哭天抹泪。他们都说自己是从西部来的无辜百姓，热爱北方联军胜于世间一切。我极其厌恶地把那帮人又关押起来，然后再次盘问维克洛。

"166号在哪里？B.B.又是谁？"

可是，他却一意孤行，拒不回答。我连吓带哄，仍对他不起作用。时间在飞逝——必须严刑拷问。于是我绑住他的两根拇指，将他往上吊起，一直吊到他脚尖就要离地。疼痛越来越剧烈，他终于不堪忍受，连声惨叫，让我不忍目睹。但我坚决不饶，他立刻尖声叫道："哦，求求你，放我下来，我说！"

此时的每一秒钟对他都是巨大的痛苦，所以他非说不可：

"166号，在雄鹰旅店！"

他说的是河边的一个下等客栈，常去那里的人，都是些普通劳动者和码头工人，还有一些名声不大好的人。

我这才放他下来，叫他说出这次阴谋的目的。

"今晚偷袭要塞。"他啜泣着顽强地说道。

"我抓到的这些人，全都是头目，是不是？"

"不全是，还有几个人要在166号碰头。"

"'切记××××'是什么意思？"

他不吭声。

"去往166号的口令是什么？"

他仍不吭声。

"那串字母——MMMM和FFFF——是什么意思？说！不然再叫你尝尝苦头。"

"我是不会说的！死也不会。要杀要剐随你的便。"

"想清楚你说的话，维克洛，就这些？"

他坚定地说道，声音毫不颤抖："就这些。我热爱那蒙受欺辱的家乡，痛恨北方阳光照耀下的一切。我宁死不会卖主求荣。"

我又绑住他的两根拇指，再次将他吊起。当疼痛达到极点时，那可怜的家伙又是一阵惨叫，听来撕心裂肺，但我们仍无法从他口中得到情报。每次盘问，他照旧大声喊叫："头可断，血可流，决不说。"

得了，我们只好作罢。我们相信他肯定死也不招，只好放他下来，严加看管。

接下来的几个小时，我们一面忙着给作战部打电报，一面准备突袭166号。

那是一个令人惊慌的夜晚，寒冷刺骨，漆黑一团。消息已经走漏，整个要塞处于警戒状态。哨兵增加了三倍，谁也不许出入，一动就被喝住，用火枪¹对准头。不过，我和韦伯已不像先前那么担忧，因为许多头目已被我们控制，阴谋集团遭到破坏，几近瘫痪。

我决定尽快出兵166号，抓获"B.B."，堵上他的嘴，等他的同伙一到，将其一网打尽。凌晨一点一刻左右，我带了六名骁勇强悍的美军正规兵，押着双手被反绑的维克洛，悄悄离开要塞。我告诉维克洛，我们要去166号，他若再敢撒谎骗我，就得叫他带路去该去的地方，不然自食其果。

我们偷偷靠近客栈侦察，见小酒吧亮着烛光，其余房间一团漆黑。我伸手推开前门，大家轻轻走入客栈，关门脱鞋，由我带头走进酒吧。店主是个德国人，正坐在椅子上打盹儿。我轻轻将他弄醒，叫他脱了靴子给我们带路，并警告他不许出声。他乖乖顺从，但分明吓得要命。我命令他带我们去166号。我们像一群猫似的，接二连三爬上两三层楼梯，然后行至长廊尽头一个房间的门前，只见门楣玻璃窗上透出微弱的亮光。店主在黑暗中摸了我一把，悄悄告诉我说，那就是166号。我推了推门——里面反锁了。于是我低声吩咐一个大个子士兵，我俩遂用肩膀顶住房门，用力一撞，那门便从合页脱落。只见床上躺着一个模糊的人影——他急忙抬头吹灭蜡烛，我们顿时陷入一片漆黑。我一跃而起，跳至床上，骑在那人身上，双膝紧紧夹住不放。他因被擒而死命反抗，我便用左手掐住他的喉咙，这才将他控制于胯下。接

1　16至19世纪士兵使用的一种长管枪，也叫滑膛枪，是步枪的前身。

着我立刻掏出左轮手枪，扣住扳机，将冰冷的枪筒对着他的脸，警告他不许动。

"擦根火柴！"我命令道，"我已将他拿下。"

火柴随即擦亮。我定睛一看，哟，原来胯下的俘虏是个姑娘！我放开她，跳下床，觉得特别尴尬。大家呆头呆脑，面面相觑。这事太突然，让人措手不及，无计可施。那姑娘以床单掩面，哭将起来。店主毕恭毕敬，说道："这是我女儿，莫非她干了什么见不得人的事，聂系特瓦[1]？"

"你女儿？她是你女儿？"

"嗯，是的，正是小女。"

"她今晚刚从辛辛那提回来，身体有点不舒服。"

"该死，这小子又骗人。这里不是他说的那个166号，这人也不是什么B.B.。听着，维克洛，必须给我找到真正的166号，不然的话——咦，那小子呢？"

跑了，确定无疑！而且，连个踪影都找不到。这下难办了。我骂自己太笨，没将他和一个士兵捆绑在一起。然而为此事烦恼，已无济于事。在目前这种情况下，我该怎么办？——这才是我该考虑的问题。那姑娘也许就是"B.B."，到底是不是，我不能肯定，但又不能将怀疑当成证据。后来我派士兵守在166号对面的一间空屋，命令他们，只要有人走近那姑娘的房门，无论何人，一概拿下，并严密监视店主，别让他跑掉，等待我的后续命令。之后

1　原文是德语 nicht wahr，意为"是不是"。

我急忙赶回要塞，以确保那里不出意外。

还好，要塞一切照旧，平安无事。我彻夜未眠，生怕会有什么不测。所幸没有意外发生。见天光方亮，即可电告作战部，就说星条旗仍在特朗布尔要塞上空飘扬，我的喜悦之情难以言状。

积在我心头的巨大压力终于释放。当然，我仍没放松警惕，也没停止努力。局势严峻，不容松懈。我一一提审俘虏，逐个拷问，逼他们招供，但一无所获。他们咬紧牙关，撕扯头发，不露一丝风声。

正午时分，有消息传来，说凌晨六点，在大约八英里外，有人见那逃跑少年沿马路往西边奔去。我立刻派出一个骑兵中尉和一个列兵去追缉他。他俩在二十英里外发现了他。当时他已翻过一道篱笆墙，疲惫地拖着两腿，穿过一片泥泞的田地，朝村边一座老式大宅院走去。他俩穿过一片树林，兵分两路，从两侧向大宅院包抄过去。及至近前，翻身下马，疾步跑进厨房，却不见人影。两人又溜进隔壁房间，仍不见人影，却见通往前屋客厅的那道门敞开着。两人方欲穿门而入，忽听客厅有低语声，原来有人在祷告。于是两人恭恭敬敬停住脚步。中尉探头往里一瞧，只见墙角跪着一个老汉和一个老婆子。那老汉正在祷告，刚祷告完毕，就见维克洛那小子打开前门，走了进去。老汉和婆子立刻一起扑上去，将他团团围住，抱得他差点喘不过气来，两人嘴里还不停地念叨："咱家的儿啊！咱家的宝贝！感谢上帝！失而复得！死而复生！"

对了，先生，你猜那是怎么回事？原来那个小淘气鬼自从出生以后，一直养在那个大宅院里，长那么大还从没走出家门五英里之外，直到半月前，他转悠到我的驻地，编了一个伤感缠绵的故事将我欺骗！说得就跟真的似的。那老汉是他父亲——是个博学的退休老牧师，那老婆子是他母亲。

让我再絮叨一两句，说说那少年的事，还有他的一些古怪举动。原来他嗜书如命，专爱看廉价小说和报纸上的轰动新闻——因此非常喜欢鬼祟的神秘事件和浮而不实的英雄气概。后来，他看到报纸上的报道，说叛军的特务在我军营搞秘密活动，目的险恶，并三番五次得逞，耸人听闻。于是他对此事的想象力便像烈火一般蔓延开来。他还和一个北方青年过从甚密，两人一起混了好几个月，那青年多嘴多舌，异想天开，曾在班轮上干过两年"排泥手"（是个下等船员），经常来往于新奥尔良和密西西比河上游两三百英里处的地区之间——所以他一说起那一带的地名和详情来，就如数家珍一般。战前我曾在那一带住过两三个月，对那里的情况知之甚少，轻易就让那少年给蒙骗了。若他遇上一个土生土长的路易斯安那人，估计话没说上十五分钟，就已露出破绽。他说宁死不会泄漏谋反的秘密，原因你知道吧？因为他说不出来！那些秘密没有任何实际内容，全是他凭空瞎编的，根本没考虑前因后果。所以突然问起他来，他编不出个说法。就说那封用"隐色墨水"写的信吧。他说不出里面藏着什么秘密。原因很简单，因为里面什么也没写，不过是一张白纸。他也从没往大炮里放过什么东西，也没打算要放——因为那些信都是写给一些虚构的人。每次他去马棚藏好一封信，都要取走头一天藏的另一封。他并不知道那根打了结的棉线，因为我拿给他看时，那是他头一回看见那个东西。我追问那棉线的来历，他马上承认是他放的，又要了骗人的伎俩，而且谎话编得很圆。他还编出个名叫"盖洛德"的先生来，也没有邦德大街15号这个地名——那个地方三个月前就被拆除了。他还口若悬河地胡诌了几个人的来历，就是我抓来要和他当面对质的那几个倒霉鬼。后来他又编出个名叫"B.B."的人。就连166号那个地方，也是他胡编乱造的，因为他根本就不知道"飞鹰旅店"有那个房号。你还别说，我们到了那里，竟然发现果真有那个房号。你只要盘问，他随时都能编出个人或事来。我叫他说出"外线"特务，他马上说出他们的容貌特征，因为那些人都是他在旅店里见过的陌生人，他们的名字也是他碰巧听到的。哈哈，在兵荒马乱的日子里，他却另有一片绚丽多彩、浪漫而又神秘的天地。我想，这片天地对他来说是真实的，并且打心眼里欢喜。

然而，他却给我们找了那么多麻烦，叫我等颜面尽失。你可知道，就因为他，我们抓了十五至二十人，全部关押在要塞，还派哨兵在门口看守。抓来的人有许多都是士兵，对于他们，我可以不用道歉。可是，其余的人全是全国各地的一等公民，我三番五次赔礼道歉，他们仍不满意。他们暴跳如雷，恼羞成怒，闹个没完没了！尤其那两位女士——一个是俄亥俄州一位议员的夫人，一个是西部一位主教的妹妹——两人气得眼泪汪汪，对我蔑视嘲讽。那眼泪就像是留给我的纪念品，叫我念念不忘那两个女人——我将永远怀念她们！那位戴着墨镜的跛脚先生，原来是费城的一位大学校长，那天他去参加侄子的葬礼，当然，也从没见过维克洛。哦，他没赶上葬礼不说，还被当成叛军的特务，给关押起来。而且维克洛还在我的营帐无情地胡说八道，说他伪造钱币，是黑奴贩子、盗马贼、纵火犯，是从加尔维斯顿[1]名声最臭的流氓窝里来的。那不幸的老先生好像对此事一直耿耿于怀。还有作战部！可是，啊，天哪，咱们还是拉下帷幕遮住它吧！

附注：我拿了手稿去给少校过目，他说："你不了解军中事务，难免露出一些小小谬误。不过，事件写得生动逼真——还说得过去。军人看了会觉得好玩，其他人看不出什么破绽。大部分情况属实，如同实际发生的一样。"

发表于 1881 年

1　　位于美国得克萨斯州东南部的港口城市。

白象失盗记 [1]

一

下面这个离奇的故事，是一位萍水相逢的人在列车上讲给我听的。他是一位年过七旬的先生，面容和善慈祥，待人热情真诚，让人感觉从他嘴里说出来的每一句话都确凿无疑，如同打上钢印。他说：你可知道暹罗 [2] 人对皇家的白象有多么崇敬。知道吧，那是献给国王的贡品，只有国王才配拥有。其实在某种程度上，它比国王还要尊贵，因为它不仅享有荣耀，而且为人敬拜。好了，闲话休提！

话说五年前，大不列颠和暹罗因边境问题发生纠纷，不久真相大白，错在暹罗。于是，暹罗很快履行了各种赔款手续。英方

---

1 这篇小说是从《海外流浪记》里删掉的，因当时恐其中有些情节过于夸张，另一些情节又不真实。等这些疑虑被证明毫无根据时，那本选集业已付梓。——马克·吐温

2 泰国的旧称。

代表表示满意，不计前嫌。这使暹罗国王如释重负。因此，一来为了答谢，二来消除英国对暹罗可能怀有的一丝芥蒂，暹罗国王希望送给英国女王一件礼物——按照东方人的观念，送礼是化解敌意唯一妥当的办法。这件礼物不仅要具有皇家气派，而且应当盛大得超乎寻常。那么，还有什么礼物能比白象更合适？当时我在印度行政参事会任职，大伙认为只有我才配得上享有为女王陛下运送礼物的殊荣。船只备好后，我便带了仆人并押运大象的官员和随从动身回国。我如期到达纽约港，将皇家的委任物安置在泽西市一个极好的营房。我们在继续航行之前，有必要休养一段时间，好让大象恢复健康。

前两周一切正常，后来大祸临头——白象失盗！我深更半夜被人叫醒，才听到这个可怕的不幸消息。一时间，我吓得魂飞魄散，焦急万分，却束手无策。后来我渐渐镇定下来，恢复了常态，很快知道该怎么办——因为对聪明人来说，只有一条路可走。虽然当时天色很晚，但我仍立刻飞往纽约，让一位警察把我带到刑侦队总部。幸亏我及时赶到，因为刑侦队队长——即大名鼎鼎的布伦特探长——正准备要回家。他中等个头，身材敦实，沉思时双眉紧锁，手指若有所思地轻叩额头，让你马上深信不疑，站在你面前的这位绝非等闲之辈。见他这个架势，我顿时满怀信心，充满希望。我说明了来意，他听后从容不迫，镇定自若。看来这件事并没对这位钢铁汉子产生多大影响，就好像我告诉他说我的狗让人偷走了一样。他抬手示意，叫我坐下，然后平静地说道："让我想一想。"

说着，他坐在办公桌上，手托额头，陷入沉思。房间的另一头，几个警员正在忙碌。接下来的七八分钟，只听笔在纸上写字的刷刷声，探长一直坐着埋头思索。后来他抬起头来，脸上冷峻的轮廓向我表明，经过深思熟虑，他的大脑终于想出一个计划。他用低沉而又感人的声音说道："此案非同一般，每个步骤都必须小心谨慎，以确保万无一失，才能采取下一个步骤。还必须严守秘密——事关重大，绝不可泄露，不能向任何人提起，也不可向记者透露。我来应付那些记者，只告诉他们对我的行动计划有利的情况。"他按了一下铃，随即进来一位年轻人。"阿拉瑞克，叫记者们耐心等候。"年轻人告退。"现在咱们继续谈事——要有系统性。干我这行的，做事必须一丝不苟，不然什么事也办不成。"

他拿出笔和纸，问我道："说吧——那头大象姓什么？"

"汉森·本恩·阿里·本恩·塞利姆·阿卜杜拉·穆罕默德·莫伊斯·阿尔罕默尔·詹姆赛契吉布霍伊·杜利普·苏丹·艾布·布德普尔。"

"很好。名字？"

"珍宝。"

"很好。出生地？"

"暹罗首都。"

"父母尚在？"

"不在——死了。"

"除这头外，它们还产下别的吗？"

"没有，就产下这头。"

"很好。这一项下，有这几条就够了。现在，请你描述一下那头大象的特征，不要遗漏任何细节，哪怕是无关紧要的细节——也就是说，从你的观点看，属于无关紧要的那些细节。对于我们这行的来说，没有什么细节是无关紧要的，所有的细节都很重要。"

于是我描述，他记录。我描述完后，他说："你听着，不对的地方，请指正。"

他念道："身高，十九英尺；头顶至尾根，长二十六英尺；鼻长，十六英尺；尾长，六英尺；鼻尖到尾梢，总长四十八英尺；牙长，九英尺半；耳朵和牙齿长度相等；蹄印近似水桶倒扣于雪地留下的痕迹；颜色，亚太白；两耳各穿一孔，大如盘，用以镶嵌珠宝；有用鼻子向旁观者喷水的嗜好，不光用鼻子戏弄熟悉的人，对陌生人也用样；右后腿稍跛；左腋窝下有长过疖子留下的小疤痕；失盗前背上驮有一座内置十五座的楼阁，下垫一张和普通地毯一般大的金丝布鞍垫。"

记录准确无误。探长按铃叫来阿拉瑞克，把笔录交给他，吩咐道："立刻复印五万份，寄往美洲大陆各刑侦科和当铺。"阿拉瑞克告退。"好，目前一切顺利。接下来，我还需要一张那家伙的图片。"

我给了他一张大象的图片。他用挑剔的眼光审视了一番，说道："没有更好的，就只好用这张了。可它却把鼻子卷起来塞进嘴里了。这有点不太好，估计会让人误会，因为它平时肯定不是这样。"他又按了一下铃。

"阿拉瑞克，明天早上把这张图片复印五万份，连同文字说明一起寄出去。"

阿拉瑞克告退，去执行命令。探长说："当然还需要出个悬赏令。数额以多少为宜？"

"你看以多少为宜？"

"首先，我想，呃……两万五千美金吧。案情错综复杂，非常棘手，有千条街道可以逃跑，千次藏身的机会。这帮盗贼到处都有狐朋狗友……"

"天啊，你知不知道他们是谁？"

从他那张惯于隐藏思想和感情的矜持面孔上，我看不出什么名堂，就连他回答的语气也非常平静。他说："这你不用操心。我也许知道，也许不知道。我们一般根据作案手段和赃物的大小，搜索蛛丝马迹，来推断盗贼的身份。我们要搜捕的不是普通扒手，也不是入室盗窃的小偷，这一点你要搞清楚。这个财宝不是新手能够'拿得动'的。不过，考虑到办案要跑很多路，而且盗贼还要处处隐藏行踪，我刚才说的悬赏两万五千美金可能少了点。不过，刚开始就给这个数目，我看也值。"

于是我们把这个数额定为第一笔赏金。这个男人把什么都能当成线索，什么也别想逃过他的眼睛。他说："刑侦史上有些案例表明，通过调查嗜好特征，往往可以侦破罪犯。我问你，这头大象一般吃什么？一顿能吃多少？"

"唔，吃什么……它什么都吃。吃人，也吃《圣经》——介于两者之间的东西都吃。"

"好——确实很好，只是太笼统了。还需要细节——在我们这个行业，细节才有价值。很好——说到吃人，那么一顿——或者说一天，它能吃掉几个人，假如是肉鲜的话？"

"它不在乎鲜与不鲜，一顿能吃五个普通人。"

"很好，五个人。咱们把这条也记下来。它喜欢吃哪国人？"

"无所谓哪国人，它就喜欢吃熟人，但对陌生人也不挑剔。"

"很好。那么《圣经》呢？它一天能吃几本？"

"它能吃下整个一本。"

"不够具体。你指的是八开本的，还是带插图的家用《圣经》？"

"我想它不在乎带不带插图，就是说，它不会认为带插图的比简易线装本的更珍贵。"

"你没明白我的意思。我说的是重量。普通的八开本《圣经》重约两磅半，而带插图的大四开本重量在十磅到十二磅之间。它一顿能吃几本《多雷圣经》[1]？"

"你要是了解这头大象，就不会这么问了。给多少本，它都吃得下。"

"那么，就折合成现金来算。不管怎样，咱们得要弄清楚价格。多雷版的价格一本是一百美金，就是用俄罗斯羊皮包了书角

---

[1]   一本适合儿童阅读的《圣经》，书中有法国插图画家古斯塔夫·多雷所绘的插图，于 1866 年出版。

的那种。"

"它得需要价值大约五万美金的书——就是说，一次能吃五百本。"

"这就更精确了。我把它记下来。很好，它喜欢吃人和《圣经》，目前没什么问题。它还吃什么？我希望能具体一些。"

"它有砖就不吃《圣经》，有瓶子就不吃砖，有衣服就不吃瓶子，有猫就不吃衣服，有牡蛎就不吃猫，有火腿就不吃牡蛎，有白糖就不吃火腿，有馅饼就不吃白糖，有土豆就不吃馅饼，有糠就不吃土豆，有干草就不吃糠，有燕麦就不吃干草，有大米就不吃燕麦，因为它主要是用大米饲养的。除了欧洲的黄油，它没有不吃的东西。它要是尝过黄油，肯定也会吃。"

"很好，一顿的饭量大概是……"

"呃，大概在五百磅到半吨之间。"

"喝什么……"

"只要是液体都喝，比如水、牛奶、威士忌酒、糖浆、蓖麻油、樟脑油、石炭酸——没必要说得那么详细，你想到什么液体，就写什么。除了欧洲的咖啡，它什么液体都喝。"

"很好。能喝多少？"

"你就写五至十五桶吧——但也不一定，那得看它口有多渴，它的食欲倒是一直不变。"

"这几点可不寻常，能为寻找大象提供很好的线索。"

他按了一下铃。

"阿拉瑞克，叫伯恩斯警司来一下。"

伯恩斯到。布伦特探长把整个事情向他细说端详，然后用清楚果断的语气下达命令——他脑子里显然已有明确的方案，而且早已习惯下达命令："伯恩斯警司，派琼斯、戴维斯、哈尔西、贝茨和哈克特几位警探去寻找大象。"

"是，长官。"

"再派摩西、迪肯、墨菲、罗杰斯、塔帕、希金斯和巴塞洛缪几位警探监视盗贼。"

"是，长官。"

"安排一支强劲的卫队——精选三十名，再安排三十个换岗的守卫，日夜监守大象失盗的地方，没有我的手令，不许任何人靠近——除记者外。"

"是，长官。"

"再派一些便衣警探去火车站、港口和渡口，还有泽西市通往其他地区的各条道路，命令他们搜查一切形迹可疑的人。"

"是，长官。"

"命令他们带着大象的图片和文字说明，搜查所有外出火车、渡船和其他船只。"

"是，长官。"

"一旦发现大象，就将它捉住，然后打电报向我汇报。"

"是，长官。"

"假如找到线索，比如大象蹄印之类的东西，立刻向我汇报。"

"是，长官。"

"传令港口巡警在临河一带巡逻警戒。"

"是，长官。"

"速派便衣警探赶赴各铁路沿线，北至加拿大，西至俄亥俄，南至华盛顿。"

"是，长官。"

"派专家去各电报局收听所有电报，叫他们让电报局把全部密电译给他们看。"

"是，长官。"

"要把一切做得极其隐秘——神不知鬼不觉。"

"是，长官。"

"照例及时向我报告。"

"是，长官。"

"去吧！"

"是，长官。"

伯恩斯警司转身离去。

布伦特探长沉默片刻，若有所思，目光里的热情也冷却下来，逐渐消退。然后他转向我，平静地说道："我不喜欢吹牛，也没那个习惯；不过……我们总会找到大象的。"

我热情地握着他的手，发自内心向他表示感谢。我越看这个人，心里越欢喜，也越惊叹于他这种职业不可思议的神奇。然后我俩分手，我连夜回到住所，比来时的心情愉快了很多。

二

　　次日清晨，消息见诸报端，包括细枝末节，甚至还加油添醋——有这名警探和那名警探以及别的警探对案情的种种"推断"：这桩盗窃案是如何发生的；盗贼是些什么人；他们携赃物逃往何处等等，各种说法不下十一种，涵盖各种可能性。这一事实表明，警探都是独立思考的人。十一种推断中没有哪两种是相同或相似的，但有一种推断尤为显著，各警探完全赞同。那就是，虽然我住所的后墙开了一个大洞，但唯一的房门是紧锁的，大象不可能从洞口走出，大概走的是另一个尚未发现的出口。大家一致认为，盗贼在墙上开洞是为了误导警探。这一点，我绝对想不到，其他外行人可能也想不到，但却一刻逃不出警探的火眼金睛。这样看来，我本以为并无神秘可言的事，其实恰恰让我陷入迷茫。十一种推断都提到了可疑的盗贼团伙，但没有哪两种推断提到同一伙盗贼。疑犯的总数多达三十七人。各家报纸最后纷纷刊登了全部意见中最重要的一条——即刑侦队长布伦特探长的意见。其中的部分内容如下：

　　　　刑侦队长知晓两名主犯姓甚名谁，他们是"硬汉"达菲和"红脸鬼"麦克法登。在大象失盗前十天，队长就已意识到有人将图谋不轨，并准备暗中跟踪这两个臭名昭著的恶人。但不幸当晚二贼突然失踪，尚未发现，大象早已不翼而飞。

　　　　达菲和麦克法登乃盗窃行业明目张胆的两大恶棍。队长有理由相信，此二人去年冬天于一寒夜曾盗窃刑侦队总部火炉——致使队长和值勤的各位警探及其他人员或手脚冻伤，或两耳冻疮，不得不连夜就医。

看到报道的前一段，我越发惊叹于这个奇人的远见卓识。他不仅能清晰洞察眼前的一切，而且能预知不明的未来。我很快来到他的办公室，告诉他说，我真希望他早就逮捕那两个恶人，省得他们惹下麻烦，结果丢失了大象。可是，他的回答简洁而又让人无法应答："防止犯罪不是我们的职责本分，我们只是惩治犯罪。我们又不能惩治犯罪，除非犯罪行为实施以后。"

我跟他说，他当初说要严守秘密，可秘密已被报纸披露，不但我们掌握的所有情况，而且行动计划和目标已全部公之于世，就连嫌疑犯也被指名道姓，这无疑会使犯罪分子伪装自己或躲藏起来。

"随他们的便。他们将会发现，只要我想搜捕他们，我的手就会像命运之手那样，准确无误地伸入他们的秘密据点，落在他们身上。至于报纸方面，我们必须与之保持联系。名声和名誉及公众的良好口碑——这些东西好比是警探的面包黄油。身为警探，就必须公布自己掌握的情况，不然会让人以为他一无所知。他必须公布自己的推断，因为没什么能比警探的推断更离奇，更引人注目，更能赢得公众的赞叹和敬重。我们必须公布行动计划，因为报刊需要这些东西，不给就会得罪他们。我们必须经常让公众知道我们有所作为，不然他们还以为我们无所事事。听到报上说'布伦特探长神机妙算，做出如此推断'之类的话，总比听到它苛责甚至挖苦我们要舒服得多。"

"我就知道你说话有魄力。不过，我见今天的晨报刊登了你的部分言论，好像你不愿透露对某个次要问题的看法。"

"没错，那是我们的一贯做法，而且效果不错。况且，不管怎么说，当时我对那个问题还没有什么看法。"

我给探长留下一大笔钱，作为目前的活动经费，然后坐在那里等候消息。此刻我们正期待着电报随时打来，我趁机又把报纸翻阅了一遍，看到我们写的文字说明，才发现那两万五千美金的悬赏似乎只是针对警探。于是我向探长建议，赏金应该针对能够捉回大象的任何人，可他却说："最终找到大象的是警探，所以赏金就该归警探所有。假如其他人发现了那头巨兽，那也是因为他们观察了警探的行踪，窃取了他们的线索和暗示。归根结底，只有警探才有资格得到那笔赏金。赏金的正当职能，是激励那些把宝贵的时间和练达的睿智奉献给这份工作的人，而不是将利益给予那些只凭运气撞上一头猎物而并非靠功绩和劳动得之的公民。"

他的这番话当然不无道理。这时，屋角的电报机咔嗒嗒响了起来，结果收到以下电文：

> 纽约弗劳尔车站，上午七时三十分
>
> 获得线索。附近农场发现一串颇深蹄印。向东跟踪二英里无果。料大象已西去。将向西跟踪……

"达利是刑侦队最出色的一名队员，"探长说，"不久我们还会听到他的消息。"

接着又收到第二份电报：

新泽西州巴克镇，上午七时四十分

刚至此。昨夜大象闯入玻璃厂吞食空瓶八百只。距此五英里处水源充足。或大象口渴前往取饮。

贝克警探

"这又是个好兆头，"探长说，"我跟你说过这家伙的胃口就是不错的线索。"

第三份电报：

长岛泰勒维尔镇，上午八时十五分

昨夜附近一堆干草失踪。或为大象所食。已获线索。

再报。

哈伯德警探

"它怎么到处走动啊！"探长说，"我就知道这事很难办，但我们一定要将它抓获。"

　　　　　　　　　　　　纽约弗劳尔车站，上午九时

　　向西跟踪三英里。蹄印又大又深且不整齐。偶遇一农
夫，言此印迹并非大象蹄印，乃去冬地冻时，彼移植树苗所
遗留之洞坑。请示下一步行动。

　　　　　　　　　　　　　　　　　　达利警探

"啊哈！原来是盗贼的同伙啊！事情有眉目了。"探长说。
他口述下面的电文让人发给达利：

　　逮捕此人逼他供出同伙。继续跟踪
　　——必要时直达太平洋。

　　　　　　　　　　　　　　　　　　布伦特探长

又一份电报：

　　　　　　　　　　　　宾州科尼角，上午八时四十五分

　　昨夜大象闯入煤气公司。吞食三个月未付账单。已获线
索。正前往搜捕。

　　　　　　　　　　　　　　　　　　墨菲警探

"天哪！"探长说，"煤气账单它也吃呀？"
"吃——因为无知，可是那东西不能维持生命，至少不顶
饱。"

114

这时来了一份激动人心的电报：

> 　　　　　　　纽约州艾恩威尔村，上午九时三十分
>
> 方至此。村民皆惊愕。大象于凌晨五时经过此村。或曰
> 东去，或曰西去，或曰北去，或曰南去——然村民均言未及
> 详察。大象曾击杀一马；残留尸体可作线索。此马为象鼻击
> 杀。由被害方式观之，马左侧或遭袭击；由尸体卧姿观之，
> 大象或沿伯克利铁路北去，且已于四个半小时前离开此地。
> 我即刻前往跟踪。
>
> 　　　　　　　　　　　　　　　　　　哈维斯警探

我又是欢呼又是感叹。探长却沉默不语，俨然一尊雕像。他平静地按了一下铃。

"阿拉瑞克，去把伯恩斯警司叫来。"

伯恩斯到。

"还能派出多少人执行紧急命令？"

"九十六人，长官。"

"立刻派往北边，让他们密切注意艾恩维尔村以北的伯克利铁路沿线。"

"是，长官。"

"叫他们行动要绝对严密。让其他空闲人员随时听命。"

"是，长官。"

"去吧。"

"是，长官。"

不久，又来了一份电报：

> 纽约州赛奇科纳斯镇，十时三十分
>
> 方至此。大象于八时十五分经过此地。除一警员外，全镇人均已逃离。大象分明曾袭击一根路灯柱，殃及无辜警员。柱与警员均倒地。我已获警员部分尸首为线索。
>
> 斯达姆警探

"看来大象已往西边去了，"探长说，"但它逃不掉，因为那一带全都布满了我的人。"

下一份电报上说：

> 格洛弗村，十一时十五分
>
> 方至此。村民弃村而逃，只剩老弱病残。大象于四十五分钟前经过此地，适逢反禁酒集会。大象自池中汲水，伸鼻入窗，往室内喷射。有人呛水后丧命；另有数人溺水而亡。克罗斯与奥肖内西二警探曾路过村庄，因往西而去，故未遇大象。方圆数英里地区陷入恐慌——众人逃离家园。逃离者遭大象袭击，多人身亡。
>
> 布兰特警探

这场浩劫让我如此悲痛，眼泪都快流出来了。可是探长却说："你瞧——我们正在向它逼近。它感觉到我们的存在，所以

116

又往西去了。"

可是，下一个恼人的消息又为我们准备好了。电文如下：

霍根斯波特镇，十二时十九分

方至此。大象于半小时前经过此地，制造极端恐怖与骚乱。彼欺霸街头，袭击二过路水管工——致使一人丧身，一人逃亡。众皆哀恸。

欧弗莱厄提警探

"现在大象已在我部下的包围之中，"探长说，"料它插翅难飞。"

接着，分布在新泽西州和宾州的警探纷纷打来电报。他们都在跟踪大象的各种线索，其中有破坏粮仓的、工厂的、主日学校图书馆的等。他们全都满怀希望——这种希望真的正在变成现实。探长道："我真希望能和各位警探通话，命令他们往北搜捕，但这是不可能的。每个警探发电报时才去电报局，发完后就走人，你都不知道往哪里去找他们。"

接着又来了一份急电：

康州桥港市，十二时十五分

巴纳姆建议我方出让大象用以张贴流动广告之专利权，每年收取四千美金，时间自即日起至警探寻到大象为止。意在用以张贴马戏海报。速复为盼。

"简直太荒唐了！"我惊叫道。

"确实荒唐，"探长说，"巴纳姆先生显然自作聪明，他不了解我——可我了解他。"

于是他便口述一条电文回复那份急电：

> 拒绝巴纳姆先生的出价。索取七千美金，否则免谈。
>
> 布伦特探长

"等着瞧吧，我们很快就会收到回电。巴纳姆先生此刻不在家，他在电报局——他遇到急事总是这样。不出三……"

> 收到——彼·特·巴纳姆

他话还没说完，却被电报机咔嗒嗒的响声打断。我还没来得及评论这个特别插曲，思想早已被下面这份急电带入一个非常恼人的境地：

> 纽约州玻利维亚镇，十二时五十分
>
> 大象自南而来，于十一时五十分经由此地，往树林而去，途中驱散一支送葬队伍，致使二人死亡。有百姓发射数枚小炮弹轰走大象。十分钟后我与伯克警探由北至此，误将

地坑视为大象蹄印，故延误多时；然我俩终获大象行踪，遂寻踪入林，匍匐前行，继续勘察蹄印，直入灌木丛。伯克在前，时逢此兽停蹄喘息；伯克凝神俯察蹄印，不觉已近大象身，头撞其后腿，遂一跃而起，抱住大象尾巴，大声欢呼："赏金归我……"话音未落，已遭巨鼻猛烈一击，勇士当场毙命，粉身碎骨。我撤退逃命，大象遂向我扑来，追至林边，疾如风驰。眼看难免遇害，所幸又遇送葬队伍余部，遂引起大象注意，我得以逃命。适才获悉，该送葬队伍竟无一人生还，然不足为虑，盖尚有众多人，可再组一支送葬队伍。与此同时，大象再次失踪。

穆尔鲁尼警探

截至目前，我们只从派往新泽西、宾夕法尼亚、特拉华和弗吉尼亚四州的警探处得到一些令人振奋的消息——他们满怀信心，各自都在辛勤跟踪最新发现的一些线索——直到下午两点以后，我们收到下面这份电报：

巴克斯特中心，二时十五分

大象经由此地，身上贴满马戏海报，冲入一宗教复兴集会，击伤欲洗心革面者数人。居民将其困入栏内，差人守卫。我与布朗警探至此，遂越栏而入，依图片及文字说明进行鉴定。一切特征完全相符，唯腋下疤痕无法辨认。为求实证，布朗匍匐于大象腹下，仰首窥视，顿时脑浆四溅——脑壳已为象蹄击碎，顾内空无一物。众皆四散；象亦逃窜，左袭右击，大肆猖獗，终逃逸。因其身负炮伤，沿途留有斑斑血迹，定能重获。大象现已穿越密林南去。

布莱恩特警探

这是最后一份电报。夜幕降临，雾霭沉沉，整夜不散，能见度不过三英尺。渡船和公交车被迫停止运营。

三

次日上午，各家报纸照例登出警探的各种推断，还详细报道了我们遭遇的种种不幸，以及驻外记者发回的许多电文。各种专栏概无空缺，占据版面三分之一，并配有醒目的标题，令我不忍卒读，格调大致如下：

白象仍未捕获！猛兽所向披靡！居民惊恐，弃村而逃！前有白色恐慌，后有夺命大象！如此这般，可堪警探！仓廪倾颓，作坊崩摧，庄稼尽毁，驱散集会，尸骨遍野，惨绝人寰，不可名状！刑侦队三十四名杰出警探推断汇总！刑侦队队长之论断！

"好家伙！"布伦特探长说道，激动得差点按捺不住。"真是太棒了！任何一个刑侦机构都没有过如此大的意外收获。我们这下将要名扬四海，永垂史册，我的大名也会列在其中。"

可是我却一点儿也高兴不起来，感觉那些血腥罪行都是我犯下的，而那头大象不过是我任用的一个未尽其职的代理。受害人名单可谓长矣！在一处，它"干扰了一场选举，致使五位反复投票的选民死亡"。尔后它故伎重演，又残害了两个苦命的家伙：一个名唤奥多诺休，一个名唤麦克弗兰尼根。这两人"昨天刚在全天下被压迫者的家园找到一个避难所，正要首次行使美国公民投票选举的崇高权利，不料竟遭暹罗灾星残暴铁蹄的践踏"。在另一处，它"发现了一个哗众取宠的狂热牧师——此人正准备在下个季度猛烈抨击舞蹈戏剧及其他不能反击的事业——遂将其一蹄踩死"。又在另一处，它"踩死一个避雷针代理商"。受害人名单就这样越列越长，血腥味越来越浓，越发令人悲恸。死者已上升至六十人，伤者二百四十人。所有报道都充分证明了警探的英勇行为和奉献精神。末尾的评论尽是"三十万居民及四名警探目睹了这个恐怖巨兽，其中两名警探以身殉职"。

电报机的敲击声又响了起来，我听得胆战心惊。不久消息纷至沓来，大象显然已踪迹全无，这让我悲喜交集。它在雾中找到一个不为人察的隐身处。有些电报来自荒诞不经的遥远地点，说某时某分雾中有庞然大物依稀看见，"无疑是那头大象"。这个依稀看见的庞然大物曾在纽黑文市、新泽西州、宾州、纽约州内地、布鲁克林市，甚至纽约市出没！可是，这个庞然大物在某个地方刚一现身，便立刻消失得无影无踪。分散在广大地区的刑侦队的每个警探，每隔一小时都发回报道，说个个都有线索，人人都有跟踪对象，并且穷追不舍。

可是，一天过去了，却无其他结果。

第二天同样如此。

第三天也同样如此。

报纸上的报道开始变得乏味，所报之事毫无价值，提供的线索无从追查，对各种推断几乎言无不尽，令人惊喜，眼花缭乱。

在探长的建议下，我将悬赏金增加了一倍。

接下来的四天又无聊地过去。后来那些可怜而又辛苦的警探又遭到一场沉重的打击——记者们拒绝发表警探的推断，冷冰冰地说："让我们消停一下。"

大象失踪两周以后，我按照探长的建议，又把赏金提高到七万五千美金。这是一笔很大的数目，但我宁可倾家荡产，也不能失信于政府。目前警探们身处逆境，报纸却把矛头对准他们，恶毒攻击，百般嘲讽。这让戏子们生出一个念头：他们扮作警探，在戏台上大肆搜捕大象。漫画家们则把警探画成这副模样：他们手拿小望远镜在乡下搜寻大象，而大象却紧随其后，从他们的裤兜里偷苹果吃。他们还把警探的徽章画成各种滑稽可笑的样子——你肯定也见过这种金色徽章，它们一般印在侦探小说的封底——那是一只瞪大的眼睛，还配上"我们从不睡觉"几个字。警探们来到酒馆要买酒喝，那个就要当店长的家伙却耍着贫嘴，搬出一句老掉牙的话："要不要来杯开眼酒？"讽刺的意味十分浓厚。

但有一个人却始终从容不迫，无动于衷，心如止水。他便是百折不挠的刑侦队队长。他勇敢的目光从不低垂，坚定的信心永不动摇。他常说："让他们嘲笑去吧，谁笑到最后，谁笑得最好。"

我对此人的钦佩达到崇拜的地步，时来伴其左右。他的办公室我本来并不喜欢，且日渐令我讨厌。但既然他能忍受这种地方，我也要刻意忍受——至少我要尽量长久忍受。于是我时常过来坐坐——我是唯一的局外人，但好像却能耐得住。众人对此感到纳闷。我也常有弃之而去的念头，可一见他那张藏而不露的深沉面孔，我就坚决不走。大象失踪约三周之后，一天早上，我刚想跟他说我打算偃旗息鼓，引咎辞职，这位大侦探又提出一个高超绝妙的行动方案，我便打消了退缩之念。他的方案是向盗贼妥协。此人谋略之深旷世无匹，实属罕见，令天下与我有过广泛接触的贤能才俊望尘莫及。他说我若再出十万美金，他便有信心找回大象。我说我有把握凑齐这个数额，可那些忠于职守的警探们又该如何打点？他说："只要你肯让步，他们就能得到一半钱。"

他的话消除了我的异议。于是探长写了两封短笺，如下：

亲爱的夫人：

　　你家先生如尽快与我会面，即可得到一大笔钱（完全确保他与法律无关）。

刑侦大队长布伦特

他随即派出心腹信差，将一封短笺送往据说是"硬汉"达菲的夫人处，另一封送至据说是"红脸鬼"麦克法登的夫人处。

不出一个钟头，便收到两封无礼的回函：

你这老傻帽：

硬汉达菲两年前就死了。

布丽奇特·玛哈尼

蝙蝠猎头：

红脸鬼早被吊死，并且升天一年半了。就你这个蠢驴警探不知道。

玛丽·欧胡里根

"我早就怀疑这些事。"探长说，"这就是证据，证明我的直觉准确无误。"

只要一个资料不可靠，他就马上翻出另一个资料。他随即拟好一个告示，准备登在各大晨报，我手头也有一份：

埃——提杰恩蒂南路艾克斯达布留街242号——艾芙泽328达布留埃姆艾尔吉。奥兹坡，——；2埃姆！奥格达布留。[1]知名不具。

1　此处是音译，原文为：A.—xwblv. 242 N. Tjidn—fz328wmlg. Ozpo,—；2m! ogw. 是瞎编的地址，其中N.表示"南"；blv. 是英文boulevard的缩写，意为"大街"。

他说假如盗贼还活着，见到这个告示，准会去会面的老地方。他继而解释说，这个老地方是警探和罪犯谈判的地方。这次的谈判将在明晚十二点举行。

我们暂无他事，只待明晚行动。我趁机赶紧离开警局，并因如此待遇而感激不尽。漫长而又难熬的一个钟头总算过去，我终于听到他那悦耳的脚步声，便喘息着站起身来，跌跌撞撞，扑上前去迎接他。他那明亮的双眼闪耀着何等得意的光彩！他说："我们谈妥了！爱看笑话的人明天就要另起调门啦！跟我来吧！"

他端着一支点燃的蜡烛，迈下宽敞的拱顶地下室。这里平时总有六十位警探睡觉，而此时仅有二十位在打纸牌消磨时光。我紧跟探长身后，他敏捷地走向室内阴暗偏僻的一隅。此处空气沉闷不堪，令人窒息。就在我差点晕厥之际，他被绊了一跤，跌倒在一个庞然大物的残骸之上。他在跌倒的一刹那，惊叫道："我们的崇高职业已得到印证。你的大象就在这里！"

我被人抬上办公室，灌了几口石炭酸，才苏醒过来。刑侦队的全体队员蜂拥而至，接着是一场得意洋洋的狂欢，这个场面实属罕见。他们请来众多记者，打开好几篓筐香槟酒，频频举杯相庆，握手贺喜，热闹非凡。此时的刑侦队队长，自然成为众人眼里的英雄。他曾经那么隐忍，德高望重，勇敢无畏，如今终于功德圆满，满面春风。我就像一个无家可归的乞丐一般，站在那里，看在眼里，喜在心头。我押运的无价之宝已经死亡，丢失了为国效力的职位，看来一切皆因我辜负重托，玩忽职守。一双双意味深长的眼睛向队长表达着深切的敬意，警探们个个低声称赞："你看人家——不愧是同行中的王者风范，他只需一条线索，就足以破案，谁也别想逃出他的眼睛。"那五万赏金的分配，更令众警探心花怒放。赏金分完后，队长把他那份往兜里一塞，发表了一个简短的讲话。他说："好好享受吧，伙计们，这是你们应得的报酬，况且，你们还为侦探界赢得了不朽的盛名。"

就在这时，又发来了一份电报，内容如下：

密歇根州门罗镇，晚上十时

三周来首次见电报局。骑马沿蹄印穿林海行三千英里至此，蹄印渐深渐大渐清。勿虑，下周内定捕获大象。万无一失。

达利警探

刑侦队长提议为"全队最机智的达利"连饮三杯，然后下令给他发报，叫他回来领取他那份赏金。

白象失盗的奇怪事件就这样结束了。次日，各家报纸又刊登了赞赏美文，唯有一份言辞犀利，上面写着这几行字："了不起的警探！在寻找如失盗大象这般渺小之物的过程中，他的行动或许有些缓慢——大概他白天搜捕，夜晚与大象的腐尸共眠。但是，只要能让失主指明遗失地点，他最终定能找到大象！"

可怜的"汉森"和我永远失散了。它身上满是炮弹留下的致命伤口，在雾中偷偷跑到那个不友好的地方，四面受敌，一直面临暴露自己的危险。它饥饿难耐，痛苦不堪，日渐消瘦，直至死亡才得以安息。

那个妥协方案使我损失十万美元，另支付侦探费四万二千美元。从此以后，我再无脸面向政府申请职务。我仕途尽毁，沦为人间的流浪汉。但是对那个男人——那个我信以为是盖世无双的大侦探——我的钦佩之情至今未减，直到永远。

发表于 1882 年

幽灵记

　　我在远离百老汇大街的一幢老宅里租了一个大房间。我搬来之前，楼上的几个房间经年空无一人，满是尘埃，蛛网交错，凄凉幽僻。刚搬来的头天晚上，我摸黑上楼进入卧室之前，仿佛经过一片墓地，侵扰了死者的清静。我平生第一次遇上瘆人的迷信怪事。我在楼梯口刚转过一个幽暗的拐角，一张不见蛛网的游丝飘荡而来，粘在我脸上。我打了个寒噤，仿佛遇上鬼魂。

　　我走进屋里关上房门，将秽气和幽暗锁在外面，这才感到些许宽慰。壁炉里的火烧得正旺，我在炉边坐下来，心里安然，如释重负。我就那么坐着，两个钟头没挪地方，想着过去的时光，往事涌上心头，一张张几乎淡忘的面孔从昔日的迷雾中浮现在眼前。我仿佛听见久已沉默的谈笑，还有一首首无人再唱的熟悉的古老歌谣。我的幻想渐渐化作淡淡的忧伤，窗外呼啸的风声也化成凄凉的悲鸣。愤怒拍打窗棂的骤雨威力已衰减，变成渐渐沥沥的柔和细雨。街头的嘈杂声平静下来，直到最后一位游荡者急促的脚步声渐渐消失在远方，再也听不到一丝声响。

　　壁炉里的火势已减弱下来。一股孤独感悄然涌上心头。我站起身来，宽衣解带，蹑手蹑脚在屋里挪动，悄悄洗漱完毕，仿佛周围尽是沉睡的敌人，万一惊醒他们，后果不堪设想。我上床躺进被窝，侧耳聆听窗外的风声雨声，还有远处风吹百叶窗发出的吱吱响声，直到后来渐渐安然入梦。

　　我睡得很沉，不知过了多久，忽然从梦中惊醒。我心中颤栗，充满期待。周遭一片寂静，万籁无声——我只听见自己的心在怦怦跳动。不久，我身上压着的毯子开始慢慢往床脚滑落，好像有人在往下拉扯。我不敢动，也不敢出声。毯子仍在缓缓滑落，我的胸脯已裸露在外。于是我一把拽过毯子蒙在头上，等了等，听了听，又等了等。沉稳的拉扯又开始了，我呆滞地躺在床上，紧紧拽住毯子，僵持了一百秒钟，直到胸脯再次裸露。后来我鼓足劲，又一把将毯子扯过来蒙在头上，死死抓住不放。我等待着。不久，我感觉有股轻微的力量在拉扯我身上的毯子，我便再次将毯子紧紧拽住。那股拉力逐渐增大，越拉越紧，越来越强。我松开手，毯子再次滑向床脚。我呻吟一声。床下立刻响起回应的呻吟！我的额头渗出一粒粒汗珠，吓得半死不活。不久，我听见屋里有沉重的足音——像是大象的蹄声——并非人的脚步声。不过，那声音正离我而去，我心里又感到宽慰。我听见脚步走到门前，穿过紧锁的房门，朝阴暗的走廊深处漫游而去，压得楼板和屋梁嘎吱作响。接着，一切又归于沉寂。

　　我的情绪又平静下来。我心想："这是一场梦——不过是一场噩梦而已。"于是我躺在床上，把刚才的怪事从头至尾又细想一遍，直到确信那真是一场梦，嘴唇间才蹦出欣慰的笑声，心里又高兴起来。我起身下床，点上灯，发现门锁和插销还像先前那样完好无损，欣慰的喜悦又涌上心头，从嘴里迸发出来。我拿起烟斗点上，在炉火旁坐下。突然间，烟斗又从我疲软的手指间滑落！我吓得面无血色，平稳的呼吸因喘息而变得短促。壁炉前，布满灰尘的地上多出一只脚印——就在我赤脚脚印的旁边——而且大得出奇，相比之下，我的脚印简直就像婴儿的一般细小！看来，我这里确实来过不速之客，难怪刚才有大象的蹄声。

我吹灭灯，又回到床上，吓得不能动弹，只好仰面躺着，凝望漆黑的屋顶，谛听四周的动静。后来我听见楼上传来霍霍的响声，好像有人在地板上拖着一具沉重的尸体，接着又听见尸体从楼上抛下的声音，把我卧室的窗户震得有点摇晃。我还听见楼道深处砰然响起沉重的关门声，间或伴有进出房门和上下楼梯的神秘的足音。嘈杂的脚步时而移近我的门口，踌躇片刻，遂又离去。这时我又隐约听见走廊深处传来铿锵的脚镣声。我侧耳细听，铿锵之声越来越近——想必戴着脚镣的小鬼正在疲惫地爬上楼梯。那根脚镣又长又松，拖在楼梯上，小鬼每走一步，它就发出沉重的当啷声。

我还听到小鬼嘟囔了几句，然后尖叫一声，又突然停住。我又听到无形衣裙的窸窣响声和隐形翅膀的振翅声。我清醒地意识到，我的卧室已被幽灵入侵——此处并非我独自一人。床铺的四周飘荡着叹息声、呼吸声和神秘兮兮的低语声。三颗朦胧的磷光小球出现在我头顶上方的天花板上，它们连成一串，闪烁片刻，又坠落下来——两颗落在我的脸上，一颗落在枕边。小球溅出液体，湿漉漉，热乎乎。直觉告诉我，它们是在坠落的瞬间化成了血滴。我很确信，无需点灯看个分明。接着我又看见几张白岑岑的脸，发着幽幽的光，还有无数只举起的白花花的手指——脸和手飘浮在空中，却不见身体。这时低语声又停了下来。万籁俱静，一切又归于肃穆沉寂。我等待着，倾听着，感觉必须要有光，不然我就会死亡。我吓得软弱无力，只好慢慢抬起身子，想坐起来。突然，我的脸碰到一只湿乎乎的手！浑身的力气顿时丧失殆尽，就像一个羸弱的病人倒在床上。这时，我又听见衣裙的窸窣响声——好像有人穿门走了出去。

等一切归于沉寂，我又悄悄溜下床。我感到恶心乏力，就像一位百岁老人，用一只颤巍巍的手点亮煤气灯。灯光给我的精神带来一丝欢乐。我坐下身来，对着满是尘埃的地上的大脚印陷入梦幻般的沉思。不久，脚印的轮廓开始颤动，变得模糊不清。我抬头一看，煤气灯的宽阔火焰已变得微弱。就在这时，我又听见大象的蹄声，它顺着发霉的走廊，正朝我这边走来，越来越近，煤气灯光也越来越暗。大象蹄已踏近我卧室的门口，停住不动——灯光也变成一缕幽蓝，周围的一切处于幽幽的朦胧之中。房门并没打开，我却感到一股微弱的气息迎面扑来，接着便有一个朦胧的庞然大物出现在我面前。我茫然瞪大双眼，注视着它。一道灰色光悄然笼罩在这庞然大物上，它的朦胧之态渐渐显出形来——先是一只胳膊，接着是两条腿，然后是整个身躯，最后是一张巨大而又忧伤的脸，从迷雾中显露出来。它脱掉薄雾般的外套，赤身裸体，肌肉发达，英俊潇洒——传说中的"加的夫巨人"[1]赫然矗立在我眼前！

我的一切苦恼顿时烟消云散，因为就连小孩都知道，这张慈祥的面孔不会对人产生任何伤害。我立刻又高兴起来，煤气灯光也随着我的心情再次明亮。任何一个孤独的流浪汉，都不会像我这样，欢迎有人前来相伴。我高兴地迎接这位友善的巨人，对他说道："怎么，就你一个人？你可知道，刚才的两三个钟头，我差点儿被你吓死！见到你真高兴！我真希望能有一把大椅子……过来，坐在这边，别坐那里！"

可是太晚了。我还没来得及阻拦，他已坐下来，随之跌落在地——我平生从没见过一把椅子这么不经坐，瞬间被他压成一堆碎片。

"停下，停下，你会毁掉……"

又晚了。只听咔嚓一声，又一把椅子被他压成一堆碎片。

"该死，难道你就没一点儿判断力？你想把这里的家具全毁

---

1 "加的夫巨人"是美国历史上的一场骗局。1869 年 10 月，人们在纽约州加的夫地区的一个农场打井，掘出一尊高达 10 英尺的神秘化石。此事立刻成为爆炸性新闻。有专家推测，这尊"石化巨人"来自《圣经》中记载的巨人。与此同时，农场主威廉·纽厄尔将自己的农场对外开放，吸引人们买票参观这尊化石。后来他将化石卖给一家财团。两个月后，这尊化石开始在纽约巡展，骗局随即被一位名叫乔治·赫尔的雪茄销售商揭穿。原来这场骗局是他和纽厄尔联手制造的，他们请人雕刻了这尊巨人像，只为证明美国人多么容易上当受骗。如今，这座"加的夫巨人"保存在纽约州古珀镇的一家农业博物馆中。

了不成？这边，坐在这边，你这呆头呆脑的傻瓜……"

但我白白浪费口舌。我还没来得及阻拦，他已坐在床上，顿时把床榻压得面目全非，惨不忍睹。

"你究竟想要怎样？刚才你带着一帮野鬼在这里逛来逛去，把我烦得要死。你的装束粗俗不堪，在任何场合都会令儒雅之士难以忍受，或许在体面的戏院是个例外，但即使在那种场合，你这种性别，若是赤身裸体，也会令人不齿，我却对你一再包容。可你呢，见什么都往上坐，把我的家具全给毁了，这就是你对我的回报。你为什么要这样？你毁了我的家具，也毁了你自己。你折断了自己的尾椎不说，还把你腿股的碎片弄得满地都是，把我这里搞得就像大理石场。你应该感到羞愧——你已经是个大人了，应该明白事理。"

"说得对，我再也不破坏家具了。可是，你叫我怎么办？一个世纪以来，我一直没机会坐下休息。"他说着，眼里噙满泪花。

"可怜的家伙，"我说，"我不该对你这么刻薄。你肯定也是个孤儿。那就过来坐在地上吧——其他东西承受不了你的重量——再说，你离我那么远，高高在上，我无法和你沟通。我希望你坐下来，我就坐在这张高脚账房凳上，这样咱俩才可以面对面交谈。"

于是他往地上一坐，点上我递给他的烟斗，将我的一条红毯子披在肩上，又将我的坐浴盆扣在头上，就像头盔一般，把自己打扮得既别致又舒服。见我重新生火，他便脚腕交叉，将一双蜂窝状的扁平大脚掌暴露在温暖可喜的炉火旁。

"你的脚掌和腿肚子怎么啦？弄得坑坑洼洼的。"

"是该死的冻疮——我的后脑勺也生了冻疮，这都是因为我在纽厄尔农场的地下躺得太久的缘故。不过，我喜欢那个地方，就像人人喜欢自己的老家一样。我觉得哪都不如那里清静。"

我俩聊了半个钟头，见他一脸疲惫的样子，我便问他是不是很累。

"累？"他说，"怎么说呢，我确实很累。既然你对我这么好，我就把一切全都告诉你。我是街对面博物馆里那尊'石化人'的灵魂，可以说，我就是'加的夫巨人'的亡灵。可是，我却得不到片刻的安宁和清静，除非他们把那尊可怜的雕像重新埋入地下。想让他们满足我的心愿，我就得采取行动，那就是吓吓他们，叫他们不敢怠慢——我要让放雕像的地方闹起鬼来。所以我夜夜出没博物馆，还招来别的鬼魂给我帮忙。但那个办法不灵，因为没人会深更半夜去博物馆。后来我突然想起你这个地方，便过来闹腾一下。我心想，要能找个人倾诉，我的愿望就一定能够实现，因为我有一帮万劫不复的鬼友帮忙，他们办事的效率极高。于是我们夜夜出没这座老宅，拖着沉重的脚镣，在发霉的过道里晃来晃去，不停呻吟，低声细语，上下楼梯，直到累得疲惫不堪。说真的，我都快累垮了。今晚见你屋里亮着灯光，我又振作起来，抖擞着精神过来找你。可是，我现在累了——累得筋疲力尽。帮我一把，求求你，给我一点儿希望！"

我心里一阵狂喜，从高脚凳上跳下来，叫喊道："真是超乎寻常！前所未有！可怜而又愚蠢的老化石，你又何必庸人自扰——

老去纠缠自己的石膏模型——真正的'加的夫巨人'在奥尔巴尼[1]呢！该死，难道你不认识自己的残骸？"

我以前从没见过如此丰富的面部表情，那么羞涩、谦卑、楚楚可怜。

石化人慢慢站起身来，说道："实话告诉我，是真的吗？"

"千真万确。"

他从嘴里取出烟斗放在壁炉架上，站在地上犹豫了片刻（不经意间，或因旧习使然，他将两手插向本该有裤兜的地方，又将下巴垂在胸前，一副若有所思的样子）。后来他说："哎呀——我以前从没觉得事情如此荒唐。石化人曾让无数人上当受骗，如今它因出卖自己的灵魂，而使这场卑鄙的骗局终于结束。小伙子，如果你对如我这般可怜的孤魂尚存一点仁慈之心，就别把这事泄露出去。想想看，假如你也闹过和我同样的笑话，心里该是什么滋味？"

后来我听见他庄严的脚步渐渐远去，一步一步走下楼梯，消失在冷清无人的街上。他走了，可怜的家伙，我心里很难受——更让我难受的是，他竟带走了我的红毯子和坐浴盆。

发表于 1888 年

1　事实上，原始赝品曾被巧妙复制以欺骗观众，并作为"唯一的正品""加的夫巨人"在纽约市展出（正品巨像的主人对此反感透顶），而与此同时，"唯一的正品"却在奥尔巴尼吸引着大批观众。——原注

加州往事

　　三十五年前，我曾去斯坦尼斯劳斯县找金矿。我手拿鹤嘴锄，身背淘金盘，腰挂羊角号，整日四处奔波，淘了不少含金沙，总想发一笔横财，却一直未能如愿。

　　那是一个山清水秀的地方，森林茂密，温暖适宜，空气清新。多年以前，那里人口稠密，如今已不见人影，迷人的乐园变得一片岑寂。地被翻遍以后，人都走了。有一处，曾经是个热闹的小城，有银行报馆和消防队，还有一位市长和几个市参议员。如今，这一切已荡然无存，只剩下一望无际的翠绿草皮，丝毫不见人类曾经在此生息的痕迹。这片草地一直往南延伸至塔特尔镇。在那一带附近的乡间，沿着布满尘土的道路前行，不时可见一些极其漂亮的村舍，外观整洁舒适，墙面爬满蛛网般密密麻麻的藤蔓，上面点缀着雪片般丰盛的玫瑰，将门窗遮得严严实实。一看便知，那些都是荒废的住宅，许多年前，遭受失败、希望破灭的家庭遗弃了它们，因为房子卖不出去，也送不出手。往前再走半小时的路程，时而可见几座孤独的小木屋。那些木屋是最早的淘金时代由第一批淘金人搭建的，他们是那些村舍建造者的前辈。其中的几间小木屋，如今仍有人居住，就凭这点可以断定，居住者就是当初搭建木屋的拓荒人。你还可以断定他住在那里的原因——虽然他曾有机会回到家乡，去过富裕的日子，但他不愿回去，而宁愿舍弃财产；因为他感到羞愧，才决定与家乡的亲友断绝来往，好让他们觉得他已死去。那个年代，加利福尼亚州到处散住着这样的活死人——那些可怜的人，自尊心受到沉重的打击，刚四十岁，便已两鬓霜染，未老先衰。他们藏在心底的只是悔恨和渴望——悔恨虚度年华，渴望远离尘嚣，与世隔绝。

那是一片荒凉的土地！除了令人昏昏欲睡的昆虫的嗡嗡叫声，广袤的草木寂静无声，不见人影，也不见野兽的踪迹；满目空旷寂寥，叫人无法打起精神，乐在其中。正因为如此，那天正午刚过，当我终于看见一个人影时，便不由为之振奋，深感庆幸。那是一个四十五岁上下的男人，他正站在一间掩映在玫瑰花丛的小巧舒适的村舍门前。这间村舍就是前面提到的那种，但却并无被人遗弃的样子。从外观来看，屋里不但有人住，而且招人欢喜，受人爱护，还有人照看。屋子的前院同样受到如此丰厚的待遇。那是一个花园，繁盛茂密，欣欣向荣。我自然被主人邀入屋内，他还叫我不要客气——这是乡下的习俗。

走进这样的房间，令人赏心悦目。几个礼拜以来，我日日夜夜和矿工的小木屋打交道，熟谙那里的环境——污垢地板，床铺凌乱；搪瓷杯盘、咸猪肉、大豆、黑咖啡到处乱放。除了墙上钉着几张从东部画报剪下来的战争图片，屋内别无其他饰物，一派艰难惨淡、物质贫乏的凄凉情景。而这里却像个安乐窝，使倦客耳目一新，焕发爱美天性。因此，长久空腹后，面对艺术品，无论它多么廉价朴素，爱美的天性都会意识到，原来它一直处于不觉的饥饿中，现在终于找到滋养品。我不敢相信，一块碎呢地毯竟能让我大饱眼福，如此满足，世上竟有如此抚慰心灵的陈设：糊墙的纸，镶框的版画，颜色鲜艳的沙发套和台灯垫，几把温莎椅[1]；摆放着海贝壳、书籍、瓷花瓶的油光锃亮的搁物架；还有那难以言状的布置家居的特色和风格，它们是女人的巧手留下的痕迹，叫你看了不经意，而一旦拿走，又马上想念。我内心的喜悦溢于言表，那男人见状，十分欢喜。他分明已看出端倪，便主动回应，就好像我已向他表明自己的心迹。

"都是她弄的，"他疼爱地说道，"是她亲手弄的——全都是。"他向房间瞥了一眼，眼里饱含着爱慕和崇拜。墙上的一个画框上方，悬挂着一块柔软的日本布料——那是女人看似随意实则精心装饰过的。那男人见它不太整齐，便小心翼翼将它重新整理一下，退后一步审视效果，如此重复了数遍，直到满意为止。然后他又用手轻轻拍拍布料，说道："她一向都是这么弄的。你说不清它缺了点什么，可就是缺那么一点点，才能弄得更好看——弄好后，你一看便知，但也只是知道而已，你看不出其中的窍门。我想，这就好比是一个母亲给孩子梳头，梳完后总要轻轻拍上几下。我经常见她弄这些东西，见得多了，也会照她的样

1　一种靠背椅，发源于 17 世纪末至 18 世纪初的英国，其名字来源于当地一个叫"温莎"的小镇，自 1730 年左右几乎以原貌传入美国，并发扬光大。

子弄，尽管我不懂其中的窍门。不过，她懂就行。她不光懂窍门，还知道怎么弄。而我却只会弄，不懂窍门。"

他把我带进一间卧房洗了手。这样的卧房我多年没见了：白色的床罩；白色的枕头；地上铺了地毯；墙上贴了壁纸，还挂着几幅画；另有一张梳妆台，上面放着镜子、针线包和精致的化妆品；墙角放着一个脸盆架，上面放着一个真瓷脸盆和一个水壶，还有一个放着肥皂的瓷碟；另外还有一个搁物架，上面放了不止一打毛巾：又白又干净，对一个久不使用这种毛巾的人来说，用来未免会有一丝亵渎神圣的感觉。我的脸上又一次表露心声，他满心欢喜，说道："都是她弄的，是她亲手弄的——全都是。这屋里没有一样东西不是她亲手弄的。对了，你想不想看看……我就不用说那么多啦。"

这会儿，我一面拿毛巾擦着手，一面仔细打量着屋里的摆设，就像一个人到了新的地方总爱到处打量一样，眼前的一切都是那样令人赏心悦目。接着，你知道吧，我莫名其妙地感觉到，屋里某地方大概还放着别的好东西，这个男人是想让我亲眼发现。我的感觉完全正确，因为我看得出来，他的眼角正在悄悄向我暗示，想要帮我这个忙。我也急于想要满足他的愿望，于是我便努力按照该找的线索去找。我失败了好几次，因为我是从眼角往外看的，而他又不告诉我。不过，后来我终于明白，那个东西就在前面，我应该直视前方——因为他的喜悦就像暗流一样涌出。他爆发出快乐的笑声，搓着两手，大声叫道："就是它！你找到啦，我就知道你能找到。那是她的相片。"

前面的墙上挂着一个黑胡桃木制的小托架，我走上前，果然发现上面放着一个先前不曾留意的相框——相片是早期的银版照相术照的。那是一张极甜美的少女的脸庞，感觉是我见过的最漂亮的女人。见我脸上流露出赞赏的神情，那男人如饮甘露，美滋滋的。

"这是她十九岁最后一次过生日照的。"说着，他把照片放回原处，"我们就是那天结的婚。你见到她时——哦，你要等一等，才能见到她！"

"她去哪儿了？啥时候回来？"

"哦，她已经走了，见亲人去了。他们住在离这儿有四五十英里远的地方。到今天，她已经去了两个礼拜了。"

"你估计她啥时候回来？"

"今天是礼拜三，她礼拜六晚上回来——九点钟左右。"

我有一种强烈的失望感。

"很遗憾，到时我已经走了。"我惋惜地说道。

"走了？别走——你干吗要走？请不要走，她会失望的。"

她会失望——漂亮的美人！倘若这番话是她亲口对我说的，那我真是艳福不浅。我内心深处有一种想见她的强烈渴望——这种渴望近乎祈求，那样执着，让我害怕。我心中暗想："我要马上离开这里，好让我的心安静下来。"

"你知道吧，她就喜欢有人来家做客——尤其是见多识广、能说会道的人——就像你一样。她乐此不疲，因为她知道——哦！她几乎无所不知，而且很会说话，哦，就像一只小鸟——她看的那些书，多得让你吃惊。请不要走，就待一会儿，不然她会失望的，你知道吧。"

我耳朵听着这些话，心里却没怎么留意。我深陷于思想斗争中。他走开了，我竟不知道。很快他又回来了，手里拿着那个相框，送到我面前说："喏，现在你当着她的面告诉她，就说你本来可以留下来见她一面，但你不愿留下。"

再次看见相片里的这张脸，我要走的决心顿时瓦解。我愿意留下来冒这个险。当天夜晚，我和那男人一边抽着烟斗，一边东拉西扯，一直谈到深夜，但谈的主要还是有关她的事。当然，这些日子以来，我也一直不曾有过如此快乐而又安宁的夜晚。接下来的礼拜四，又安逸地一晃而过。临近黄昏时分，一个大个子从三英里外赶来——这是一个满头白发、无依无靠的拓荒者——他和我俩热情地打了个招呼，然后郑重其事地说道："我只是顺便来问问小夫人的情况。她啥时候回来，有没有消息？"

"嗯，有一封信，汤姆，你想不想听？"

"哦，亨利，你不介意的话，我还真想听听。"

亨利从皮夹子里掏出那封信，说如果我们不介意，他就跳过那些私密话，然后便念起信来。他念了信的大部分内容——这是一封亲笔信，写得情真意切、漂亮优美，附言中还深情地问候和祝福汤姆、乔伊、查理以及其他好友和邻居。

他念完后，瞥了一眼汤姆，叫道："啊哈，你又来啦！把手拿开，让我瞧瞧你的眼睛。我每次一念她的信，你就这个德行。我可要写信告诉她啦。"

"哦，不，千万别这样，亨利。我老了，你知道的，任何一次小小的失望都会让我泪流满面。我还以为她回来了，原来你只收到一封信。"

"嗨，看你说的什么话？我以为大家知道她礼拜六回来呢。"

"礼拜六！啊，想起来了，我确实知道。我纳闷，自己的脑子最近是不是出了什么毛病？我当然知道她礼拜六回来。咱们大家干吗不准备一下，迎接她呢？好了，我得走了。不过，等她回来后，我还会再来的，老伙计！"

礼拜五傍晚，又来了一位头发灰白的老淘金人，他住的小屋离这儿大约有一英里远。他说要是亨利认为她到家后不是特别疲倦，还能撑得住，那么小伙子们想礼拜六晚上过来热闹一下，好好玩一玩。

"疲倦？她会疲倦？嗨，瞧你说的！你知道吧，乔伊，只要大家高兴，一连坐上六个礼拜不睡觉她都愿意。"

乔伊听说有一封信，便央求念给他听。信里的亲切问候让这位老伙计一时感情失控。但他却说自己已是风烛残年之人，虽然她只是提了一下他的名字，但他还是由不住自己。"上帝，我们真想念她啊！"他感慨道。

礼拜六下午，我发现自己竟不时掏出怀表看时间。这引起了亨利的注意，他带着惊讶的神色问我道："你是不是认为她不会这么早回来？"

我被他逮了个正着，有点儿尴尬。但我一笑了之，说我等人的时候，常有这个习惯。可他好像不太高兴。从那一刻起，他开始表现出不安的样子。他四次带我来到路边一个视野开阔的地方。每次他都站在那里，手搭凉棚，眺望远方，还把同样的话重复好几遍："我有点儿担心，真的有点儿担心。我知道九点过后她就回不来了，好像什么东西在警告我出了什么事。你说她会不会有什么事，你说呀！"

他那幼稚的样子，都让我替他不好意思。后来他又一次次地央求我，我终于失去耐心，粗鲁地回敬了他一句。他似乎为之一怔，不敢再说话，仿佛受到莫大的伤害，显得特别谦恭。我恨自己没必要说得那么恶毒。夜幕降临时，又来了一位名叫查理的老淘金人，我这才高兴起来。他凑到亨利跟前，听他念完信，又谈起准备迎接她的事。查理满腔热情，一句接着一句，想极力驱散朋友的不祥之感和疑虑。

"她出过事吗？亨利，你纯粹是胡说八道。她不会有事的，你就放心吧。信上是怎么说的来着？不是说她很好吗？不是说她九点就回来吗？你见过她说话不算数了吗？哼，你从没见过。好啦，别着急，她会回来的，那是绝对肯定的，就像你出生一样确定无疑。好啦，来吧，咱们布置一下——时间不多啦。"

不久，汤姆和乔伊也来了。于是大家一起动手用鲜花装饰房间。快到九点时，这三位淘金人说，他们带来了乐器，不妨先演奏起来，反正小伙子和姑娘们很快就要来了，他们很想好好跳一支旧式的跺脚舞。乐器是一把小提琴，一把班卓琴，还有一根单簧管。他们并排而立，演奏起三重奏来，曲子是轻快活泼的舞曲，他们一边演奏，一边用大皮靴踏着节拍。

眼看就要九点钟了。亨利站在门口，眼巴巴地望着马路，内心的悲痛把他折磨得身子都有点儿摇晃，大家几次叫他举起酒杯，为太太的健康和平安干杯。这时忽听汤姆叫道："大家举起杯中酒！再干一杯，她就要回来啦！"

乔伊用托盘端来几杯酒，分给大家，还剩下两杯，我刚伸手端起其中一杯，他却低声呵斥："放下这杯！端另一杯。"

于是我换了一杯。亨利接过最后一杯。他酒刚一下肚，钟表便响起来。听到钟声敲完，他的脸色变得越发苍白。他说："伙计们，我很害怕，有点儿不舒服——帮我一把，我想躺下来！"

于是他们将他扶上沙发。他刚躺下就打起瞌睡来，但不久又说起胡话来，仿佛梦语一般："我是不是听见马蹄声了？他们来了没？"

其中一位老淘金人贴近他的耳朵说道："吉米·帕瑞施来了，说是他们给耽搁啦，但已经上路了，正往回赶呢。她的马瘸了腿，但半个钟头后就能回来。"

"啊，真是谢天谢地，幸亏没出什么意外！"

他刚吐出这几个字，又迷迷糊糊睡去。那几位马上灵巧地给他脱掉衣服，将他抬到先前我去洗手的那间卧房，放在床上盖好被子，关好门后退了出来。见他们好像准备要走，我央求道："请别走，先生们，她不认识我，我是个陌生人。"

他们互相对视了一下，乔伊说道："她？可怜的人儿，她死了十九年啦！"

"死啦？"

"比这还要惨。她出嫁半年后回家探亲，礼拜六晚上，在回来的路上，就在离这儿不到五英里的地方，让印第安人给抢走了。从那以后，就再无音信。"

"结果他就神经失常啦？"

"从那以后，他再没清醒过，可是每年一到这个时候，他的情况更糟糕。每年她该回来的前三天，我们都来这里安慰他，问他有没有她的消息。一到礼拜六，我们全都过来，用鲜花布置好房间，准备好跳舞的事。十九年来，我们年年如此。第一年的礼拜六，我们总共来了二十七位，还不算姑娘们。如今只剩我们三位了，姑娘们全都走了。我们给他吃点迷药让他睡觉，不然他会疯掉的。接下来的一年里，他也不会有什么事——以为妻子就在他身边，直到还剩最后的三四天，他又开始找她，还拿出那封可怜的旧信，我们都来听他念信。上帝，她真是个可爱的女人！"

发表于 1883 年

亚当夏娃日记

卷一：亚当日记摘录

礼拜一

这个长发新生物老是碍事。它总是在我身边游荡，跬步不离。我不喜欢这样，我已习惯独来独往。真希望它和别的动物在一起……

今日多云，刮着东风，看来我们将要淋雨……

我们？这个词我是从哪学的？——想起来了——新生物说过这个词。

礼拜二

观察大瀑布。

我觉得它是这个园子里最漂亮的景观。新生物将它称为"尼亚加拉瀑布"——为什么？我当然不懂。新生物说，它看上去就像尼亚加拉瀑布。这毫无理据，简直就是任性弱智。我没机会给事物命名，新生物见什么就给什么命名，我想抗议都来不及。它总是以同样的借口说：那东西看上去就像那个样子。比如说渡渡鸟[1]吧，它说你乍一见，一眼就能看出"它看上去就像渡渡鸟"。毫无疑问，从此它就得永远保留这个名称。为这事跟它较真，让我心烦，再说又没好处。渡渡鸟！它长得根本就不像渡渡鸟，我也不像它。

礼拜三

给自己搭了个遮雨棚，却不能独享安宁，因为新生物擅自闯了进来。

我正要将它赶走，它那一对用来观察事物的窟窿却流出水来，还一面用爪背将水抹去，一面像有些动物悲鸣时那样发出声音。我希望它不要说话，它却总是唠叨个不停，听来像是我虐待了这可怜的生灵，伤了它的心，但我并无此意。我以前从没听见过人的声音，任何新奇的声音传到这梦幻般幽静的肃穆之地，听来都觉得刺耳，像是假声。再说，这种新奇的声音离我那么近，就在我的肩头和耳畔回荡，先是在这边，然后又到了那边，而我只习惯听离我较远的声音。

1　一种已灭绝的鸟，不会飞，原产于印度洋毛里求斯岛。

礼拜五

它给事物命名的事，还在鲁莽地进行，我却拿它没辙。

我这个园子本来有个好听的名字，既悦耳，又漂亮——叫作"伊甸园"。背地里我仍这么叫，但当着它的面，我不这么说。新生物说，这里尽是树木岩石之类的风景，根本就不像个园子，还说它看上去就像个公园，别的什么都不像。结果它不和我商量，就给它重新起了名字——叫作"尼亚加拉瀑布公园"。我觉得它这么做实在是霸道。这且不说，它还立了一块牌子，上面写着：

勿踏草地

我的生活已失去往日的欢乐。

礼拜六

新生物吃了太多的果子。再这样下去，我们的果子一定不够吃了。

我又用了"我们"——这是它的口头禅，因为我听得太多，现在也会说。早晨大雾，我没到雾中去，新生物去了。它不管什么天气都要出去，然后踩着两脚泥巴回来，唠叨个不停。以前这里本来特别舒适清静。

148

礼拜天

熬过一个礼拜。

如今的日子越来越不好过。今天是我上个十一月特意选好作为休息日的。以前我每个礼拜都要煎熬六天。今天早晨，我发现新生物在往那棵树上投掷土块，企图打落树上的苹果。

礼拜一

新生物说它名叫夏娃。这没什么，我不反对。它说如果我想叫它来，就喊这个名字。我说没必要。不过，这名字显然已引起我的重视，也的确大气好听，值得常叫。它说它不是"它"，而是"她"。这可能会让人怀疑，但我觉得二者是一回事。"它"或是"她"，都与我无关，只要她离我远一点儿，别唠叨就行。

礼拜二

她把整个园子搞得乱七八糟，她起了几个可恶的地名，还做了刺眼的路标：

此路通往漩涡

此路通往山羊岛

此路通往风洞

她说要是有游客来，这个公园就会成为一个整洁的避暑胜地。避暑胜地——这是她的又一发明——只是一个词，并无任何意义。避暑胜地是什么？不过，最好还是别问她，她特别渴望向我解释这个词义。

礼拜五

她开始恳求我别再穿越瀑布。那又有何妨？她说那会让她浑身发抖。我真搞不懂。我经常穿越瀑布——就喜欢跳入水中，享受那一片清凉。我认为这才是瀑布的用途，此外我看不出它有别的什么用途。也许它还有别的用途。她说瀑布只是用来观赏的——就像犀牛和乳齿象[1]一样。

但我仍坐着木桶穿越瀑布——她很不高兴。我又坐着木盆穿越过去——她又不高兴。后来我穿上用无花果树叶做的衣服，在漩涡和激流中畅游，结果把衣服弄得支离破碎。她为此絮絮叨叨，怨我太过分。我在这儿太不自由，必须换个地方。

礼拜六

上个礼拜二晚上，我偷偷溜了出来，在外面行走了两天，然后在一个僻静的地方另搭了一个遮雨棚，还刻意抹掉一路留下的

---

1   一种已经灭绝的长鼻类哺乳动物。

脚印。但她还是追踪到我的下落，是让一条她驯养的叫作狼的野兽引到这里来的。她一出现，又发出那种可怜的声音，那对用来观察事物的窟窿又不停地往外流水。我不得已，只好跟她回去。但只要有机会，我还要移居别处。

她总是忙着干许多蠢事，竟然研究起叫作狮子和老虎的动物来。她说，这两种动物的牙齿长成那样，说明它们想要吃掉对方，可它们为什么要吃花草。这个念头真是荒唐，因为按照我的理解，要想吃掉对方，它们就得互相残杀，这必然导致所谓的"死亡"。我曾听说，死亡还从未进入这片园林。不管怎么说，这总归是个遗憾。

礼拜天

又熬过一天。

礼拜一

我心里明白一个礼拜该用来做什么：应该用来休息，缓解礼拜天的疲劳。我觉得这主意不错……

她又爬上那棵树，我拿土块将她打了下来。她说，又没别人看见。那意思好像是说，只要没人看见，干危险的事就是合理的。我把这话说给她听，结果"合理"一词竟让她赞叹不已——甚至让她有些羡慕。我感觉这个词真是不错。

礼拜二

她告诉我说，她是从我身上取下的一根肋骨做成的。这话就算不是谎言，听来至少让人怀疑，因为我的肋骨没少一根……

她又在为秃鹫发愁，说它天生就是吃腐肉的，青草不对它的胃口，恐怕很难饲养。秃鹫必须尽快适应给它提供的食物。我们不能为了饲养它，而推翻全盘计划。

礼拜六

昨天她又在观赏水中自己的倒影——这是她习以为常的事——结果却不慎落入池塘，差点儿被水淹死，还说那滋味很不好受。

这件事让她对池中的生物，即她所说的"鱼儿"，产生了怜悯之情。于是她又继续给它们起名，而其实那些生物并不需要名称，即使你喊它们的名字，它们也不会浮出水面。她这样做，简直毫无意义。总之，她就是个十足的傻瓜。

这且不说，昨晚她还从池塘捞回许多鱼儿，放在我床上，想要我帮它们取暖。可是，经过一天的频繁观察，我发现它们在床上并不比在水中快乐，只是安静了许多。今天晚上，我要把那些鱼儿扔到外面去。我再也不想跟它们睡在一起，因为我发现，一个人赤身裸体躺在鱼儿中间，又湿又黏的，感觉很不舒服。

礼拜天

又熬过一天。

礼拜二

她和一条蛇已经混得很熟。其他动物都很开心，因为它们常被她捉来当试验品摆弄。我也很开心，因为她和那条蛇说话，我就能耳根清净。

礼拜五

她说那蛇劝她尝尝那棵树上的果子，还说吃一口后就能得到伟大高尚良好的教育。我告诉她说，吃后可能还有另一种结果——会把死亡引入世间。我不该告诉她才对——这话我应该憋在心里，结果却让她产生了一个想法——她要去抢救生病的秃鹫，还要为无精打采的狮子老虎提供鲜肉。

我劝她远离那棵树。她说她做不到。我预见到灾难的来临，打算移居别处。

礼拜三

这段时间真是变幻莫测。

昨晚我偷偷溜出来，骑马整夜奔驰，希望尽快远离那个"公园"，在灾难来临之前，赶到他乡躲起来。可是，我却未能如愿以偿。

早晨日出后大约一个钟头，我策马驰过一片开满鲜花的原野，见有数千头动物，它们各随其性，或吃草，或酣睡，或追逐戏弄。突然间，它们爆发出暴风雨般可怕的响声。接着，原野上呈现出一片疯狂的混乱景象，野兽们相互撕咬起来。我明白了——一定是夏娃吃了那棵树上的果子，死亡开始降临世间……老虎无视我的命令，吃了我的马，如果我不赶紧逃离，它们连我也会吃——我不敢停留，仓皇逃命……

我在"公园"外找到这个地方，惬意地住了几日，但后来还是被她发现了。她找到了我，并把这里命名为"托纳旺达"[1]——她说这地方看上去就像托纳旺达。其实，她的到来并没使我感到不悦，因为这里可供采食的东西极其贫乏，而她却带来一些从那棵树上摘下的苹果。我不得已吃了苹果，因为我实在太饿，而这却违背我的原则。但我发现，原则对饥饿难耐的人并没有真正的约束力……

她来的时候，还用一些树枝树叶遮住身体。我问她干吗要做这种傻事，并将那些东西一把扯下丢到地上。她莞尔一笑，满脸通红。我从没见过一个人红着脸笑的样子，感觉很不雅观，傻里傻气的。她说我很快便知自己是什么样子。她说得没错。我虽然

1　北美尼亚加拉河中游的一座小岛。

很饿，却将吃了一半的苹果放在地上——就晚季而论，那肯定是我见过的最好的水果——我赶忙捡起丢在地上的树叶遮住身体，然后带着严肃的口吻，命令她再去弄些树叶来遮住身体，别那样赤身裸体。她便照我说的做了。

然后，我们悄悄来到野兽厮杀过的地方，剥下一些兽皮。我叫她把兽皮接起来，做成两件可在公开场合穿的衣服。说实话，那衣服穿在身上极不舒服，但很时髦，这也是穿衣要考虑的要点……

我发现她是个极好的伴侣。如今我一无所有，如果没有她，我会感到孤独沮丧。她说，从今往后，为了生存，我们必须劳动。她将是我的帮手，而我将掌管一切。

十天后

她竟怪罪我，说我是灾难的祸根！

她信誓旦旦地说，那蛇向她保证过，说那些禁果不是苹果，而是栗子。我说，那我就没罪，因为我没吃过栗子。她说那蛇告诉她说，"栗子"只是个比喻的说法，指的是陈腐的笑话。我一听大惊失色，因为我曾说过许多笑话，以消磨无聊的时光，其中有些说不定就是陈腐的笑话，虽然当时我确信，我说的笑话别出心裁。她问我灾难来临之际，我是否说过什么笑话。我不得不承认，当时我真的说过一个笑话，但我说话声音不大，而且是对我自己说的。仅此而已。当时我正想着那条瀑布，便自言自语道：

"瞧啊，那么大的一片水，飞流而下，多么奇妙！"接着，我脑子里突然闪出一个奇妙的想法，便脱口而出："如果水往天上流，那一定更奇妙！"我正为这个笑话笑得要死，突然间，万物失控，混战开始，死亡降临，我便赶紧逃命。

"你瞧！"她得意道，"问题就出在那里。那蛇也说过类似的俏皮话，说那果子是'第一颗栗子'，与创造物同时产生。"

唉，我真是罪该万死。假如我当时没那么聪明，就不会产生那么奇妙的想法！

第二年

我们给那小家伙取名该隐。

她弄到它时，我正在伊利湖[1]北岸一带捕野兽。那是她从树林里捡来的，那片树林离我们住的山洞大概有两英里远——要么四英里远，她也说不清具体有多远。

那小家伙和我们有点相似，大概是我们的亲属。这是她的说法，但据我判断，她说得不对。比较一下大小，就能证明它和我们不是同类。它是一种全新的动物——大概是一种鱼。我把它放进水里验证，发现它往下沉。她连忙跳入水中，将它一把捞起，断送了我验证它身份的机会。但我仍然认为它是一种鱼，而她却不在乎它究竟是什么东西，还不许我继续验证。我不明白这是为

---

1   北美五大湖之一。

何。这小家伙的到来，似乎完全改变了她的性格，为了照顾它，她还尝试做了许多不合情理的事。她惦记这小东西甚于其他任何动物，却说不出是什么原因。她简直有点儿神经错乱——这在每件事上都表现出来。有时那鱼儿半夜闹着要下水，她就把它抱在怀里。每当这时，她那脸上用来观察事物的两个窟窿就往外流水，还轻轻拍着鱼儿的背，嘴里发出温柔的声音，哄它安睡，脸上流露出无限忧伤和关切的神情。

我从没见过她对别的鱼儿这么关心，这让我大惑不解。我们失去伊甸园之前，她经常抱着小老虎玩，但那只是玩玩而已。那些幼虎吃的食物不合胃口时，她从没这么关心过。

礼拜天

这天她从不干活，只是懒洋洋地躺着，好像很累的样子。

她喜欢让那鱼儿在她身上翻腾，嘴里一边发出傻呵呵的声音逗它玩，一边假装咬它的爪子，惹得它咯咯笑。我以前从没见过会笑的鱼儿。这让我心生疑惑……

我渐渐也喜欢上礼拜天。操劳了整整一个礼拜，令人疲惫不堪。就应该多有几个礼拜天。以前的礼拜天很累人，但现在常用来休养生息。

礼拜三

那肯定不是一条鱼，但我无法弄清楚它到底是什么东西。

它不高兴时，就发出怪异可怕的声音；高兴的时候，又"咯咯"乱叫。它和我们不是同类，因为它不会走；它不是鸟，因为它不会飞；它也不是青蛙，因为它不会跳；它更不是蛇，因为它不会爬。虽然我没机会验证它会不会游泳，但我敢肯定，它不是鱼。

它只是躺在那里，大部分时间仰面躺着，跷着两脚。我以前从没见过别的动物用这个姿势躺着。我跟她说，我看它就是一个"谜"。而她只是欣赏这个词，却不懂它的意义。据我判断，它不是一个谜，就是一种昆虫。假如它死掉了，我就将它剖膛破肚，看看里面到底有什么东西。

我从没遇到过令我如此困惑的事。

三个月后

我的困惑不但没有减少，反而与日俱增，我几乎彻夜不眠。那小东西已不再老躺着，而是用四条腿爬行。但它又不同于其他四条腿的动物，因为它的前腿特别短，爬行时大半个身子高高翘起，很不自在，非常难看。它的样子跟我们差不多，但行走的姿势却表明，它不是我们的同类。它的前腿长后腿短，表明它是袋鼠类动物，但显然是个变种，因为正宗的袋鼠会跳跃，而这个袋鼠却从不跳跃。总之，它是一种奇怪而有趣的动物，只是以前没

158

给它分类。既然这个类别是我发现的，为了确保我拥有这一发现的殊荣，我认为有充足理由，将我的名字附加在它的名称上，因此我把它叫作"袋鼠类亚当变种"……

这家伙初来这里时，身体很小，后来长得特别快。它现在大概有当初的五倍大。它不高兴时，能发出比当初大二十二至二十八倍的噪声。这个坏毛病靠强行管制是不能改掉的，只能适得其反。鉴于此，我不再使用管制手段。她则使用哄骗和行贿的办法，让它安静下来，而且给它的礼物都是以前她不许我给的一些东西。

如前所述，它初来时我不在家，她说是在树林里发现的。说来奇怪，这种动物怎么只有一只？但这只肯定是唯一的一只，因为几个礼拜以来，我一直都想再找一只，放在一起让它俩玩，那它肯定会安静一些，也更容易驯服。但我累得筋疲力尽，竟一无所获，连个影子都没发现。最奇怪的是，我连一个脚印都没找到。这种动物总得要在地上生活吧，离开土地它就得死。既然是这样，那它四处走动，怎么就没留下一点儿痕迹？我设了十二个陷阱，但不起作用。我捉了各种小动物，唯独没捉到这种。落入陷阱的动物，都是因为好奇心太强。我想，它们只是想看看，坑里放着的牛奶是怎么回事。它们从不喝牛奶。

又三个月后

那只袋鼠还在继续长大，这真是奇怪，令人费解。我哪里知道，它的成长期竟然这么长。它头上已开始长毛，但不像是袋鼠毛，反倒酷似我们的头发，只是比我们的头发更细更软，也不是黑色的，而是红色的。这个怪异动物在动物学上无法归类，它的成长变幻莫测，令人困惑，把我搞得快要发疯。我真希望能再捉一只——但希望渺茫。因为它是一种新的变种袋鼠，也是唯一的一只，这再清楚不过。

不过，我还是捉了一只正宗的袋鼠回来。我心想，那小家伙一直很寂寞，就让这只袋鼠和它做个伴，这总比它没有同类强；或者说，它一直生活在凄凉的环境中，和不懂它习性的两个陌生人在一起，而他们又不懂得如何让它感受到朋友的温暖，只要家里有个动物，就能让它感到亲切，或从中得到安慰。

可是，我想错了——这家伙一见那只袋鼠，就吓得浑身发抖。这使我确信它以前从没见过袋鼠。我很同情这个可怜又爱闹的小家伙，却没办法让它开心。要是我能将它驯服——但这不可能，因为我越想驯服它，越把事情搞得一团糟。见它如此伤心，脾气暴躁得就像小风暴，我心里非常难过。我真想让它滚蛋，可她却不干，说那样未免太残忍，那她就不是她了。不过，也许她是对的。这小家伙可能会更加孤单。连我都没法找到它的同类，它自己又哪能找到？

五个月后

这家伙不是袋鼠。绝对不是，因为它握着她的手指，撑着身子站起来，迈开后腿走了几步，然后摔倒在地。也许它是一种熊，却没长尾巴——可能还没长出来——而且除头顶外，四肢都没长毛。它还在继续长大——这真是怪事，因为假如它是熊，个头应该早已定型。

自从大灾难发生后，熊就成了危险动物——如果不给这家伙戴个嘴套，由着它在这里长期游荡，我就没法心安理得。我曾答应过她，假如她肯放那家伙走，我就再捉一只给她，可她死活不肯——我看她是疯了，非让我们经历各种愚蠢的风险不可。她以前可不是这样。

两个礼拜后

这家伙目前还没什么危险，我检查了它的口腔，发现它只长出一颗牙。它的尾巴还没长出来，但比以前闹得更凶——尤其是夜里。我已搬到外面去睡，但每天早晨仍旧回来吃早饭，顺便瞧瞧它是否又长出几颗牙。等牙齿全部长齐，它就该走了。至于尾巴，长与不长都无所谓，因为熊即使没有尾巴，也一样凶猛。

四个月后

一个月来，我常去一个她说叫"水牛塘"的地方打猎捕鱼。我不知道它为何叫这个地名，因为那里根本就没水牛。

在此期间，那只小熊已学会用后腿蹒跚行走，还会叫"爸爸"和"妈妈"。它肯定是个新的物种。那叫声听来像是词，肯定是巧合，大概没什么目的，也没任何含义。但即使这样，也非常了不起，因为别的熊没这个能力。这种语言模仿力，加上四肢基本没毛，完全没有尾巴，已充分表明，这只熊是个新品种。对它进行深入研究，将是一件非常有趣的事。与此同时，我还要到北方的树林去远征，来一次彻底搜捕。肯定能在某个地方再找一只它的同类。如果这家伙能有个同类相伴，就会安全一点儿。我得立刻动身，但临行前，必须先给它戴个嘴套。

三个月后

这次远足搜捕令我疲惫不堪，却一无所获。那段日子里，她足不出户，竟然又得了一只小熊！我从未见过一个人的运气这么好。即使我在树林搜捕一百年，也未必遇到这样的好事。

第二天

我把新得的这只熊和原来的那只做了对比。毫无疑问，它们是同一种类型。我本想将其中一只收藏起来，她却莫名其妙地反对。尽管她不该反对，但我还是打消了收藏的念头。如果这两只熊逃之夭夭，那对科学将是一个不可挽回的损失。

原来的那只比以前温顺多了，不仅会笑，还会像鹦鹉那样学人说话。这肯定是学来的，因为它和鹦鹉相处那么久，养成了高度发达的模仿能力。如果它真是鹦鹉的一个新品种，那我将会惊奇不已，因为自从误以为它是鱼的那天起，我还把它当成是我能想到的各种动物。新来的那只和原来那只刚来时一样丑陋，皮肤也是肉黄色的，也长着一颗顶上无毛的脑袋。她把这个家伙叫作"亚伯"。

十年后

他们原来是两个男孩，其实我们早就发现了这一点。

他们刚来时太小，幼嫩而不定型，才使我们困惑不解，也不习惯养着他们。现在我们又养了几个女孩。

亚伯是个好孩子，但该隐若是当初能控制自己的熊脾气，也会学好的。经过这么多年，我发现自己一开始就错怪了夏娃。现在我宁愿和她一起住在伊甸园外，也不愿独自一人返回园内。我当初嫌她太唠叨，可现在如果她悄无声息地离开我，我将会非常难过。

幸亏那个关于栗子的笑话！是它让我们聚在一起，教我懂得她善良的胸怀和美好的灵魂。

卷二：夏娃日记

（译自原始文献）

礼拜六

我来到世上差不多一整天了。

我是昨天来的，好像就是昨天。肯定就是昨天，因为要是在前天，那我应该记得，但我却不在。当然，也可能是前天的事，只是我没留意。算了，从现在起，我要好好留意。如果昨天还能重来，我就把它记录下来。最好一开始就记录准确，不能搞乱日期。因为直觉告诉我，总有一天，这些细节将会成为史学家的重要资料。

我觉得自己像个试验品，我真的就像试验品，不可能有谁比我更觉得像试验品。所以我越来越相信，我就是个试验品——除了试验品，我什么也不是。

如果我真是个试验品，那我是不是试验的全部？不，我认为其他事物也是试验的一部分，它们在试验品中也占有一定地位，我只是其中的主要部分。那么，我的地位是已经确定，还是需要小心确保？大概是后者。直觉告诉我，永远保持警惕是无价之宝（我认为，对年轻人来说，这是一句不错的格言）。

今天的一切看来都比昨天漂亮。昨天匆匆完工，山峦造得凌乱不齐，有些平原到处堆放着垃圾和残垣，呈现出一派凄凉景象。高贵漂亮的艺术品不应该粗制滥造。而这个壮丽的新世界，造得真是既高贵又漂亮，虽然时间短促，却神奇得近乎完美。有些地方的星星过于繁多，有些地方又太稀疏，但这个缺陷很快就能补救，这毫无疑问。

昨晚月亮松动，滑落下来，脱离了设计方案——真是一大损失，一想起这事我就伤心。在已完成的装饰品中，没有哪一件能与月亮相媲美。它本该被系得再牢一些。要是我们能把月亮重新找回……

可是，月亮究竟落在什么地方，肯定谁也不知道。再说，无论是谁捡到，都会把它藏起来。这我知道，因为我自己就会这么做。我相信，在其他一切事情上，我都是诚实可靠的。我已开始意识到，我的天性是爱美的，内心深处对美有一种强烈的渴望，因此别人的月亮一旦让我捡到，而他又不知情，那我未必还是一个诚实可靠的人。我白天发现月亮，可以舍弃不捡，因为我害怕被人看见。但如果是在黑夜发现，我肯定会找个借口隐瞒。因为我太喜欢月亮了，它那么漂亮，那么浪漫。要是天上能有五六个月亮该有多好！那我绝不睡觉，永远躺在长满青苔的岸边，不知疲倦地仰望它们。

星星也很漂亮。我真想摘几颗戴在头上，但恐怕永远办不到。你要是知道星星有多远，定会惊奇不已，因为它们看上去并不遥远。它们昨晚第一次出现在天空时，我就想拿竿子打落几颗，却够不着，真是奇怪。后来我又拿土块打了半天，累得精疲力竭，仍没打下一颗。因为我是左撇子，所以打不准。我还试着瞄准一颗，心想也许会误打下另一颗，每次都差点打中，但每次都没打下一颗。我总共试了四五十次，每次只见黑色土块飞向灿烂的群星，但每次都擦边而过。如果我再坚持一会儿，也许就能打落一颗。

我伤心地哭了一场。我想，对于我这个年龄的人，这是很自然的事。稍作休息后，我挎着篮子，走向天边的地平线，心想那边的星星贴近地面，我可以伸手摘几颗，那样岂不更好。如果我摘的时候小心点儿，就不至于弄碎它们。但那地方太远，超出我的想象。我走得两脚酸痛，累得一步也走不动，最后只好放弃。

我回不了家，因为走得太远，而且天气变冷了。幸亏发现几只老虎，我便躺在它们中间，觉得特别舒服。因为它们以草莓为食，气息芳香，令人舒畅。我以前从没见过老虎，但一见身上的斑纹，我就认出是它们。要是我能有一张老虎皮，我就做一件漂亮的大衣。

今天，我的距离感更清晰了。我渴望得到眼前每一件漂亮的东西，而且总是欣喜若狂地伸手去抓。漂亮的东西有时离我很远，有时离我好像有一英尺远，但其实有六英寸远——妈呀，怎么中间还隔着荆棘！我得到一次教训，还创造了一句格言，是我凭着自己的脑子想出来的——也是我的首创，那就是："一朝被刺扎，永远躲开刺。"我想，这句格言对年轻人来说，应该非常受益。

昨天下午，我远远跟在另一个试验品后面，心想如有可能，我倒要看看它是干什么的。但我没看出来。我想，它一定是个男人。我从没见过男人，但它看上去就像个男人，而且我真的感觉到它就是个男人。我突然意识到，我对它比对任何爬行动物更好奇。它是不是爬行动物，我一猜便知。因为它长着蓬乱的头发和蓝色的眼睛。它没有隆起的后臀，身体上宽下窄，像个胡萝卜；它伸展四肢站立时，就像一架转臂起重机。所以我认为它是一个爬行动物，但也可能是个建筑物。

刚见到它时，我心里害怕。每次它一回头，我拔腿就跑，以为它会追捕我。但后来我渐渐发现，它只是想要躲开我，之后我不再胆怯，开始跟踪它。我和它保持二十来码的距离，一跟就是好几个钟头，弄得它非常紧张，很不高兴。后来它特别恼火，便爬上一棵树。我等了很久，它不下来，便只好作罢，动身回家。

今天我故伎重演，再次将它逼到树上。

礼拜天

那家伙还在树上，看来是在休息，但其实是在耍花招。因为礼拜天不是休息日，礼拜六才是，这是事先安排好的。我感觉这家伙就爱休息。要是让我休息那么久，我准会累死。光是坐着守望这棵树，就已经很累了。我真不知道它是干什么的，因为我从没见它干过一件事。

昨天晚上，月亮又被送回天空，我特别开心！看来捡到月亮的人还算诚实。刚才月亮又滑落下来，但我并不担忧。我的邻居都这么好，他们会把月亮送回来，我用不着担心。我真想为他们做点什么，以表达我的谢意。我很想送给他们几颗星，因为我们用不了那么多。我指的是"我"，不是"我们"，因为看得出来，那个爬行动物对星星和月亮毫不关心。

它趣味低级，缺乏仁爱。昨天傍晚我到它那边时，它已从树上爬下来，正在池塘里捉游泳的小花斑鱼。为了让鱼儿得到安宁，我只好朝它扔土块，逼它又爬到树上。我心里纳闷：难道它是专门干这事的？难道它没心没肺，对那些小生物毫无怜悯之心？难道它被设计制作出来，就是为了干这种粗野的事？一看它就是干这种事的。它的耳背吃了我一颗土块，张嘴说起话来。这让我大惊失色，因为这是我头一回听见别人说话，以前我只听过自己说话。它的话我没听懂，好像是在表达什么意思。

见它会说话，我又对它产生了兴趣。因为我就爱说话，白天说个没完没了，夜里睡觉也不停嘴，我觉得这样非常有趣。如果有人陪我说话，我的趣味就会倍增。只要我想说，我可以永远说个不停。

如果这个爬行动物是个男人，就不能用"它"来指代，那不合语法。我认为应该用"他"来指代。如此看来，得这样分析它的语法："他"是做主语和宾语用的，而表示所属时，就得用"他的"。总之，在证明它是别的生物之前，我就当它是个男人，暂且用"他"来指代。这总比使用各种不确定的指称要方便得多。

一周后的礼拜天

这个礼拜我一直紧跟着他，想方设法结识他。因为他太腼腆，我只好主动和他攀谈，这对我来说也无所谓。有我在他身边，他好像挺高兴。我还经常说"我们"这个词，以增加亲密感，这个词也把他包括在内，他好像挺喜欢听。

礼拜三

目前我们相处得非常好，彼此越来越了解。他已不再总想躲着我，这是个好兆头，说明他喜欢和我在一起。我为此感到高兴。我还学着尽力在各方面帮助他，以提高他对我的重视程度。

最近一两天，我从他手里接过给事物命名的工作，这大大减轻了他的负担，因为他在这方面毫无天赋，他对此好像也很感激。给事物命名，他想不出合理的名称，常陷入尴尬局面，但我故作不知他的弱点。每当遇见新的生物，我便抢先给它命名，免得他思而不得，沉默不言，窘态毕现。如此一来，我曾多次救他于尴尬局面。我没有他这样的弱点。我一看见某种动物，马上便知道它是什么，我能不假思索，立刻给出合理的名称，好像是靠一种灵感。毫无疑问，我就是靠一种灵感。因为我敢肯定，半分钟前我脑子里还没那个名称。我只需看动物的形体和行走姿态，好像就能知道它是什么动物。

渡渡鸟飞来时，他以为那是一只野猫——我是从他眼神看出这一点的。但我啥也没说，是想给他留个面子。我做得非常谨慎，免得伤了他的自尊心。我故作惊喜之态，又不让他觉得我急于想告诉他，便十分自然地说："要我说，那是一只渡渡鸟吧！"我还向他解释我如何晓得那是渡渡鸟，却不露出我是故意想要解释给他听。他的自尊心或许受到一丝伤害，因为我认识这个动物，而他却不认识。不过，他显然很佩服我。这让我感到很愉快，睡前我把这事想了不止一遍，心里十分高兴。虽然这是一件小事，但我觉得只要是自己完成的事，即便是一件小事，也会令人开心！

礼拜四

我第一次感到悲哀。昨天他躲着我，看来不想和我说话。我难以置信，以为我们之间一定有什么误会。我喜欢和他在一起，喜欢听他说话，我又没做错什么，可他为什么不理我？

看来他是真的不理我了。我只好来到我们初次见面的地方，孤零零地坐在地上。这是上帝创造我们的地方，当时我并不知道他为何物，而且对他十分冷淡。可是现在，这个地方却让我心里忧伤，它的一草一木都勾起我对他的思念，令我心碎神伤。我不知道是怎么回事，因为这是一种我以前从未体验过的情感，它新奇神秘，却难以言状。

到了晚上，我无法忍受孤独，便来到他新搭的遮雨棚下，想问他我做错了什么，该如何改正才能重新得到他的友情。可是他却把我赶到雨中。这是我平生第一次感到悲哀。

礼拜天

今天天朗气清，我很开心。前几天我一直很郁闷，但过去的事，我尽量不去想它。

我想把树上的苹果打下几颗给他吃，但投了几次土块都没打中。苹果虽没打下来，但我的一番好意他应该感到高兴。那些苹果是禁果，他说我若碰了就会遭殃。遭殃就遭殃，只要他高兴，我还在乎遭殃不成？

礼拜一

今天早晨，我把自己的名字告诉他，希望他会喜欢。但他无动于衷，真是奇怪。如果他能告诉我他的名字，我会很在乎的。我想，他的名字一定比任何声音都好听。

他不爱说话，大概因为他已意识到自己不够聪明，想极力隐藏。如果他这么想，真令人遗憾。因为聪明与否并不重要，人的价值在于有爱心。我希望他能懂得这个道理：爱心向善是人生的巨大财富，缺乏爱心的智慧人生一文不值。

虽然他说话不多，但词汇量很大。今天早上，他说出一个令人惊奇的好词。他分明也意识到那是个好词，因为后来他又不经意地说过两次。虽说这种不经意的态度算不上高明，但仍然表明他具有一定的感知力。毫无疑问，这种能力如同一粒种子，如果好好培养，定能发芽成长。

他是从哪儿学来那个词的？我好像不曾说过那个词。

他对我的名字不感兴趣。我想掩饰自己的失望，但恐怕做不到。于是我独立来到长满青苔的池塘边，将两脚伸入水中。当我渴望与人为伍，渴望与人见面，渴望与人交谈时，我就来到这个地方。那映在水面的洁白姣美的身影，虽说不能给我多少安慰，却聊胜于无，望着她，总比孤单寂寞好受些。我说话时她也说话；我忧伤时她也忧伤；她同情我，安慰我说："不要沮丧，孤苦伶仃的姑娘，我愿做你的朋友。"她真是我的好朋友，而且是唯一的朋友，就像我的小姐妹。

我的倒影，她第一次抛弃了我！啊，我难以忘怀，永世难忘。我的心就像铅块一样沉重！我喃喃自语："她是我的一切，可现在消失了！"我绝望地叹息："破碎吧，我的心，我再也活不下去了！"我双手掩面，无以慰藉。待我移开双手，她忽又出现在水中——洁白灿烂，美丽动人——我不禁跃入水中，扑向她的怀抱！

真是无比幸福！这种感觉我以前也曾有过，但和这次的完全两样——简直让我心摇神荡。从那以后，我再不怀疑她。有时她待在别的地方——或许一小时，或许差不多一整天，但我耐心等她，从不怀疑。我心想："她要么在忙，要么旅游去了，但她一定会来的。"果然如我所愿，她总是要来的。如果夜晚天太黑，她就不会出来，因为她胆小。但月亮出现时，她也会随之出现。

我不怕黑，但她怕，因为她比我小，生于我后。我看过她很多次。我不顺心时，她就是我的安慰和我的避风港——大体说来就是这样。

礼拜二

整个上午我都在整理家园，故意躲开他，希望他感到寂寞时能过来找我。可是，他却没来。

中午时分，我停下手里的活，开始追逐飞舞的蜜蜂和蝴蝶。漂亮的花朵迎风开放，露出上帝赋予它们的笑脸，让我陶醉其中，流连忘返。我采摘了一些花儿，编成花环和花冠戴在身上，然后去吃午饭——吃的当然是苹果。饭后我坐在树荫下，盼他等他，但他没来。不来就不来，无所谓。就算来了又怎样，反正他也不喜欢花儿。他竟然把花儿说成是垃圾，还分不清哪种是哪种，他自以为这样就是高人一等。他对我漠不关心，对花儿视而不见，对黄昏晚霞无动于衷——就知道搭个窝棚躲避清凉的雨水，或敲敲西瓜尝尝葡萄，或摸摸树上的果子，看何时能吃。难道说，除了这些，他对别的毫不关心？

我把一根干木棍放在地上，拿另一根木棍在它上面钻孔，想实施我心里的一个计划。不一会儿的工夫，便见一缕薄而透明的淡蓝轻烟从孔里冒出来。我吃了一惊，丢下手里的木棍，撒腿便跑，以为那是妖精，吓得魂飞魄散！待我回头再看，见它并没追来，便靠着岩石喘息，心怦怦直跳，手脚不停地发抖，直到后来才渐渐平息。然后我蹑手蹑脚，小心翼翼原路返回，边走边密切注意周围的情况，准备一有动静立刻逃走。等靠近钻木的地方，我用手拨开玫瑰花枝向前窥望——我真希望那个男人就在附近，因为我当时看上去聪明又漂亮——发现那妖精不在，我这才走上前去察看，见钻孔里有一团淡淡的粉红色灰烬。于是我将手指伸进去，想摸摸它，却"哎哟"一声大叫，缩回手指。我感到一阵剧痛，忙把手指放进嘴里，一边跺脚一边嗷嗷叫，疼痛这才减轻了大半。接着，我又对那粉红色的灰烬产生了兴趣，便开始将它细细打量。

我特别好奇，就想知道那粉红色的灰烬是什么。突然间，一个名称闪现在我的脑海中，那就是火。虽然我以前从未听说过这个东西，但我敢肯定，它就是火，绝对错不了。于是我毫不犹疑地给它起了个名字——火。

我的这项发明前所未有，也为世间无尽的宝藏增添了光彩。我认识到自己的成就，并为此感到骄傲。我本来打算去向他告知此事，以提高我在他心中的地位，但思来想去，决定不去——他不关心此事！他若问起这东西有何用处，我该如何回答？因为它没什么用处，只是漂亮而已……

叹息过后，我仍没去找他。因为火的确没什么用途，既不能用来搭棚，又不能改良香瓜，更不能催熟果子，简直一无是处。去找他吧，显得我愚蠢，爱慕虚荣。他一定瞧不上这东西，还说些风凉话。但对我来说，火是不可轻视的。我自言自语道："火啊，我喜欢你，粉红色的小东西，你如此漂亮——有你足矣！"

我真想把它抱在怀里，却忍住没抱。接着我脑子里又闪出一句格言："一朝被火烧，永远躲开火。"它和先前那句格言特别相似，我还以为是抄袭来的呢。

我又捣鼓起来，弄出更多的火灰，倒在一把枯黄的草上，打算拿回家留在身边玩。可是，一阵风儿吹过，火灰飞扬，向我猛烈扑来。我连忙丢掉草把，撒腿便跑。待我回头看时，那蓝色妖精已腾空而起，如云雾般翻卷，向四周扩散。我顿时想出它的名称——烟！——我敢发誓，这个名称，我以前从未听说过。

很快，烟里射出红黄色的灿烂火光，我立刻给它取了名称——火焰——毫无疑问，这是世间首次出现的火焰。火焰蹿上树梢，伴随着滚滚浓烟，越烧越旺，发出闪闪亮光。我高兴得手舞足蹈，欢呼雀跃。多么鲜艳，多么神奇，多么漂亮！

他跑了过来，呆呆地望着，半天说不出一句话来。后来他问我那是什么。嗨，他真不该问得这么直截了当！可既然他问了，那我当然就得回答。我告诉他说，那是火。如果说，是我的回答惹恼了他，那也不能怨我，只能怪他自己要问。我根本没想惹他生气。他沉默片刻，问我说："那是怎么来的？"

他又问得这么直截了当，我又得直截了当回答："我发明的。"

火势渐渐远去，他走到烧过的地方，盯着地面，问我："这是什么？"

"烧过的木炭。"

他拿起一块，本想仔细察看，又改变主意，放在地上，转身离去。没什么东西能引起他的兴趣。

可是，我有兴趣。地上的灰烬看上去苍白松软，精致漂亮——我一眼就能认出那是什么。那是烧剩的东西——叫作余烬，这我知道。我发现余烬里有几颗苹果，心里一阵高兴，遂将它们取出来，准备饱餐一顿。因为我还年轻，食欲旺盛。可是，我还没吃，就已大失所望，因为苹果已经裂开，被火烧焦了。后来我才发现，它们看似已烧焦，但其实不然，比生的更好吃。漂亮的火光！我想，总有一天它会派上用场。

礼拜五

上个礼拜一傍晚，我们又见面了，但时间很短，就那么一会儿的工夫。

我本希望他能夸奖我收拾住所，因为我出于好意，干活又那么卖力。可他并不高兴，转身离去。他不开心，还有另一个原因：我又一次劝他别再去瀑布那边。我劝他，是因为被火烧的事让我产生了一种新的情感体验——这种感觉很新奇，完全不同于爱情、悲伤和其他情感——那便是"恐惧"。太可怕了！我真希望不曾有过这种体验，因为它给我的心灵蒙上了阴影，破坏了我的欢乐，使我战栗发抖，惊慌不安。但我没能劝阻他，因为他尚未体验过恐惧，不会理解我的感受。

摘自亚当日记

也许我不该忘记，这个姑娘还年轻，我得处处让着她。

她兴趣广泛，热情活泼。这个世界对她而言，充满了魅力和奇迹，神秘而又欢乐。每当看见一朵陌生的花儿，她都高兴得不知所言，定要亲手摸摸，再用鼻子闻闻，然后对着它滔滔不绝，叫着各种亲昵的名称。

她对各种色彩近乎疯狂：褐石黄沙，灰苔绿荫，湛蓝天空，紫色山影，宛如珍珠的晨露，夕阳映照下漂浮于绯红海面的金色岛屿，穿行于云层间的淡白明月，闪烁于苍穹中的璀璨群星——在我看来，这些东西全无任何使用价值，只是因为色彩斑斓，气势恢宏，而她却非常喜欢，并因此而失去理智。倘若她能安安静静待上两分钟，那将是一道静谧的风景。那样的话，我就可以观赏她。真的，我肯定会观赏她，因为我渐渐意识到，她是一个非常标致的人儿——轻盈、苗条、整洁、圆润、匀称、灵敏、优雅。有一回，她伫立在岩石上，宛如一尊洁白的大理石雕像，沐浴着阳光，手搭凉棚，翘首仰望天空中的一只飞鸟，我突然发现她非常漂亮。

礼拜一中午

这个星球上的一切都能让她兴趣盎然，但未必引起我的兴趣。我对有些动物不感兴趣，她却不然。她对各种生物一视同仁，无不喜欢，将它们视为珍宝，每一种新生物她都乐于接受。

那头巨大的雷龙[1]大步闯入我们营地时，她认为那是一大收

---

[1] 又名"迷惑龙"，生活于约一亿五千万年前的侏罗纪，是陆地上曾存在过的巨型生物之一。

获，我却认为是一场灾难。这充分说明，我俩对事物的看法不尽相同。她想驯养这头雷龙，而我情愿将家园作为礼物留给它，自己搬到别处去住。她相信只要我们善待它，就能将它驯服，成为不错的宠物。我告诉她说：身高二十一英尺，长达八十四英尺的宠物，不适合养在家中。即使在我们的善待下，它不伤人，但它可能会坐上我们的房顶，将它压塌，因为谁都能从它的眼神看出，这家伙漫不经心。

可是，她仍然一门心思想养那头怪兽，无法打消这个念头。她认为我们可以靠它办个乳品场，还想叫我帮她挤那家伙的奶，但我不想干，因为那样很危险。况且，我们连它是公是母都没搞清，再说也没个梯子。后来，她又想骑它去看风景。那家伙拖着一条长达三四十英尺的尾巴，就像一棵倒在地上的大树。她以为可以顺着它的尾巴爬到背上，但她想错了。她刚爬到它那翘起的屁股，因为太滑，滚落下来。要不是我及时接住，她早就摔得遍体鳞伤。

这下她该知足了吧？不，只有亲身实践，她才会知足。未经验证的理论跟她无关，她不会接受。我承认她精神可嘉，这种精神也吸引着我，我能感受到它的影响力。假如我和她待得太久，恐怕也会具有这种精神。对了，关于那头巨兽，她还有另一个理论：她认为，假如我们能将它驯服，使它变得友好，就能让它站在河里，当作桥梁使用。后来它果然变得相当乖顺——至少她是这么说的——于是她开始验证自己的理论：她将那巨兽带进河里，然后上岸，准备从它背上爬到对岸，它却跑上岸来，就像一座玩具山，跟着她走来走去。她一连试了好几次，都以失败告终。原来它和其他动物一样，不愿离开她。

礼拜五

礼拜二、礼拜三、礼拜四，直到今天，始终没见他的面。孤单的日子显得特别漫长，但孤单总比不受欢迎强。

我得有个伴儿——我觉得自己天生就得有个伴儿——所以我就和动物交朋友。它们真是可爱，性情最温和，也最有礼貌，从不给你脸色看，也不嫌你打扰，还经常对你微笑。那些长着尾巴的动物，还经常给你摇尾巴。它们愿意陪你玩，和你一起远游，你有什么要求，它们都乐意奉陪。我认为它们全都绅士派头十足。

这些天来，我和它们一起玩得很开心，再也不觉得孤单。真的，一点儿也不孤单！因为有一大群动物围绕在我身边——有时方圆四五英亩全是动物——多得数都数不清。你往它们中间的岩石上一站，眺望四周那一大片毛茸茸的动物，眼前色彩纷呈，斑斓绚烂，亮丽的斑纹如阳光般灿烂，又如泛起的阵阵涟漪，让你感觉身在湖泊之上。但你心里清楚，这里不是湖泊。还有那暴风雨般密集的成群飞鸟，它们翅膀拍得呼呼作响，如同咆哮的飓风。阳光射向那些躁动不安的羽翼，你能想到的各种颜色全都闪亮起来，足以让你眼花缭乱。

我们多次长途旅行，几乎看遍整个世界，这使我眼界大开。

这样一来，我便成了天下第一位旅行家，也是唯一的旅行家。我们行进时，场面蔚为壮观——此番景象，无处能及。我常骑着老虎或豹子四处周游，因为它们背圆柔软，骑着舒服，况且它们长得那么漂亮。若是长途旅行，或者观赏风景，我就骑一头大象。它用鼻子将我卷到背上（但我可以自己下来），到达宿营地时，它就跪倒在地，让我从它背上滑下来。

飞鸟走兽之间友好相处，没有任何纠纷。它们都会说话，也常对我说话。但它们说的一定是外语，因为我一个字都听不懂。而我说的话，它们却能听懂，尤其是狗和大象，这让我颜面尽失。由此可见，狗和大象比我聪明，比我强。我深感苦恼，因为我这个试验品想争当"天下第一"——这也是我的人生目标。

如今，我已懂得不少道理，算得上是个有知识的人。但当初并非如此，因为我愚昧无知。当初我常因无知而感到烦恼，我虽几经观察，却因不够聪明，始终不懂水为何不往山上流。但现在我不再为此事烦心。经过反复验证，我终于明白一个道理：一到夜晚，水就会流到山顶。我之所以这样认为，是因为山上的池水永远流不尽，假如夜里水不流回山顶，池水肯定会流失殆尽。因此，要想证明一件事，最好亲自实践，这样才能增长见识。光靠猜想、臆测、推断，永远搞不懂。

有些事你可能一时不懂。如果只靠猜测，就永远搞不懂。所以不能猜测，你得耐着性子不断验证，直到搞懂原来不懂的事。用这种态度做事，其乐无穷，也使人生充满乐趣。假使没有未知领域，世界将会变得沉闷无趣。未知之事，努力搞懂并最终搞懂，就是一件有趣的事。即使努力未果，也同样有趣，甚至更有趣。想当初，水的秘密对我来说就像宝藏一样令人兴奋。秘密揭开后，我的兴致也随即消失，体会到的却是一种失落感。

通过验证，我知道木头、干树叶、羽毛等许多东西都会漂浮在水面。根据这些累积的经验，我推断岩石可能也会漂浮。但这只是推断而已，目前还没办法验证。这事让我伤透脑筋，因为后来当我逐渐明白许多事情，就再也不激动，而我其实特别喜欢激动。昨晚我彻夜未眠，心里一直想着这件事。

起初我不懂自己存在的目的。但现在看来，我的使命就是探索这个神奇世界的秘密，并以此为乐，感谢赐予我生命的造物主。我想，还有许多知识值得我去学习——我希望如此。知识学习是个经年累月的漫长过程，我认为不可操之过急，得一点点积累。你把一根羽毛抛向空中，它会随风飘荡，渐渐飞出视线。而你把一粒土块抛向空中，情况却不是这样，它总要落下来。我试了一次又一次，每次都是同样的结果。我不知道这是为何。按理说，它是不该落下来的，可它分明落了下来，究竟为何？我想这一定是幻觉。我是说，两者中必有一种是幻觉，但我不晓得是哪一种。反正不是羽毛，就是土块，但我无法证明。我只能表明其中一种是假象，让人家去选择。

通过观察，我知道星星不会永远挂在天空。我见过几颗最亮的星融化后从天上坠落下来。既然有一颗融化，就有可能全部融化；既然可能全部融化，就有可能在同一夜统统融化。这个悲剧迟早都会发生——我心知肚明。从今往后，我打算天天熬夜，尽量不睡，仰望群星。我要将闪耀的星河铭刻在记忆中，那么将来即使星河垂落，我也能凭借幻想将可爱的繁星重新挂在黑色的夜空，让它们重新闪烁。况且透过泪眼模糊的视线来看，它们会显得加倍浩繁。

堕落之后

回首往事，伊甸园就像一场梦。它曾经那么漂亮，美轮美奂，秀丽迷人。可现在它已不复存在，我再也见不到它。

伊甸园没了，但我能遇上他，也知足了。他一心一意爱我，我也一心一意爱他。我想，对我这个年轻女人来说，这是正确的选择。若问我为什么喜欢他，我也不知道，而且我觉得这个问题并不重要。所以我想，我喜欢他就像喜欢爬行类动物一样，不是理性思维和算计的结果。我之所以喜欢某些小鸟，是因为它们的歌声好听，而我喜欢亚当，并不是因为他唱得好——不，真的不是。他唱得越多，我越难以忍受。但我仍要请他唱歌，因为凡是他喜欢的事，我都希望自己也能学着喜欢。我肯定能做到，因为当初他的歌声让我简直无法忍受，但现在我已经习惯了。他的歌声都能让牛奶变酸，可这又有什么关系，我会习惯这种酸牛奶的。

我爱他，不是因为他聪明——不，绝对不是。他那点小聪明，不过如此，但这不能怪他。因为聪明不是他自己练成的，而是像他本人一样是由上帝创造的。但有那点聪明，也足够了。上帝造他就是要他聪明，这我最清楚。既然是这样，那他的智慧迟早都会开启，只是不可能突然开窍。再说，也没必要那么着急。他现在这样就挺好的。

我爱他，不是因为他仁慈宽厚、体贴心细。绝对不是，因为这些方面他很欠缺。但他正在改进，这已经很不错了。

我爱他，不是因为他勤俭——不，绝对不是。我认为他具有这个品质，但不明白他为什么要向我掩饰。这是我唯一的苦恼。而在其他方面，他对我都很坦诚。我敢肯定，除此之外，他没再向我隐瞒别的事。他竟然隐藏着这个秘密不让我知道，这真让我伤心。有时一想起这事，我就难以入睡。不过，我会忘掉这件事，不让他影响我满溢的幸福。

我爱他，不是因为他有修养——不，绝对不是。虽然他的修养是自学来的，而且他的确明白许多事理，但也未必如此。

我爱他，不是因为他向我献殷勤——不，绝对不是。他说过我坏话，但我并不怪他。我想，这是他的性别使然，而他的性别并不是由他决定的。当然我也不该说他坏话，我首先应该珍惜他。但这也是我的性别使然，我之所以是女人，功不在我，因为我的性别也不是由我决定的。

那么，我为什么爱他？我想，就因为他是个男子汉。

我爱他，是因为他心地善良，但又不完全是出于这个原因。即使他打我骂我，我也照样继续爱他。这我知道。我想，是因为两性相吸吧。

我爱他，是因为他英俊强壮。我敬佩他，为他骄傲。但即使他没这个优点，我也照样爱他。就算他长相一般，我也爱他；就算他有残疾，我也爱他。我愿意伺候他，做他的奴隶，为他祷告，守在他床边，至死不渝。

是的，我想，我之所以爱他，就因为他是我的男人，是个男子汉。此外再没别的原因。因此，正如我前面所说，这种爱，不是理性思维和算计的结果。它是自然产生的——无人知道来自何处——它无法解释，也无需解释。

这就是我的看法。但我只是个姑娘，又是初次探讨这个问题。由于愚昧无知，缺乏经验，我的看法不一定正确。

四十年后

我祈祷，希望我俩能白头偕老，共度此生——但愿每个深爱丈夫的妻子心里都有这个愿望，至死不变，直到地老天荒，并且不要忘记我夏娃的名字。

然而，如果我们两个必须有一个先行去世，我祈祷，希望先走的是我。因为他坚强，我脆弱；他可以没有我，我却不能没有他——没他的生活，算不上生活，那叫我如何活下去？愿我的后代繁衍生息，祈祷永不停息，永远持续下去。我是人类的第一位妻子，希望我的名字将被世间最后一位妻子传颂。

在夏娃墓前

亚当说：哪里有她，哪里就是伊甸园。

发表于 1893 年和 1905 年

爱斯基摩少女的情史

"好啊，吐温先生，既然你想了解我的经历，那我全部讲给你听。"她那真诚的目光平静地落在我的脸上，柔声说道，"因为你是个好人，那么喜欢我，想知道我的事。"

就在刚才，她还手拿一把小骨刀，一面漫不经心地刮下脸上的鲸脂，抹在皮衣袖上，一面遥望绚丽多彩的北极光，看那火焰般飘摇的光带掠过长空，涤荡寂寥的雪原和庙宇状的冰山。这奇伟瑰丽的景观，简直夺人魂魄。可是此刻，她的目光已游离那梦幻般的奇景，准备答应我的要求，讲述她那可怜的短暂情史。

她惬意地坐在我们当作沙发用的那个大冰块上，我准备洗耳恭听。

可以说，她在爱斯基摩人眼中，称得上是个美人，也许其他居民会觉得她长得有点过于丰满。她年方二十，应该说是她那个部落里最迷人的姑娘。虽然身处野外，她身上的皮衣皮裤和皮靴显得笨拙，不成样子，头上还戴着宽大的兜帽，但那张漂亮的脸蛋却清晰可见。至于她的身段，你尽管相信，肯定相当不错。在来来往往的客人中，无论哪位姑娘，只要往她阿爸待客用的水槽边上一站，都没法和她平分秋色。但她并不是个娇生惯养的姑娘，不但人长得甜美，而且朴实率性，待人真诚。即使她知道自己是个美人，言谈举止也从不表露自知其美。

这个礼拜，她天天陪着我。我越是了解她，就越喜欢她。她是在阿爸的精心呵护下长大的，这样的成长环境，在北极区实属罕见。因为她阿爸是部落里的首要人物，也是最有修养的爱斯基摩人。我和兰斯佳——这是她的名字——一起坐着狗拉雪橇，穿越大浮冰，做长途旅行。我发现有她陪伴总是那么令人开心，和她聊天也是一大快事。我还和她一起去捕鱼，但并没乘坐她那条颤巍巍的小船。我只是跟着她，在冰川上行走，看她手握锋利的鱼叉，准确地刺向猎物。我俩还一起去猎海豹。有好几次，她和家人从搁浅的鲸鱼身上掏脂油，我就站在一旁观看。还有一次，她出去猎熊时，我跟在她身后走了一程，但没等她打到猎物，我就半途而返，因为我怕熊。

现在她已开始讲述自己的故事。她说："我们这个部落和别的部落一样，曾经也在冰封的海面上到处流浪。但在两年前，阿爸厌倦了那种生活，就用冰冻的雪块砌了这座大冰房。你瞧，它有七英尺高，比别的冰房要长出两三倍——从那以后，我们就一直住在这里。阿爸为此感到很骄傲，这也情有可原，因为你只要仔细观察，就会发现它比一般的冰房要好看得多，也更齐全。要是你还没仔细看过，那可一定去看看，因为它的设备很豪华，大大超过了普通住房。比如说，在你们叫作'客厅'的那边，有个凸起的台面，是专供待客和家人吃饭的。那是你见过的最大的室内台面，是不是？”

“是啊，兰斯佳，你说得没错，那是最大的。即使在美国最好的房子里，也没那么大的台面。”听到我的认可，她的眼里闪出骄傲的喜色。我看得真切，并从中得到暗示。

“我想，你一定吃惊不小！”她说，“还有，比起一般的台面，那个台上铺的皮毛要厚得多，各种皮毛都有——有海豹皮、海獭皮、银狐皮、熊皮、貂皮，还有黑貂皮——五花八门，应有尽有。沿着墙壁还有你们叫作‘床’的冰雕的躺椅，也铺着各种皮毛。你家有比这更好的台面和躺椅吗？”

“真没有，兰斯佳——目前还没有。”她一听又面露喜色。此刻她心里想的，一定是她那位有眼光的阿爸辛辛苦苦一共攒下多少张皮毛，而不是那些皮毛的价值。我本想告诉她，那些富饶的皮毛本身就是财富——或者说，在我的国家那就是财富——但她未必能理解我说的话，因为她们部落的人不把那些东西当作财富。我本想告诉她，她身上穿的皮衣，以及她周围最普通的人平日里穿的衣服，价值在1200或1500美元左右。我还想告诉她，我在自己的国家，还没见过哪个人，会穿着价值1200美元的服装去捕鱼。但她未必能理解这些，所以我啥也没说。她继续说道：“房里还有洗手槽。客厅里有两个，还有两个在其他地方。一个客厅有两个洗手槽，是很少有的事。你家的客厅有两个洗手槽吗？”

想起那些洗手槽，我不禁倒吸一口凉气，但没等她注意到我的表情，我已恢复了平静，并连声说道：“呵呵，兰斯佳，说自己国家的不是，我觉得丢人，你可千万不要声张，因为我跟你说的是知心话。不过，我实话告诉你，在纽约市，即使最有钱的人，客厅里也没洗手槽。"

她一脸天真的样子，高兴地拍着露出皮衣袖口的小手，惊叫道："啊，不会吧，这怎么可能！"

"真的，亲爱的姑娘，我说的是实话。有个姓范德比尔特的人，他差不多是全世界的首富，现在就算我躺在床上奄奄一息，我也照样告诉你，即使像他那样的人，客厅里也没两个洗手槽。呵呵，他连一个都没有。我要是有半句假话，情愿出门死在路上。"

她惊得美目大睁，带着敬畏的口气，慢悠悠地说道："太奇怪了——真是难以置信——这简直无法想象。他是不是很吝啬啊？"

"不，不是吝啬。他不在乎花钱，不过……呃……对了，你知道吧，那样的话，就显得他是在炫耀。对，就是那样，我就是这个意思。他一贯生活简朴，从不炫耀。"

"哦，那么谦虚就对了，"兰斯佳说，"只要做得不太过分——不过，他那个地方看上去怎么样？"

"呃，肯定是既粗陋又简单，不过……"

"我就知道是这样！我还从没听说过有这样的事。他的房子好吗？——我是说，除了粗陋和简单，好不好看？"

"那是，相当好看。人人觉得好看。"

那姑娘一时缄默不语，恍如梦中，坐在那里，嘴里咬着一截蜡烛头，分明是在极力想出事情的原委。后来她微微仰起头，断然说出自己的想法："呃，在我看来，有一种谦虚，只要你分析它的实质，就会发现它其实就是一种炫耀。如果一个人能在客厅里装得起两个洗手槽，而他却不安装，那有可能他是真正的谦虚。不过，还有比这大一百倍的可能，那就是他想故意引起别人的注意。照我的判断，你说的那位范德比尔特先生目的何在，只有他自己心知肚明。"

我试图改变她的判断，因为在我看来，以居室是否安装两个洗手槽这样的标准，来判断一个人的意图，是有失公允的，虽说这事对此地的居民来说再正常不过。但那姑娘固执己见，难以说服。接着她又说道："你们富人家里也有像我们这样的漂亮躺椅吗？也是用漂亮大冰块做的吗？"

"有啊，相当漂亮——漂亮得很——但不是用大冰块做的。"

"我好想知道！为啥不用大冰块做？"

我向她解释了用冰块制作躺椅的种种困难，并告诉她说，在我的国家，冰块的价格十分昂贵，买冰块时，你得用眼睛死死盯住卖冰人，不然你花出去的硬币比你买到的冰块还要重。她一听，高声叫道："天啊，你们连冰也要花钱买呀？"

"是要花钱买的，亲爱的姑娘。"

她发出一阵爽朗坦率的笑声，说道："哈哈，我从没听说过这么可笑的事！哎呀，我们这里到处是冰，多得一文不值。你瞧，光是眼前的冰川，就有一百英里。就算你拿整个冰川跟我换一个鱼泡，我也不干。"

"呵呵，那是因为你不知道它的价值所在，你这小乡巴佬。如果盛夏你在纽约能有这些冰，就可以拿它到集市去换所有的鲸鱼。"

她疑惑不解地望着我，问道："你说的是真的？"

"千真万确，我敢发誓。"

她沉思片刻，微微叹口气，说道："我要是能住在那里就好了！"

我只是想给她提供一个价值标准，以便她理解，但我的意图却误导了她，让她误以为纽约的鲸鱼又多又便宜，惹得她嘴角直流口水。看来我最好还是想个办法，以减轻自己的罪过，于是我便对她说："但你要是真的住在那里，就不喜欢鲸鱼肉了。没人会喜欢的。"

"什么？"

"真的没人喜欢。"

"为啥没人喜欢？"

"呃……我也不知道。大概是偏见。对，就那个意思——偏见。我认为，有些人无事可做，就会产生偏见，那是迟早的事。要知道，一个人一旦产生那样的怪念头，就永远无法消除。"

"没错，绝对正确。"那姑娘若有所思地说，"就像我们这儿的人对肥皂有偏见一样。知道不，我们这个部落当初对肥皂就有偏见。"

我瞥了她一眼，看她说的是不是真的。显然她是认真的。我犹豫了一下，小心翼翼地问道："对不起，你是说他们当初对肥皂怀有偏见，是吧？"（我是用降调问的。）

"是的——但那只是刚开始的时候，因为谁都不会吃肥皂。"

"哦，我明白了。刚才我没听懂你的意思。"

她继续说道："这就是偏见。肥皂刚从老外那里传到这里的时候，没人喜欢它，但一旦流行起来，人人喜欢。如今个个买得起肥皂，也喜欢用。你喜欢用肥皂吗？"

"喜欢，确实喜欢！没有肥皂的话，我会死的——尤其是在这种地方。你喜欢吗？"

"太喜欢啦！你喜欢蜡烛吗？"

"我把它当成是绝对的必需品。你喜欢吗？"

她眼睛忽闪忽闪的，感叹道："嗨！那还用说！蜡烛！……还有肥皂！……"

"还有鱼内脏！……"

"还有鲸油！……"

"还有雪泥！……"

"还有鲸脂！……"

"还有腐肉！还有酸泡菜！还有蜂蜡！还有柏油！还有松节油！还有糖浆！还有……"

"好啦……嗨，好啦……我兴奋得快要死啦！……"

"然后把它们全部装进一个捞泥桶，请邻居们过来，美美吃上一顿！"

这个虚幻的完美盛宴，给她的冲击实在是太大，可怜的人儿，她竟晕了过去。我抓起一把雪往她脸上擦了擦，她这才清醒过来。过了一会儿，她兴奋的情绪冷却下来。不久她又慢悠悠地讲起她的故事来："就这样，我们开始在这里住下来，就住在那座漂亮的房子里。但我并不快乐，原因是这样：我是为爱情而生的女人，对我来说，没有爱情，就没有真正的幸福。我希望能找个一心一意爱我的人。我想找个偶像，还想做我偶像的偶像。只有相互之间的偶像崇拜，才能满足我火热的天性。我有过许多追求者——真是不计其数——但凡向我求婚的男人，都有一个致命的弱点，而且最终让我看穿——他们没有一个不暴露这个缺点——他们要的不是我，而是我的财富。"

"你的财富？"

"对，因为阿爸是我们部落里最富的人——可以说，他在这片地区的任何一个部落都是最富的人。"

她阿爸的财富都有哪些，我不得而知。不可能是那座冰房——因为谁都可以造一座同样的房子。也不可能是皮毛——因为这在北极不值钱。更不可能是雪橇、猎狗、鱼叉、小船、骨制鱼钩、缝衣针等之类的东西——肯定不是，因为这些东西算不上财富。那么，是什么东西让她阿爸如此富有，惹得无数龌龊的求婚者如狂蜂浪蝶般涌入她家。后来，我觉得要想知道真相，最好的办法就是问那姑娘。于是我便问她。姑娘对我的询问显然十分高兴，我看得出来，她一直如饥似渴地盼着我问她。我和她承受着同样的煎熬：一个渴望知道，一个渴望禀告。

她亲密地凑近我说："猜猜他有多少财产——你绝对猜不出！"

我故作沉思状，她兴致勃勃而又含情脉脉地望着我苦思冥想的表情。我终于招架不住，求她亲口告诉我，这位北极区的富如"范德比尔特"的男人，究竟有多少财富，以满足我的渴望。她这才把嘴唇贴近我的耳朵，悄悄说了一句令我至今难忘的话："他有二十二个鱼钩——不是骨头磨的，是外国货——是真铁做的鱼钩！"

然后她戏剧性地往后一跳，观察我的反应。我极力不想让她失望，便故作惊愕之状，低声赞道："太神啦！"

"这是真的，吐温先生，就像你活着一样真实可信。"

"兰斯佳，你在骗我——你的话不可能是真的。"

"吐温先生，每句都是真的——字字属实。相信我——你可要相信我呀，好不好？说你相信我——快说你相信我！"

"我……嗯，好吧，我相信你……我尽量相信。可这也太突然了，叫人猝不及防，甘拜下风。你不该突然间来这么一下。这……"

"啊，对不起！我要是早想到……"

"没关系，我不怪你，因为你年轻，考虑不周，自然也就预想不到会产生什么后果……"

"可是，哦，亲爱的先生，当然，我是应该考虑得再周全一些。怎么就……"

"你想想看，兰斯佳，要是刚才你先说有五六个鱼钩，然后逐渐……"

"啊，我知道啦，我知道啦——然后逐渐增加，先加一个，再加两个，然后……嗨，我怎么就没想到呢！"

"没关系，姑娘，没什么——我已经好多了——过一会儿就没事了。不过……你把二十二个鱼钩一下子全撂给一个毫无防备的人，而且他的身体又不是特别强壮，这总归……"

"哦，都是我的错！你原谅我吧——说你原谅我。求求你！"

她一个劲地哄我开心，又是抚摸，又是劝说。我享受了丰收般的喜悦之后，便原谅了她。于是她化忧为喜，又接着讲起她的故事。

我很快知道，她家的宝库里还有一个特制品——似乎是一件珠宝——而且她提到那东西时，好像极力想把话说得妥当一些，免得我听了又惊愕不已。而我呢，也正想知道那是什么东西，便催她快点告诉我那是什么宝贝。她有点儿胆怯，我却一再催促，说我这次已做好心理准备，不会惊得晕过去。她既顾虑重重，又想把那宝贝说给我听，以欣赏我惊羡的神情。这种诱惑对她太强烈，所以她坦白告诉我说，那件宝贝就在她身上，还说如果我真有心理准备，她就如何如何……说着，她把手伸进胸口，掏出一块破旧的方形铜牌，热切地望着我的眼睛。我故意装作晕厥的样子，倒在她身上，这既让她心花怒放，又吓得她心惊肉跳。当我假装清醒过来又恢复平静时，她又迫不及待地问我对她的珠宝感觉如何。

"我对它的感觉如何？我认为这是我所见过的最精致的饰物。"

"真的吗？你能这么说真是太好啦！它很可爱，是不是？"

"嗯，是很可爱！我宁愿要它也不要赤道。"

"我就知道你会喜欢它的。"她说，"我觉得它太可爱了，这个纬度区就只有这一件，人们还大老远从无冰的北极海赶到这里来，就为了看它一眼。你以前见过这个东西吗？"

我跟她说，我从没见过，那是我见过的第一件。这个弥天大谎却让我心痛不已，因为那玩意我曾见过成千上万，她那件寒酸的珠宝，不过是纽约中心车站用过的一枚破旧行李牌而已。

"天啊！"我说，"你可不能就这么戴在身上，一个人到处走动，没人保护很不安全，你连狗都没有吗？"

"嘘，小声点！"她说，"没人知道我戴在身上。他们以为它在阿爸的宝库里呢，一般都是放在那儿的。"

"宝库在哪里？"

我问得有些突兀，她一时显得有些诧异，也有些怀疑，但我安慰她说："没事，别担心，我不会泄密的。我们国家有七千多万人，就算我说了不该说的事，也没人相信你有数不清的鱼钩。"

她一听这才放心，便告诉我鱼钩就藏在屋里的某个地方，然后撇开话题，开始夸耀那房子的冰窗，说那一片片的透明冰窗有多高多宽，还问我在国内是否也见过同样的冰窗。我坦白向她承认，我从没见过，这又让她高兴得不知所云。想要哄她开心，简直太容易，而能哄她开心，本身也其乐无穷，于是我继续说道："啊，兰斯佳，你真是个有福的姑娘！你有漂亮的房子，精致的珠宝，丰富的宝藏，美丽的积雪，豪华的冰山，一望无际的雪原，成群的熊和海象，崇高的自由，广阔的天地。人人向你投来爱慕的眼光，他们不请自来，对你俯首听命，毕恭毕敬。你年轻富有，人又漂亮，有人拥护，有人追求，有人羡慕。你呼风唤雨，想干啥就干啥，想要啥有啥——你的运气真是好得无法估量！我见过的姑娘不计其数，但除你之外，没一个能真正享有这些优越条件。而且你值得……值得拥有这一切。兰斯佳——我打心眼里相信这是真的。"

听了这番话，她无比自豪，心花怒放，还一再感谢我说的最后那句，那声音和眼神都表明她很激动。后来她说：

不过，生活也不全是阳光灿烂——还有阴暗的一面。财富是个沉重的负担。有时我想，贫穷一点儿也许更好——至少不要过度富裕。我经常看见邻近部落的人从我身边经过时，看我的那种眼神；也总是无意听见，他们怀着崇敬的心情议论我说："瞧，就是她，百万富翁的女儿！"每当这时，我心里就很难受。有时听见他们哀叹说："她的鱼钩多如雪片，而我……我连一个都没有。"我的心都要碎了。我小的时候，家里很穷，高兴的话，晚上睡觉都不关门。可是现在……现在我们得雇个守夜人。以前阿爸对每个人都温和礼貌，可是现在，他对人苛刻傲慢，容不得别人对他太随便。过去他心里想的只有这个家，可是现在，他一天到晚满脑子想的尽是他的鱼钩。他的财富让别人对他卑躬屈膝，巴结讨好。以前他讲个笑话都没人笑，因为他讲的尽是老掉牙的笑话，既不靠谱，也没意思，缺乏一种能真正算得上是笑话的成分——就是幽默感。可是现在，他一讲起那些无聊的老笑话，人人听了哈哈大笑，要是没人笑，他就垂头丧气，满脸不高兴。以前他主动发表意见时，说话毫无分量，从来没人响应。现在他发表意见，虽然说服力不够，但人人随声附和，鼓掌欢迎——而他竟跟着大家为自己鼓掌，真没内涵，缺乏策略。是他降低了我们整个部落的格调。以前我们部落的人直率豪爽，现在却卑鄙虚伪，奴性透顶。我发自内心讨厌他这个百万富翁的一贯做法！我们部落的人曾经朴素而又单纯，满足于祖先留下的骨鱼钩，现在却让贪心吞噬了良知，宁愿牺牲高尚正直的情操，换取老外的铁鱼钩，真是丢尽了祖先的颜面。算了，还是不说这些伤心事吧。我刚才说过，我的梦想是找个一心一意爱我的人。

后来，这个梦想好像快要实现了。一天，来了一个陌生人，他说他叫卡鲁拉，我也把自己的名字告诉给他。他说他喜欢我。我深感庆幸，怦然心动，喜不自胜，因为我对他一见钟情，现在我仍然承认。他把我搂在怀里，说他是全天下最幸福的男人，再别无他求。我俩徜徉在广阔的冰川上，互诉衷肠，憧憬未来。啊，未来的日子多么美好！后来两人又累又饿，便坐在冰川上吃东西，因为我随身带着鲸脂，他带着肥皂和蜡烛。我从没吃过比那更香的鲸脂。

他来自另一个部落，住在更远的北方。我发现他从没听说过我阿爸，心里无比欢欣。我是说，他虽听说过我们这儿有个百万富翁，却不知道他是谁——所以说，你瞧，他并不知道我将是那位百万富翁的继承人。你完全可以相信，我并没把那个秘密告诉给他。我终于遇到一个一心一意爱我的男人，总算可以如愿以偿了——啊，你都想象不出我有多么快乐！

后来，临近晚饭时间，我把他带回家。来到房前时，他惊叫道："真气派啊！这房子是你阿爸造的？"

听他赞叹的语气，又见他目露羡慕的神色，我心里为之一怔，但这种感觉很快消失得无影无踪。他毕竟是我爱的男人，长得那么英俊，显得那么高贵。我们全家上下，从叔叔婶婶到堂兄堂妹，见了他无不欢喜。我们请来许多客人，窗门紧闭，油灯通明，屋里热热闹闹，温暖惬意，几乎令人窒息。我们开始欢天喜地大办订婚宴席。

宴席结束后，阿爸的虚荣心开始占上风，他经不起炫富的诱惑，要让卡鲁拉知道他有多少财宝——当然，他主要是想欣赏穷人羡慕的神色。我差点儿叫出声来——但想要劝阻他毫无可能，所以我一声不吭，只能干坐着伤心。

阿爸当着大伙儿的面，直接走到藏宝的地方，取来那些鱼钩，往我头顶上方扬手一撒，那些鱼钩便如晶莹的雪片一般，纷纷落在我那情郎膝前的台面上。

一个穷小子哪见过那个场面，自然是惊得瞠目结舌，呆呆地瞪大眼睛，心里纳闷，一个人怎么会有那么多财宝，简直难以置信。然后他眼睛粲然一亮，惊叫道："啊，原来您就是那位赫赫有名的百万富翁！"

阿爸和其他人爆发出一阵快乐的笑声。然后他随意捡起那些宝贝鱼钩，准备放回原处，就好像那是一堆垃圾，毫无价值。此时，可怜的卡鲁拉已惊得呆若木鸡，问道："您也不数一数，就把那些东西收起来，这怎么可以？"

阿爸非常自负地放声狂笑道："哈哈，真是的，一看就知道你从来都没发过财，一两个破鱼钩算什么，在你眼里竟然成了宝贝。"

卡鲁拉一脸茫然，耷拉着脑袋，尴尬地说："嗯，说的是，先生，我的价值还不如您那些宝钩上的一个倒钩，我从没见过谁有这么多鱼钩，富得连宝钩的总数都不屑清点，因为迄今为止，在我认识的人中，最富有的人也不过只有三个鱼钩。"

我那糊涂的阿爸又开始幼稚地吼叫欢呼，他要给人家留下这样的印象：那就是他不习惯清点自己的鱼钩，也不会把它们看得很紧。你瞧，他又在炫耀。真的不清点？嗨，其实他每天都清点那些鱼钩！

我和我的爱人是在清晨相遇相识的，傍晚我就把他带回我家，我俩相处总共只有三个小时——因为我们这里每年一过前六个月，就开始进入日短夜长的季节，白天越来越短。那天的订婚宴席一直持续了好几个钟头，后来客人们纷纷离席，剩下的人分头睡在四壁的躺椅上。大家很快都进入梦乡，就我没睡。我当晚太高兴，太激动，难以入睡。我静静地躺着，过了很长时间，后来一个模糊的人影从我身边走过，随即消失在屋那头的一片幽暗之中。我看不清那人是谁，也不知是男是女。不久，那个人影，要么是另一个人影，从屋子那头走过来，从我身边经过。我感到纳闷，不知是怎么回事，但纳闷又有何用。我在纳闷儿中进入了梦乡。

　　我不知道睡了多久，后来突然惊醒，听见阿爸可怕的叫声："伟大的雪神啊，一个鱼钩不见啦！"我有一种预感，我的不幸即将来临，心顿时凉了半截。这种预感随即得到验证，因为阿爸在大声叫喊："大家快起来抓贼啊！"接着，一阵叫骂声从四面八方传来，只见几个模糊的人影冲向幽暗之中。我飞奔向前，打算营救我的爱人，但却无能为力，只能等在那里，急得直捏手指，因为一堵人墙已把我俩隔开——他们正将他五花大绑，直到绑牢以后，才允许我靠近。我一头冲向他那遭受凌辱的可怜身躯，扑在他的怀里放声痛哭。我的阿爸和全家人不但把我挖苦了一顿，还污言秽语地将他乱骂一通，又是威胁又是恐吓。而他却不失尊严，默默忍受着百般凌辱，这让我对他更加欢喜，也感到无比骄傲和幸福，为了他，我情愿同他一起共患苦难。这时我听见阿爸在发号施令，说要把部落的长辈召集起来，对我的卡鲁拉进行生死审判。

　　"什么？"我问道，"还没找到丢失的鱼钩，怎么就审判人？"

　　"丢失的鱼钩！"他们大声讥笑。阿爸也带着讽刺的口气命令说："大家都往后站，严肃一点儿——她要开始找那个丢失的鱼钩啦！哈哈，她肯定会找到的！"——他们一听，又是一阵哄堂大笑。

　　我可不吃那一套——所以我无所畏惧，毫不迟疑地说道：

"现在轮到你们笑，笑的人是你们。但是，接下来该轮到我俩笑了，你们就等着瞧吧！"

我端来一盏油灯，心想应该很快就能找到那个丢失的鱼钩，于是便满怀信心，开始四处寻找。那些人的神情已变得凝重，开始疑心他们大概做事过于草率。可是，唉，唉！——啊，那鱼钩叫我找得好苦！周围一片沉寂，时间过得好慢，你都能把十根手指数上十一二遍。我的心开始下沉，周围的嘲笑声又开始响起，而且越来越大，越来越嚣张。直到后来，见我放弃寻找，他们爆发出一阵恶意的笑声。

没人知道我当时的惨状，但有爱情支撑，我浑身充满力量。于是我走向我的卡鲁拉，他的身旁才是我要靠近的地方。我搂住他的脖子，在他耳边低声说道："你是无辜的，亲爱的——我知道不是你偷的，但我要你亲口告诉我，让我放心，无论咱俩有什么不测，我都能承受。"

他说："现在我已站在死亡边缘，但我是无辜的，你尽管放心。哦，受伤的心，平静下来！哦，我鼻孔的气息，你是我生命的源泉！"

"既然这样，就让老辈人来吧！"——我话音刚落，门外雪地上就传来咔嚓咔嚓的脚步声，接着便有几个驼背的身影从门口鱼贯而入——是那些老辈人来了。

阿爸公开宣布了小偷的罪状，并详细叙述了当夜发生的情形。他说当时守夜的人正在外面巡夜，屋里只有我们一家人和那个外地人。"难道自家人会偷自家的东西不成？"

他停顿了一下。那几个老辈人一声不响地坐了好几分钟。后来他们一个个对着身旁的人说："看来这个外地人要倒霉啦！"我一听心里很不好受。这时阿爸也坐下身来。唉，悲惨啊，真叫悲惨！在那关键的时刻，我本来完全可以证明我的爱人是清白无辜的，可我竟然不知道如何是好！

只听主审人问道："有人替小偷辩护吗？"

我挺身而起，说道："他为什么单单只偷那个鱼钩？怎么不偷别的？怎么不把所有的鱼钩全都偷走？总有一天，这一切还不是全由他来继承？"

我站在那里等着众人的反应。接下来是一阵长久的沉默，那些人嘴里呼出的热气，就像烟雾一样在我周围升腾。后来，那些老辈人接二连三，一面慢悠悠地频频点头，一面嘴里嘀咕："这姑娘说得蛮有道理。"啊，这话听来多么振奋人心！——就短短的一句，可是，啊，多么珍贵！我又坐下身来。

"还有谁要发言，现在就说，不然过后就只能保持沉默。"主审人发了话。

阿爸站起身来，说道："夜里有个黑影从我旁边走过，去了藏宝室，一会儿又回来了。我敢肯定就是那个外地人。"

啊，我差点晕倒！我本以为那个秘密只有我知道，即便是伟大的冰神也不能从我心里掏走。

主审人冲着我那可怜的卡鲁拉厉声说道："说！"

卡鲁拉犹豫了一下，说道："那就是我。我心里一直想着那些漂亮的鱼钩，睡不着觉，就去亲了亲，用手摸了摸，以抚平我亢奋的情绪，将它沉浸于无害的快乐，然后又放回原处。我可能弄丢了一个，但我一个也没偷。"

啊，他怎么能在这种地方如此坦白，简直是要命！突然间，周围是一片可怕的沉寂。我知道他等于是宣判了自己的死刑，一切全完了。每个人的脸上都好像写着这几个秘密字符："这就是招供！——卑鄙无耻，薄情寡义。"

我坐在那里无力喘息——等待着结局。不久，我听到预料中的庄严审判，每个字都像一把钢刀，直插我心："法庭命令，将被告人'投河审判'。"

啊，制定"投河审判"的那个人该遭灭顶之灾！这种刑罚是许多年前从一个遥远的国家传到这片土地的，那个国家现在何方，谁也不清楚。在那以前，我们的祖先是用占卜等办法审判罪人的，很不确定。在当时，一些可怜的有罪之人，有时多半可以幸免于死。但投河审判的结果却不一样，发明这种刑罚的人，比我们这些贫穷愚昧的野蛮人更聪明。用这种办法，无罪之人自能证明自己无罪，这毫无疑问，因为他们会被河水淹死；有罪之人也能证明自己有罪，这也毫无疑问，因为他们不会淹死。我胸膛里的一颗红心正在破裂，我心中暗想："他是无罪的，但他将要沉入水底，我们再也无法相见。"

之后我一直不离他身旁。趁离别前的宝贵时光，我扑进他怀里悲泣，听他滔滔不绝向我倾诉柔情蜜意。啊，我多么悲伤，又多么幸福！最后，他们强行将他从我身边拖走。我跟在他们身后，早已泣不成声，见他们要将他抛进大海，我只能双手掩面。

什么是悲哀？啊，我终于理解了这个词语的最深刻的含义！

接着，人群中爆发出一阵幸灾乐祸的叫声。我把双手从脸上移开，一看大吃一惊。啊，真是不忍目睹——他正在水里游动！

我的心突然变得硬如石头，冷如冰块。我心想："他是罪人，他对我撒了谎！"

我轻蔑地转过身，朝家中走去。

他们将他带上前方海面上漂浮的一个大冰块，让他随着那冰块在茫茫的大海上随波逐流，往南漂流而去。然后全家人回到家中，阿爸对我说："你那个贼汉子让我给你带来他临死前的口信，他说：'告诉她，我是无罪的，在我挨饿将死之日，日日夜夜分分秒秒，我都会爱她想她。祈求上帝能让我再看一眼她那甜美的笑脸！'说得真漂亮，还蛮有诗意的！"

我说："他是个人渣——我再也不要听你说起他。"可是，哦，你想——他一直都是无罪的啊！

九个月过去了——百无聊赖的日子，令人心碎神伤。终于迎来一年一度的"大祭日"，那天部落所有的少女都要洗脸梳头。那天，我拿起梳子刚梳了一下，那要命的鱼钩便抖落出来——原来九个月来它一直藏在那把梳子的齿缝间。我顿时晕倒在地，懊悔不已的阿爸急忙将我抱在怀里！他悲叹道："我们害死了他，今后我再也不会有笑容了！"他说到做到。听我说，从那天起，直到今天，都快一个月了，我一直没梳头。可是，唉，我这么做又有何用！

那可怜的少女，就这样讲完了她那可怜的短暂情史——我们从中得到这样的启示：在纽约拥有一亿美元，和在北极圈边界拥有二十二个鱼钩，代表着同样优越的财富地位。因此，如果一个生活拮据的人，能以十美分买到许多鱼钩，却不愿移居北极，而硬要待在纽约，那他一定是个傻瓜。

发表于 1893 年

生死之谜

一八九二年三月，我在里维埃拉[1]的门托内[2]度假。在这个幽静之地，一个人可以独自享受人们在几英里外的蒙特卡洛[3]和尼斯[4]所享受的一切便利。就是说，你可以享受灿烂的阳光、温暖的空气和波光粼粼的蔚蓝海洋，远离尘世恼人的喧嚣和浮华的炫耀。门托内是个纯朴清静的去处，闲适而不奢糜，有钱的俗人都不上那里去。我是说，富人一般都不去那里，但偶尔也会有几个富人去，我不久便结识了一位。我有意偏袒并隐去其名，姑且叫他史密斯。一天，他在英格兰饭店吃第二道早餐时，突然对我大声喊道："快！快看那个就要出门的人。把他看仔细了。"

"怎么啦？"

"你知不知道他是谁？"

1　地中海海滨的一个游览区，位于法国东南和意大利西北，又称"蔚蓝海岸"。

2　里维埃拉区的一个休养胜地。

3　地中海海滨摩洛哥公国的一个著名赌城。

4　里维埃拉区的另一个休养胜地。

"知道，你没来之前，他已在这里住了好几天了。听说是从里昂来的一个老富翁，以前是开丝绸厂的，现在退休不干了。我看他一定孤苦伶仃，因为他总是愁眉苦脸，神情恍惚，谁也不爱搭理。他名叫泰奥菲尔·玛格南。"

我以为史密斯会继续说下去，说出他为何对玛格南先生表现出极大的兴趣，可他却陷入沉思，分明已把我和周围的一切忘到脑后。他不时用手指捋一捋柔丝般的白发，帮他整理思路，而让早餐一直冷下去。后来他说："唉，忘了，想不起来了。"

"想不起什么？"

"汉斯·安徒生的一个美丽的小故事。但我一时想不起来，只记得一半，好像是这样：有个孩子，把一只小鸟关在笼子里。他喜欢这只小鸟，却对它漫不经心。鸟儿不停地叫，但没人听，也没人理。后来，那小东西又饿又渴，叫声凄切，越来越弱，最后终于停止了——小鸟死了。孩子回家后，心疼得要命，特别后悔。他含着伤心的泪水，叫来自己的伙伴，怀着深切的悲恸，厚葬了这只小鸟。可怜的孩子，他们哪里知道，本来可以让天才活着，过着安逸舒适的日子，却把他们饿死，然后再给他们大办丧事，刻碑造墓。这种事不光只有孩子才干得出来。现在……"

可是，我俩的谈话却被别的事给打断。那天晚上十点左右，我又遇到史密斯。他请我到楼上他的会客厅，陪他抽烟，喝苏格兰烈酒。那个房间温暖惬意，摆着舒适的椅子，灯光柔和悦目，敞开的壁炉里烧着风干的橄榄木柴，让人觉得很温馨。最美不过的，是窗外低沉的海浪声。喝完第二杯酒后，我俩闲聊了一阵，还说了不少知心话，后来史密斯说："现在我俩正在兴头上——我索性说个离奇的故事，你不妨听一听。这是一个深藏了多年的秘密——只有我和另外三人知道。我现在就把这个谜底揭开。你愿不愿听？"

"很愿意，你说吧。"

下面的故事就是他讲给我听的：

多年以前，我是个青年艺术家——其实是个非常年轻的画家——我在法国乡村四处周游，到处写生，后来和两个可爱的法国青年混在一起。他们跟我一样，也是画画的。我们很穷，但很开心，或者说是穷开心——怎么说都行。克劳德·弗里尔和卡尔·布朗热——这是那两个青年的名字——都是讨人喜欢的小伙子，性格开朗，笑傲贫穷，不管风霜雨雪，都逍遥快乐。

后来，我们在布莱顿的一个村子陷入拮据。有一位跟我们一样穷的画家收留了我们，其实是他救了我们的命，才没饿死——他就是弗朗索瓦·米勒[1]……

"啊！就是那个大名鼎鼎的弗朗索瓦·米勒？"

大名鼎鼎？他的名气没比我们大到哪里去。当时他还没出名，在他自己的村里也没什么名气。他穷得叮当响，除了蔓菁，没别的东西给我们吃，有时我们连蔓菁都吃不上。我们四个人成了密友，相依为命，难舍难分。我们一起拼命画画，画了一摞又

1　弗朗索瓦·米勒（1814–1875）是法国最伟大的田园画家。

一摞，但难得卖掉一幅。我们在一起很开心。可是，唉，真可怜！有时简直是活受罪。

这样的苦日子过了两年多一点儿。后来有一天，克劳德说："兄弟们，我们已经到了山穷水尽的地步。你们知不知道？——彻底走投无路了。谁都不肯施舍——还合起来为难我们。我把整个村子都跑遍了，结果跟我说的一样，他们一分钱也不肯赊给我们，除非把那些零零碎碎的旧账全部还清。"

大家一听，心凉了半截，每个人的脸上都茫然沮丧。我们这才意识到眼下的处境多么令人绝望。大家长久沉默不语。后来米勒叹了口气，说道："我脑子一片空白——一个办法也想不出来。兄弟们，想想办法吧。"

没有反应，除非哀而不语也算是一种反应。卡尔站起身来，不安地来回踱步，稍后说道："太可惜了！看看这些画吧，一摞又一摞的，画得不比哪个欧洲人差——不管他是谁。没错，许多街头游荡的陌生人也是这么说的——反正差不多是这个意思。"

"可就是没人买。"米勒说。

"没关系，他们认可就行，这的确是事实。就说你那幅《晚祷》吧！难道会有人说……"

"喂，卡尔——我的《晚祷》怎么啦！有人出过五法郎呢。"

"什么时候？"

"谁出的这个价？"

"他人在哪里？"

"你怎么没答应？"

"喂，别一下子都来质问我。我还以为他能多给几个钱呢——我觉得没问题——他好像有那个意思——所以我就跟他要了八法郎。"

"那么……后来呢？"

"他说他还会再来找我。"

"干打雷不下雨！你可真是的，弗朗索瓦……"

"嗯，我知道——我知道！是我不对，我是个大傻瓜。兄弟们，我的本意是好的，你们也得承认，我……"

"嗨，那还用说，我们知道你是好意，老天保佑你的好心！你呀，可别再犯傻啦。"

"我？要是有人能拿一棵卷心菜跟我们换画就好了——你们等着瞧吧！"

"卷心菜！嗨，别提啦——馋得我直流口水。说点儿轻松的事吧。"

"兄弟们，"卡尔说，"难道这些画没有价值？你们说。"

"有价值！"

"难道价值不够高、不够大？你们说。"

"又高又大。"

"既然价值又高又大，那么假如给它安上一个鼎鼎大名，就一定能卖个好价钱，是不是？"

"那当然，没人怀疑这一点。"

"可是——我不是开玩笑——真有这事？"

"嗨，当然是真的——我们也不是开玩笑。可那又怎么样？你又能怎么样？这跟我们有何相干？"

"这么说来，兄弟们，我们就给这些画安上一个鼎鼎大名！"

活跃的谈话停了下来。大家好奇地转过脸来，望着卡尔。他究竟唱的是哪出戏？上哪儿去借一个鼎鼎大名？谁去借呢？

卡尔坐下来，说道："现在，我有个非常重要的建议。我想这是不让我们进济贫院的唯一出路，我相信这是一条万全之策。我这个办法是根据人类历史上早已既成的事实想出来的。我相信这个计划会让大家发财。"

"发财！你是发疯了吧。"

"不，我没发疯。"

"哼，你就是——你就是发疯了。你说的发财能发多少财？"

"每人十万法郎。"

"他真是穷疯了，我早就知道。"

"是啊，他是穷疯了。卡尔，你就是穷疯了，所以才……"

"卡尔，你应该吃上一片药，上床睡觉去。"

"先拿绷带把他绑了——绑住他的头，然后再……"

"不，绑住他的脚后跟，他的脑子已经乱了好几个礼拜了——我看出来了。"

"住口！"米勒装出一副严肃的表情，说，"让那老兄把话说完。好吧，卡尔，说出你的计划来。你有什么妙计？"

"那好，我就开门见山。请各位注意人类历史上这样一个事实：许多伟大的艺术家都是在饿死之后，他们的才华才被世人认可。这种事经常发生，所以我大胆地总结出一个规律。那就是：凡是无名的伟大艺术家，在他死后必将被世人认可，而且他的作品也会价值连城。我的计划是：我们来抽签决定——我们中间要有一个人去死。"

他冷不丁地说出这番话，一副若无其事的样子，我们几乎忘了惊跳起来。然后大家一起嚷嚷着提建议——建议卡尔吃些药——帮他把脑子治好。可他却耐着性子，等大家的狂热平静下来，继续说他的计划："对，我们其中的一位一定要死，为的是救大家——也是为了自救。我们来抽签，抽中的将会一举成名，我们大家都会发财。安静，喂——安静！不要插嘴——听我说完，我知道自己在说什么。我的想法是这样：接下来的三个月里，要死的那个人一定要拼命画画，尽量多画一些——不一定是真的画，用不着！画些人体素描、习作、部分习作、习作草稿就行，而且每一幅都抹它十几笔——当然没什么意义，只要是他画的就行，而且每一幅都要有他的签名。每天画它五十幅，每一幅都要有些特色或风格，让人一眼就能认出是他的作品——这样才能畅销，你们知道吧。等这位大画家去世以后，他的作品才会有人以天价收购，送给世界级的博物馆。我们就给它准备一堆这样的东西——一大堆！在这段时间，我们其余三个人要忙着为这个要死的人吹捧，在巴黎和画商的身上动动脑筋——为将要发生的事做好准备，知道吧。等一切准备就绪，我们就突然向他们宣布画家的死讯，再举办一个隆重的葬礼。你们明白我的意思没有？"

"没太明白，至少不是很……"

"不是很明白？怎么还不明白？那个要死的人不是真的要去死，他只是改名换姓，销声匿迹而已。我们弄个假人给它埋了，假装哭坟，让全世界都陪着我们流泪。而我呢……"

没等他说完，大家已爆发出一阵欢呼，鼓掌喝彩，纷纷跳将起来，在屋里蹦来蹦去，互相拥抱，表示感激和喜悦。我们谈了好几个钟头，话题不离那个伟大的计划，再无饥饿之感。最后，一切细节安排妥当之后，我们开始抽签，结果米勒抽中——照我们的说法，就是选中他死。然后我们把一些从不离身以备不时之需的东西——就是纪念品之类的小饰物——凑了起来，在当铺换成钱，除了够买一顿简单的告别晚餐和早餐，只留下几法郎当盘缠，还给米勒买了够他吃好几天的蔓菁之类的东西。

次日一早，我们三人吃过早饭后分头出发——当然是靠两条腿走路。每个人的身上都带着米勒的十几幅小画，打算到各地推销。卡尔去了巴黎，他要开始传扬米勒的美名，为即将到来的伟大时刻做好准备。克劳德和我分头行动，在法国各地跑着卖画。

从那以后，我们日子过得有多逍遥自在，你听了一定大吃一惊。我走了两天的路，才开始张罗起来。我在一座大城镇的郊外，画起一幢别墅的素描来——因为我看见它的主人站在楼台上。他下来看我画画——我就料到他会来看。我画得飞快，就想引起他的兴趣。他不时发出轻声的赞叹，后来他越说越起劲，还说我是个大画家！

我放下画笔，把手伸进书包，掏出一幅米勒的画，指着角上的签名，得意地说："我想你该认识这个人吧？呵呵，他是我的老师！应该说，我对自己的行业还是了解的！"

那位先生显得有些内疚，不好意思，没有吱声。我带着歉意说道："你是不想透露你不认得弗朗索瓦·米勒的签名吧！"

他当然不认得那个签名。但不管怎么说，他是我所见过的最懂感恩的人，就因为我一句随意的话让他摆脱了尴尬。他说："没错！哦，果然是米勒的画，绝对没错！我刚才不知道自己在想什么。我现在当然认得。"

然后他就要买那幅画。可我却说，我虽没钱，但还没穷到那种地步。但后来我还是把画卖给他了，问他要了八百法郎。

"八百法郎！"

是呀。米勒本来想拿它换一块猪排。没错，那个小东西我卖了八百法郎。现在要是八千法郎再能买回来，那我求之不得。可是，这个机会已经没了。我给那位先生的房子画了一幅非常漂亮的画，本来想十法郎卖给他。可是转念一想，我是大画家的弟子，要十法郎不像话，于是我就问他要了一百法郎。我在镇上把八百法郎直接汇给米勒，第二天又出发了。

可我并没走路——用不着，我骑马。从那以后，我一直都是骑马。我每天只卖一幅画，绝不多卖一幅。我常对买主说："我这种傻瓜，才会卖弗朗索瓦·米勒的画，因为那个人活不过三个月了。他死后，你再怎么喜欢，也别想买到他的画。"

我刻意把这个消息尽快散布出去，准备让全世界都关注后来发生的大事。

我们卖画的计划幸亏有我——是我想出来的。那是临别前的晚上，我们商量计划时我提出来的。我们三个人一致认为，要好好试一试，不行就换别的办法。结果我们三个人都成功了。我只走了两天路，克劳德也走了两天——因为我俩都怕米勒在离家太近的地方出名——可是卡尔只走了半天，那个滑头，是个没良心的坏蛋。从那以后，他倒像个公爵似的到处周游。

我们时不时就和地方报馆编辑拉上关系，在报上登一条消息——不是要报道发现了一位画坛新秀，而是透露这样的消息：人人知道弗朗索瓦·米勒的大名，没有一句赞美他的话，只报道这位"大师"的近况——有时说他有望好转，有时又说他希望渺茫，但总是流露出凶多吉少的意思。我们经常把相关段落做上记号，再把报纸寄给买过我们画的那些人。

卡尔不久去了巴黎，他办事手段高明。他结交了通讯记者，把米勒的情况发往英国和欧美大陆及世界各地。

六个礼拜后，我们三人在巴黎碰头，决定停止宣传，不让米勒再寄画来。他已声名远扬，时机已经成熟。我们觉得应该立刻动手，以免错失良机。于是我们写信给米勒，叫他卧床绝食，赶紧瘦下来，因为我们希望他尽量能在十天内死去。

我们算了一下，发现三个人一共卖掉八十五幅小画和习作，总共六万九千法郎。最后那幅是卡尔卖的，价钱卖得也最离谱，那幅《晚祷》他卖了两千二百法郎。我们太崇拜他了！——没想到后来有一天，法国人抢着要买那幅画，有一位无名氏竟然出价五十五万法郎抢购它，而且是现金交易。

当天晚上，我们举行了香槟庆功晚宴。第二天，我和克劳德背起行装，回去照料临终前的米勒。我们谢绝了前来探视的好事者，把每天的病况发给远在巴黎的卡尔，叫他在各大洲的报上刊登，通知等候消息的世人。最后噩耗终于传出。卡尔及时赶来，帮助举办葬礼。

你还记得那个盛大的葬礼吧，真是轰动全球，大洋两岸的名流都来参加，表示了沉痛的哀悼。我们四个人——还是那么难舍难分——抬着棺材，不让外人帮忙。我们那么做是对的，因为里面只装了一尊蜡像，要是别人抬，就会发现不对劲，重量有问题。是的，我们四个老朋友，曾经互相关爱，共度患难，艰难岁月一去不复返了，一起抬着棺材……

"哪四个人？"

"还是我们原来的四个——米勒帮忙抬他自己的棺材。乔装打扮，你知道吧，他装扮成自己的亲戚——一个远房亲戚。"

"太离奇啦！"

"可那的确是真的，就是那样。喂，你还记得他的画是怎么涨价的吧。钱呢？我们都不知道该怎么花。巴黎有个男人，现在还收藏着七十幅米勒的画。那是他花了二百万法郎从我们手里买走的。至于我们到处奔波的那六个礼拜里，米勒又赶出来的那一大堆素描和写生，哈哈，你要是听说现在能卖多少钱，一定会大吃一惊——那得要看我们愿不愿意卖。"

"真是个传奇，实在是太神奇了！"

"是呀，可以这么说。"

"米勒后来怎么样了？"

"你能不能保守秘密？"

"没问题。"

"你还记得今天我在餐厅让你看的那个人吧？他就是弗朗索瓦·米勒。"

"真是……"

"不可思议，对吧！这次他们总算没把天才饿死，把他应得的报酬装进别人的口袋。这只能唱的鸟不能自由唱出自己的心声，只好默默无闻，得到的只是一个浮华冰冷的盛大葬礼。这是我们早就料到的结局。"

发表于 1893 年

百万英镑

二十七岁那年，我在旧金山的一家矿业交易所当职员，对股市行情了如指掌。当时我独行天下，无依无靠，但我头脑灵活，洁身自好。这反倒让我脚踏实地，走致富道路，死心塌地奔往光明前程。

每逢礼拜六下午股市收盘，时间都由我自行安排，我习惯于去海湾划小帆船游玩。有一天，我划得太远，不慎漂入茫茫大海。夜幕降临时，眼看逃生的希望化为泡影，幸亏我被一艘开往伦敦的双桅帆船搭救，才保住性命。航程遥遥无期，时有狂风暴雨。他们让我干普通水手的杂活，权当旅费，不发工钱。等船在伦敦靠岸时，我已衣衫褴褛，兜里只剩一美元。我用这点儿钱吃饭住宿，勉强撑了一天一夜。接下来的二十四个小时，就只能挨饿，露宿街头。

次日上午大约十点钟，我身穿破衣烂衫，饿着肚子，拖着疲惫的双腿，在波特兰大街流浪。这时，迎面走来一位手牵孩子的保姆，孩子手里拿了一只又大又甜的梨，刚咬了一口，就丢进路边的排水槽。不用说，我停住脚步，渴望的目光死死盯住那个泥糊糊的宝贝。我馋得直流口水，腹中饥渴，整个身体都在乞求那只梨。可是每次我刚要动手去捡，总有过路人的两只眼睛在察看我的动机。我自然要挺直腰杆，装出若无其事的样子，好像根本不把那个烂梨放在心上。这场滑稽戏演了一遍又一遍，我始终没拿到那只梨。我备受煎熬，正要破釜沉舟，撕破脸皮去抓那只梨，身后的窗户突然打开，传出一位先生的声音："请到这里来！"

一位身穿漂亮制服的男仆迎上来，把我领进一个豪华的房间，里面坐着两位上了年纪的绅士。他俩把仆人打发走后，让我坐下来。他们刚用过早餐，看着桌上的残羹剩饭，我简直快要馋死，差点失去理智扑上去。可是他俩不请我品尝，我也只能尽力克制自己。

其实，在我进门之前，屋里不久前刚发生过一件事，我是过了好多天后才知道的。现在我就讲给你听。原来那两位绅士是亲兄弟，两天前曾为一件事争得面红耳赤，后来两人达成协议，决定打赌分出高低。这是英国人的一贯做法，他们常常通过打赌来解决一切争议。

你也许还记得吧，英格兰银行曾经发行过两张百万英镑的钞票，专门用于和国外进行公对公的特殊交易。不知什么原因，一张用过后注销了，另一张一直存放在银行的金库里。就说这兄弟俩吧，那天他俩聊着聊着，忽然突发奇想：假设有个特别老实又很聪明的外地人，不幸沦落伦敦街头，举目无亲，身上除了一张百万英镑的钞票之外一无所有，而他又无法证明这张钞票就是他的，那他的命运将会如何？兄长说那人准会饿死，弟弟说他饿不死。兄长说，他不能拿钞票到银行兑换，在别的地方又花不掉，因为会被当场抓获。兄弟俩就这样争论不休，后来弟弟说，他愿拿出两万英镑打赌，赌那人只靠一张百万英镑的钞票，就能在伦敦生活三十天，而且不会坐牢。兄长同意打赌。弟弟便去银行把那张钞票兑换回来。您瞧，英国男人就是这样，言出必行。然后，弟弟口述文书，吩咐手下一个职员用漂亮的圆体字写下来。于是兄弟俩整日坐在窗前，物色合适的人选，准备授以那张百万英镑的大钞。

他俩观察着一张张从窗前晃过的脸：有的老实但不够聪明；有的聪明但不够老实；有的既老实又聪明，但又不够贫穷；有的虽然贫穷，但又不是外地人——总是不能尽如人意，直到见我走过来，兄弟俩都认为我符合所有条件，便一致选定我。就这样，我被他俩叫进屋里，等着知道有何贵干。他们问了我许多问题，很快便摸清我的来龙去脉。后来他俩告诉我说，只有我才能满足他们的意图。我说非常荣幸，但不知他们有何意图。其中一位绅士递给我一个信封，说我打开便知。我刚要打开，他却不让，说等我拿回住处再仔细看，不可草率行事，也不要鲁莽。我茫然不解，想稍稍讨教一下这个问题，可他俩愣是不说。我感觉这分明是个恶作剧，他俩拿我开心，伤害我的自尊，辱没我的人格。可是，眼下的处境，又让我不得不忍气吞声，虽遭受侮慢，却不敢得罪那两个财大气粗的人，于是我只好告辞。

本来我完全可以捡起那只梨，不管三七二十一先吃了再说，可现在梨已不见踪迹。都怪遇上那件倒霉的事，毁了我的一桩美事。想到这里，我对那两人恨之入骨。等走到看不见那座房子的地方，我打开信封一看，哇，里面装的是钱！不瞒你说，我对他俩的看法立马改变！我赶紧把信封连同钞票一起塞进马甲兜，拔腿便往附近的小吃店跑去。那顿饭吃得可真叫过瘾！后来我肚子撑得实在受不了，才掏出那张钞票，展开一看，差点晕倒。妈呀，价值五百万美元！天啊，我感到眼花缭乱！

我坐在那里，痴痴地望着那张花花绿绿的钞票大概足有一分钟。等我缓过神来，首先看见小吃店老板。见他呆若木鸡，两眼死死盯着那张钞票，正在一心一意地祷告，看来手脚已不能动弹。我灵机一动，干了一件当时算是比较理智的事。我把钞票递到他眼前，漫不经心地说："请找钱吧！"

他恢复了常态，不断道歉，说他找不开这张钞票。我好说歹说，他就是不接。他心里想看，眼睛死死盯着那张钞票，好像怎么看都不能一饱眼福，可又吓得不敢碰一下，仿佛那张钞票是一件祭神的供品，严禁凡夫俗子的泥手触摸。我说："很抱歉，给您添麻烦了，但我必须要给饭钱，请找钱吧，我身上没带零钱。"

他说没关系，他很乐意让我先欠着那几个小钱，等以后再还。我说我可能一时半会儿不会再来这里。他说不要紧，他可以等，而且我以后想吃什么，可以随时来点，只要我高兴，饭钱可以一直赊着。他还说，我这个人挺有意思，故意穿成这个样子来跟大家开玩笑，他不会因为我的穿着而担心我会赖账，因为像我这么有钱的先生值得信赖。这时又进来一位顾客，店老板连忙给我使眼色，要我把那张巨钞收好，然后点头哈腰一直把我送出门。

我直奔那座房子去找那兄弟俩，好让他们改正这个已犯的错误，还我一个清白，免得被警察搜捕。那当然不是我的过错，但我还是特别紧张，确切地说，我吓得提心吊胆。这种人我见得多了，等他们发现把一张百万英镑的钞票错当成一英镑给了一个流浪汉，他们绝不会怪自己看花眼，而肯定会疯狂地辱骂那个流浪汉，这是他们的一贯嘴脸。我走近那座房子时，周围寂静无声，看来他们肯定还没发现自己酿成的大错，我悬着的一颗心，也放了下来。我按了门铃，来开门的仍是先前那个仆人。我说我要见那两位先生。

"他们走了。"他用他那类人特有的一种清高而又冷漠的口气说道。

"走了？去哪了？"

"出远门了。"

"去了什么地方？"

"我想是欧洲大陆吧。"

"欧洲大陆？"

"是的，先生。"

"怎么走的——哪条线路？"

"我说不上，先生。"

"什么时候回来？"

"听他俩说，好像是一个月后。"

"一个月！啊，这下糟啦！你帮我想想办法，怎么能给他俩捎个信儿。这事关系重大。"

"我真没办法，先生，我不清楚他俩去了哪里。"

"我得见他们的家人。"

"家人也走了，出国好几个月了——好像去了埃及和印度。"

"伙计，他俩犯了一个大错。我想他俩天黑前就能回来。请你告诉他俩，就说我来过。不把这个事情办妥，我还会再来的，叫他俩别担心。"

"他们要是回来，我一定转告，可他们不可能回来。他们说过，一个小时以后你还会再来打听。可我一定得告诉你，真的啥事也没有。到合适的时候，他们自然会在这里等你。"

我只好作罢，离开那里。这简直是要我猜谜语嘛！我脑子都要炸了。"到合适的时候"他俩会在这里等我。这是什么意思？哦，也许信上有交待。我竟把那封信给忘了。我拿出信一看，上面是这么写的：

> 从面相看，你聪明诚实。看得出你很穷又是外地人。随信附上一笔钱，借你使用三十天，不计利息。期满后来此屋汇报。我在你身上打了赌。假如我赌赢了，你就可在我的手下供职——职务随你选，但你得证明自己熟悉并能胜任那份工作。

信上没落款，既没地址，也没日期。

唉，那简直就是一团解不开的乱麻！你当然清楚事情的来龙去脉，可我当时一无所知。对我来说，它就像是一个深不见底的黑暗迷宫。我根本不知道他俩赌的是什么，也不知道是福是祸。我走进公园坐下来，想理出个头绪，看看究竟怎么办才好。

经过一个小时的推理，我的思路渐渐变得清晰明朗起来。

那两人对我也许菩萨心肠，也许存心不良，这无法确定——暂不管它！他们是在玩把戏，还是想搞阴谋，还是在做实验，还是想干别的什么，这也无法确定——随它便吧！他们拿我打赌。赌什么？搞不清楚——由它去吧！把这些拿不准的事先理清楚，其他的事也就清晰可见，便可归入"确定"之类的事。假如我去英格兰银行，把这张钞票存入它原主的户头，银行可能会给办。虽然我不知道户主是谁，但银行可以查得出来。可那样一来，他们就会盘问钞票怎么会落入我的手中。假如我照实说，他们自然会把我送进收容所。假如我不说真话，他们又会把我送进拘留所。假如我拿着这张钞票到别的地方去兑换，或者以它做担保跟别人借钱，后果肯定还是一样。不管我愿不愿意，都得背着这个巨额负担，等他俩回来才能解脱。虽然这张钞票对我毫无用处，就像一把土，但我必须要把它保管好，乞讨度日的同时，还得把它看紧。即便我想把它送给别人，也送不出去。因为无论是老实的市民，还是拦路抢劫的盗贼，谁都不敢要，恐怕连摸都不敢摸一下。这对那俩兄弟来说不会有任何损失。即使我把那钞票丢了或者烧了，他们照样没有损失。因为他们可以挂失，银行会给补办。可是，我得受一个月的罪，没有收入来源，这钱又不能生出利息——除非我能帮他打赢那个赌，得到他许给我的那个职务。

我倒是很想弄个差事干干，在那种男人的手下当差，无论什么都值得干。

想着能有一份美差，我思绪万千，心里燃起希望的火焰。不用说，薪水一定很高。熬过一个月后，我就开始上班，处境就会好转。转眼间，我心里感到飘飘然，又在街头闲逛起来。这时，我看见一家裁缝店，立刻产生一股强烈的冲动：我想脱掉这身破衣烂衫，像以前那样穿得体体面面。可是，我能买得起吗？不行！我身上只有一张花不出去的百万英镑。于是我克制住自己的冲动，从店前走过没有进入。可是，没走多远，我又折了回来。冲动在诱惑着我，把我折磨得好惨。我在店门前来来回回走了差不多有六趟，顽强地抵抗着诱惑。最后，我终于投降，走进店里。我实在是身不由己。我问他们有没有试穿不合身的衣服要处理。我问的伙计不理我，颔首示意我问另一个伙计。我便走近那个伙计，他不吱声，也颔首示意我问第三个伙计。我便走近第三个伙计，他说："等一会儿再说。"

我一直等着，直到他忙完手里的活，才把我带进一个里间，从一堆没人要的服装中翻来翻去，挑了最差的一件递给我。我试穿了一下，既不合身，样子又难看，但至少是新的，而我又急着要穿，也没挑剔，然后我有点犹豫地问那个伙计："能不能通融一下，宽限几天，我身上没带零钱。"

那家伙脸上摆出一副嘲讽的样子，说道："哦，是吗？说真的，我就料到您没带零钱。我想，像您这么有钱的先生应该只带大钞票。"

我怫然不悦，顶了一句："朋友，人不可貌相。这衣服我随便买得起，只是不想麻烦你把一张大票子找开。"

他一听，态度稍稍缓和了一些，但还是那种嘲讽的口气："我可没有什么恶意，不过，您要是这么不识抬举的话，那我可要说一句，也许您身上碰巧带了一张钞票，可是您一张嘴就来了一句，说什么我们找不开你的大票子，这可就是多管闲事了。您想错了，我们找得开。"

我递上钞票，对他说道："哦，那好，我给您赔个不是。"

他接过钞票，满脸堆笑，带着褶痕，带着皱纹，带着漩涡，就像往池塘里投了一块瓦片，泛起阵阵波澜。他只瞟了一眼钞票，笑容立刻凝固，脸色变得蜡黄，仿佛维苏威火山喷出的黏稠岩浆，似波浪翻滚，又如蛆虫蠕动，向四周漫延。我平生从没见过这般笑脸，持久不变。那家伙立在那里，手里捏着那张钞票，就这样呆呆地瞅着。店老板连忙跑过来，看究竟是怎么回事。他急切地问道："喂，怎么啦？有什么问题？想要点什么？"

我说："没什么问题，我在等他找钱呢。"

"行了，行了，给他找钱，托德，给他找钱。"

托德回嘴道："给他找钱？说得轻巧，老板，您自个儿看看这张钱吧！"

店老板扫了一眼，发出轻轻的嘻嘘声，一头冲向那堆没人要的服装中，一边挑来挑去，一边兴奋地唠叨个不停，俨然是在自言自语："怎么能把一套难以启齿的衣服，卖给一位不同寻常的百万富翁！托德这个傻瓜——天生就是个白痴！做事老是缺心眼，连个流浪汉和百万富翁都分不清，把一个个百万富翁都气走了。哦，我要找的就是这套。先生，请把那身脱掉，扔进火里去。您给个面子，穿上这件衬衣，还有这身套装。哦，就这件，合身——低调奢华，雍容典雅，简直就是王公贵族的派头。这是专门给一位外国亲王定做的——先生大概认识那位亲王，他就是尊贵的哈利法克斯大公殿下。他把这套衣服放在小店，又定做了一套丧服，以为他的母后快要驾崩了——可她后来却没死。不过，这没关系，好多事情都由不得我们——应该说，由不得他们——好嘞！裤子正合适，先生，您穿上特有魅力。喏，试试这件马甲。啊哈，很合身！再穿上这件外衣——天啊！您瞧瞧，漂亮极了——简直就是绝配！我这一辈子从没见过这么气派的衣服。"

我表示满意。

"好的，好的，先生。我敢说，这套衣服临时穿穿还真不错。请您等等，我们按照您的尺寸给您再重新做一套，您看看咋样。快去，托德，去拿本子和笔，我量你记。腿长三尺二寸……"如此等等。我还没来得及插话，他已把我从头到脚量了一遍，还吩咐手下做什么晚礼服、晨礼服、衬衫等其他衣物。后来我总算插了一句："可是，我的好老板，我不能定做这些衣服，除非您能等一段时间再收钱，要么找开这张钞票。"

"等一段时间！先生，您这说的是哪里话，太见外了。别说是一段时间，先生，就算等上一辈子，我也愿意。托德，赶紧加工这些衣服，一刻也别耽误，做好后马上送到这位先生的府上去。让那些不要紧的顾客等着去吧。快把这位先生的住址记下来……”

　　“我就要搬家了。等住稳后，我会过来留下新住址的。”

　　“好的，好的，先生。请稍等——我送送您，先生。恕不远送——您走好嘞，先生，请慢走！”

　　那么，接下来发生的一些事，我想你总该明白吧？我得过且过，想买什么就买什么，买完后，就让他们找钱。不出一个礼拜，我就把所需的各种高档舒适物品和奢侈品全部置备齐全，还在汉诺威广场一家私营的豪华酒店安顿下来，而且在那里用午餐和晚餐。想吃早餐，我就去哈利斯的小吃店，就是在那个简陋的地方，我靠着一张百万英镑的钞票，吃了来伦敦后的第一顿饭。是我让哈利斯的生意火了起来。消息不胫而走，说是有个古怪的老外，怀揣百万英镑的钞票，是那个小店的财神爷。这足以起到轰动效应。那原本是一个可怜巴巴、苦苦挣扎、勉强糊口的小吃店，一夜之间远近闻名，顾客盈门。哈利斯感激不尽，非要借钱给我不可，叫我实在难以拒绝。这样一来，我虽然一贫如洗，却财源不断，日子过得并不次于富豪和名流。凭我的判断，这事迟早会翻船露馅儿，但我已在阴沟，就得游上岸，不然就会溺死。你看，这本来纯粹是个荒诞闹剧，却有了灾难的悬念，平添了几分严肃和审慎——应该说，是悲剧的成分。每当夜幕降临，悲剧的一幕总是浮现在我的眼前，不断地警告我，威胁我。我不停地呻吟，辗转反侧，难以入眠。可是，一到白天，欢乐依然，悲剧的色彩暗淡消退。也许你会说，我翩然徜徉，快乐逍遥，陶醉流连。

　　这理所当然。因为我已加入这个世界大都会名流的行列，我感觉飘飘然，岂止一点儿飘然，简直就是活神仙。你只要拿起哪个地区的报刊，不论是英格兰的，苏格兰的，还是爱尔兰的，都会发现一两条关于"怀揣百万英镑的富豪"及其最新言行的报道。起初，有关我的报道被排在"漫谈专栏"之下，后来排在骑士之上，之后超越从男爵，然后盖过男爵，如此这般，一路飘升，随着名气越来越大，排位越来越高，直达顶端。我位居王室以外众公爵之上，虽在全英伦大主教之下，却高过所有神职人员。不过，请注意，这还不算是真正的名扬天下，我只是出名而已。后来，奇峰突起——堪称封侯拜相——刹那间，一个出了名的易碎浮萍，化作固若金汤的名门望族。《笨拙》画报竟把我画成漫画！不错，如今我已功成名就，有了一席之地。也许还有人拿我说笑，却对我毕恭毕敬，不再轻慢，不再无礼。人们对我笑脸相迎，不再嘲讽。被人蔑视的日子早已过去。《笨拙》把我画得破衣飘飘，正在伦敦塔前和守卫讨价还价。哈哈，一个默默无闻的青年，突然摇身一变，他的每句话都被人们到处传扬。每到一处，总能听到人们交口称赞："他刚走，就是那个人！"每吃一顿早餐，便会引来一群人围观。我在剧院的包厢一露面，就会成为千万架望远镜对准的焦点。你可以想象，这是一种什么样的感觉。啊，我一天到晚徜徉在光环之下——夫复何求！

知道吧，原来的那身破烂衣裳，我还一直留着没扔，时不时穿出去，体验一下曾经有过的快感——买件东西遭人白眼，然后亮出那张百万英镑的钞票，叫那些势利小人哑口无言。可是，那种快感没持续多久。画报登过我那套破行头，早已众人皆知，只要我穿它出门，别人一眼就能认出来，而且马上就有一群人跟上来。我刚想购物，还没亮出那张钞票，店主就要把整个店铺全都赊给我。

出名后大概第十天，为了表示效忠国旗，我去拜谒美国公使。他特意热情接见了我，还责备我姗姗来迟，说我要想得到他的原谅，就必须参加他当晚举办的招待宴，以替补因病缺席的另一位贵宾。我欣然答应，同他畅所欲言，方知原来公使和家父从小就是同学，后来又在耶鲁大学同窗共读，直到家父去世时，他俩一直都是贴心朋友。因此公使嘱咐我，务必隔三差五，抽空到他府上小住几日，我当然非常愿意。

说真的，我岂止是愿意，简直就是大喜过望。因为一旦真相大白，也许他能救我脱离牢狱之灾。我不知他该怎样救我，但他总归会想出办法来，这有可能。其实我刚在伦敦落难时，就应该立刻去向他禀报。事已至此，为时太晚，我不敢敞开心扉，向他诉说自己的奇遇。不行，绝对不能冒险。我已深陷泥潭，可以说，已深到叫我不敢向新结识的朋友吐露真言的地步，虽然从目前来看，泥潭还没深到灭顶的地步。要知道，那是因为我一直格外小心，不让外债超出我的偿还能力——我是说，不让借钱的数额超过我未来的薪水。当然，我不知道那份薪水会有多少，但我心里有底，完全可以估算出来：假如那位老富翁在我身上赌赢了，我就可以在他手下选择一个我能干的职务——我当然能够证明自己能干，我对自己的能力毫不怀疑。至于那个赌局，我不用发愁，因为我的运气一直很好。估计我的年薪大概能在六百至一千英镑之间。比方说，头一年我能挣六百英镑，那么通过逐年增加，等我业绩得到证实，总会达到一千的上限。目前我欠的债相当于头一年的薪水。虽然人人都想借钱给我，但我总以各种借口谢绝了许多。所以我的债务除了三百英镑现金外，另外三百英镑是我欠的生活费和买东西赊的账。我相信，只要我一直小心，省吃俭用，这个月接下来的开销就可用下一年的薪水支付，何况我花钱真的格外谨慎。等到月底我的老板旅游回来，我的问题就能迎刃而解，因为我可以马上通过分期付款的形式，用两年的薪水给债主们还钱，而且可以立刻开始工作。

　　当晚的宴会热闹非凡，来宾共有十四位。有肖尔迪奇公爵和公爵夫人及其女儿，即那个名叫安娜·格雷斯·西莱斯特什么的波匈夫人；有纽盖特伯爵和伯爵夫人；有契普塞德子爵；有"废话勋爵"及其夫人；还有几位无爵位的男女贵宾；还有公使及其夫人和女儿；另外就是公使女儿的一个朋友——她名叫波西娅·兰厄姆，是个英格兰姑娘，芳龄二十二，没出两分钟我便爱上她，她也爱上我——我不戴眼镜也看得出来。还有一位美国客人——这是后话，暂且不表。这帮人都坐在客厅里，一边眼巴巴地等着开席，一边冷眼旁观晚到的客人，这时佣人来报："劳埃德·西斯廷斯到了。"

　　一阵寒暄过后，西斯廷斯一眼看见我，便径直朝我走来，热情地伸出手，刚要和我握手，又猝然止住，窘迫地说道："请原谅，先生，我还以为认识您。"

　　"嗨，你本来就认识我嘛，老朋友。"

"不会吧，你真是那位……那位……"

"怀揣大钞的怪人？就是我。别不好意思叫我的外号，我已经听惯了。"

"哈哈，太出乎意料啦！我不止一次见你的名字和这个外号相提并论，可我从没想到，他们说的那位亨利·亚当斯原来就是你。对了，六个月前，你还在旧金山给布莱克·霍普金斯跑腿挣钱，还经常熬夜挣点外快，帮我整理核查古德加力公司的招商文件和统计数字。真没想到你到了伦敦，成了百万富翁，成了大名人！呵，这简直就是新版的天方夜谭。伙计，我真的不敢相信，实在无法理解。给我点儿时间，让我好好洗洗脑子里的糨糊。"

"说真的，劳埃德，你混得不比我差。我都没看出来。"

"我的天，真是万万没有想到啊！就在三个月前，我俩还一起去矿工食堂……"

"不对，是快活林酒家。"

"对，就是快活林酒家。我俩花了六个小时，赶完那些招商文件，半夜两点才去了那里，要了牛排和咖啡。我劝你跟我一起来伦敦，还提出帮你请假，一切费用我全包。我还答应你，假如那笔生意做成了，赚的钱分给你一部分。可是，你不听我劝，说我做不成，还说你的业务不能中断，一旦中断，回去后就接不上。可是你却到了这里。真是太离奇啦！你是怎么来的？是什么机遇给了你这个不可思议的转机？"

"嗨，纯属意外。说来话长……可以说，简直就是个传奇。我会把一切全都告诉你，但现在不行。"

"什么时候？"

"这个月底。"

"那还得再过两个礼拜。这对一个人的好奇心也太折磨了。就一个礼拜吧。"

"不行，反正你早晚都会知道。对了，你的生意怎么样了？"

他脸上的喜色顿时消失，叹了口气，说："你就是个先知，哈尔[1]，你说得太准了。我真不该来这里，我不想说那件事。"

"你必须得说。等我俩离开这里，你去跟我住一晚上，把一切都说给我听。"

"啊，说给你听？你真想听？"他的眼里噙满了泪水。

"是的，我想听听事情的整个经过，你要一字不落讲给我听。"

"太感谢了！没想到我沦落至此，竟然又找到了知音，对我的声音、我的眼神、我这个人、我这件事，还这么关心——主啊！我真恨不得给你下跪！"

他紧紧握住我的手，又打起精神，活跃起来，跟没事似的等着开饭——但宴席并没开。不开宴，已司空见惯，在日益恶化的英国体制下，这种事时有发生——谁坐首席的事解决不了，就无法开宴。英国人在外出赴宴之前，一般都会先吃点东西垫垫胃，因为他们知道会有挨饿的风险。可是没人会警告外籍人，所以老外常常会哑巴吃黄连——有苦说不出。当然，这次赴宴谁都没挨

1　亨利的昵称。

饿受罪，因为大家都不是头一回赴宴，除西斯廷斯之外，来者全都久经沙场。公使邀请他时，就曾告诉过他，为了尊重英伦的风俗习惯，他没准备晚宴。按照惯例，每位男宾都挽着一位女士，双双步入餐厅，可是争议也就此产生。

肖尔迪奇公爵想独占鳌头，要坐首席，他认为自己的级别高过公使，因为公使只代表一个国家，不能代表君主。我呢，也要捍卫自己的权利，拒不让步。我在"漫谈专栏"里的排位高于王室以外的所有公爵，所以我据理力争，要坐首席。大家争执不下，这个问题自然也就无法解决，最后公使极不明智地想搬出他的祖宗八辈。我"见"他是征服者威廉的后裔，便搬出始祖亚当"激"他，说我的姓氏证明，我是亚当的直系后代，而他却出自旁系，不但有姓为证，而且从他并不悠久的诺曼民族的血统也可看出。于是大家又依次回到客厅，吃"立式"茶点——摆几盘沙丁鱼和草莓，自找对家，站着取食。这样一来，大家对座次优先的狂热便冷却下来。至于取食次序，则以掷硬币猜正反面的办法决定——级别最高的一对先猜，赢的先吃草莓，输的得到那枚硬币。然后，地位次之的再猜，以此类推。茶点过后，搬来几张桌子，大家开始玩克里比奇纸牌游戏，玩一把输赢六便士。英国人玩游戏从来不是为了消遣，如果不赢点什么或者输点什么，他们决不玩——至于输赢，他们倒是无所谓。

我们度过了一个美妙的夜晚，当然指的是我俩——我和兰厄姆小姐。我被她迷得神魂颠倒，只要手里的纸牌超过两副同花顺，我就数不过来。有时自己赢了都没觉察，又从上面开始翻牌。本来我每把必输无疑，幸亏那姑娘也是同样的打法。你知道吧，她跟我的状况一模一样，所以我俩谁也赢不了谁。我俩也不在乎谁输谁赢，只知道在一起非常快乐，其他一概不想知道，也不想被人打搅。后来我对她说——我真的对她说了——说我爱她；她呢——呵呵，羞得满脸通红，连头发都映红了一片，可她心里喜欢，还说她也爱我。啊，我从没有过这么美妙的夜晚！每打完一把用木钉记分时，我都多给她记几分，她也就默认，也像我那样数牌。呵呵，只要我说"丁勾得两分"就会加上一句"哇，你长得真美"。她则边数边说："两张十五分，四张十五分，六张十五分，一对算八分，八分翻番十六分——我算得对不对呀？"——她睫毛忽闪忽闪的，偷偷瞟我一眼，知道吧，真是又甜美又狡黠。啊，那种感觉太美妙了！

我对她光明磊落，襟怀坦白。我告诉她说，我身上只有一张百万英镑的钞票，多一分也没有，想必她也多次听说过，可那张钞票不是我的。这顿时引起了她的好奇。于是我悄悄把事情的来龙去脉从头至尾讲给她听，她听得差点笑断气。我不明白，她为什么觉得那么好笑，但她就是笑个不停。每过半分钟，我刚讲完一件事，她就笑得前仰后合，我只好停上一分钟半，让她缓一缓。哈哈，她都快笑瘫了——她真的快笑瘫了，我从没见过那种笑姿。我的意思是说，我从没见过一个悲伤故事——讲一个人的困顿、忧愁和恐惧——会产生如此强烈的效果。见她对不愉快的事能够一笑了之，我越发爱她。知道吧，从我当时的状况来看，可能我就得需要那样的老婆。当然，我得告诉她，我们要等上两年，等我有了积蓄才能娶她。不过，她并不介意，只是希望我花钱尽量谨慎一点儿，不要影响到第三年的薪水。随后，她又开始显得有些担忧，怕我一不小心，开销超出头一年的薪水。她的担心不无道理，使我对自己的信心顿时丧失了一半，但也让我生出一个不错的生意经。

"亲爱的波西娅，到了我必须面对那两位老先生的那天，你能不能陪我去一趟？"

她略有迟疑，但还是说："不……不妥吧。要是我去能给你鼓舞士气，去就去。可是……这不合适吧，你说呢？"

"我也不知道——说真的，我也觉得不合适。可是，你看，有那么多的事都得靠你……"

"那我就陪你走一趟，管它合适不合适。"她用漂亮的声音说道，热情而又大方，"哦，一想到能帮你一回，我真是太高兴啦！"

"亲爱的，岂止帮一回？我说，这事你可要帮到底。你那么漂亮，那么可爱，那么迷人，有你同去，我就能把咱们的薪水抬高，让那两个好心肠的老先生破产，而且还心甘情愿。"

哈哈！可惜你没见到她当时的模样：脸上泛着红晕，宛如山巅的晚霞，高兴得眼睛闪闪发亮！

"你这个坏家伙，就会拍马屁！没一句实话，不过我还是愿意跟你去。或许还能给你一个教训，不要指望别人的想法都和你一样。"

我的疑惑是不是已经消除？信心是不是已经恢复？你可以依

此判断：我私自把年薪提高到一千二百英镑，可我没跟她说——我要留着给她一个惊喜。

回家的路上，我仿佛驾着彩云一般。西斯廷斯说的话，我一句都没听进去。直到我俩走进客厅，他对各式各样舒适豪华的陈设赞叹不已时，我这才回过神来。

"我先在这儿站一会儿，看够了再说。天啊！像个宫殿——简直就是个宫殿！真是应有尽有，好暖和的炭火，连晚餐都是现成的。亨利，我现在不光知道你到底有多富，还有一种透骨彻髓的感觉，感觉自己是多么的可怜——我太穷了，太惨了，太失败了，简直就是一败涂地！"

该死！一听这话，我不寒而栗。我幡然醒悟，顿觉自己如履薄冰，脚下就是万丈深渊。我身在梦幻中，竟然毫无察觉——就是说，我从没静下心来想想自己的处境——唉！我债台高筑，身无分文，还把一个漂亮姑娘的吉凶祸福捏在手中，眼前一片茫然，只有一份预期的薪水——唉，很有可能——永远无法兑现了——哎呀！我完蛋了，没希望了，没救了！

"亨利，你每天的收入只要随便散一点儿，我看就能……"

"嗨，不就那点收入嘛！来来来，苏格兰酒，趁热喝，打起精神来。我敬你一杯！哦，不行——你还饿着肚子呢。坐下来……"

"我一口也不想吃，饿过头了。最近一直吃不下饭。不过，我倒是想跟你喝几杯，喝个一醉方休。来，干！"

"一人一杯，我陪你喝！倒好啦？一起干！对了，老埃德，

238

说说你的事，我来兑酒。"

"我的事？怎么，想再听一遍？"

"再听一遍？你这话是什么意思？"

"呵呵，我的意思是说，你是不是还想从头到尾听一遍？"

"从头到尾听一遍？我都被你搞糊涂了。等等，不能再喝了，你已经喝多了。"

"听着，亨利，你别吓唬我。来的路上我不是全都跟你说过了吗？"

"你说过？"

"是呀，我说过。"

"我真该死，怎么一个字也没听进去。"

"亨利，别跟我闹着玩，我心里很烦。你在公使家干什么来着？"

我这才豁然明白。男子汉大丈夫，我敢做就敢承认："我搞定了全天下最可爱的姑娘——把她给俘虏啦！"

他一听，赶紧冲过来握住我的手。我俩不停地握呀握，手都捏疼了。两人走了三英里，他一路上一直在讲他的经历，我却一句也没听进去，可他并没责怪我，真是个老好人。然后，他坐下来，非常耐心地，把他的经历从头至尾又给我讲了一遍。简短地说，他的经历大致如下：他作为古德加利公司的招商代理，以为机遇很好，便来到英格兰，向"勘探商"出售"开采权"，超出一百万美元的部分归他自己所有。他竭尽全力，动用一切关系，使用各种正当手段，几乎花光了所有的钱，但没一个资本家愿意听他游说，而他的代理权这个月底就要到期。一言以蔽之，他完蛋了。讲完之后，他跳起来喊道："亨利，你要救我啊！你能救我，这个世界上只有你能救我。你会救我吗？你愿不愿意拉我一把？"

"我该怎么做。你就直说吧，兄弟。"

"给我一百万，还有回家的路费，我把'代理权'转让给你！别拒绝，你可千万别拒绝。"

我真是有苦难言。我刚想要说："老埃德，我自己也是个穷鬼——身无分文，还欠着外债。"可是，刹那间，我脑子里闪出一个炽热的念头。于是我咬紧牙关，冷静下来，就像资本家一样冷静。我用商人特有的沉着而又冷静的口气说道："我来拉你一把，老埃德……"

"那我就有救了！上帝永远保佑你！要是我将来……"

"让我把话说完，老埃德。我可以拉你一把，但不是那种拉法，那样对你不公平。你吃尽了苦头，历尽艰险。我用不着买矿，在伦敦这样的商业中心，我不用投资照样能让资金运转，我一直都是那么干的，但我现在另有办法。我当然知道那个矿的底细，也知道它价值巨大，假如有人想要收购，我可以作保。这样吧，你在两周之内把它卖掉，就卖三百万，你可以随便以我的名义出售，卖的钱我俩对半均分。"

你都不知道，当时我要是不把他绊倒绑住，他准会在狂喜中把家具踢成烧火柴，把东西全都砸个稀巴烂。

后来，他躺在沙发上，异常高兴地说道："我可以以你的名义！你的大名——真没想到！老弟，那些伦敦阔佬们就会成群结队地赶来，没准还会为了认购股份打起架来！我要成功了，以后永远都是成功人士，我这辈子永远忘不了你！"

不出二十四个小时，整个伦敦城炸开了锅！我白天什么也不干，就坐在家里答复前来问询的人："没错，是我告诉他说，有人询问就来找我谈。我了解那个人，也了解那个矿。他的人品无可指责，那个矿的价值远远高于他开的价。"

到了晚上，我就去公使馆陪着波西娅。卖矿的事我对她只字不提，我要留着给她一个惊喜。我俩谈薪水的问题，只谈薪水和恋爱，其他不谈。有时谈恋爱，有时谈薪水，有时恋爱和薪水一起谈。嘿，公使夫人和她女儿对我和波西娅的那点小事可真够热心，母女俩合着伙儿，想方设法不让公使打扰我和波西娅，只把他一人蒙在鼓里，还不叫他起疑心——哈哈，这母女俩，简直太可爱啦！

终于到了月底，我和西斯廷斯在伦敦郡银行的存款各有一百万。我穿上最棒的衣服，驱车经过波特兰大街那座房子时，从各种迹象判断，那两个家伙又回来了。于是我继续驱车前往公使馆，接上我的宝贝女友，一面往回返，一面大谈薪水的事。她激动不已，心急火燎，越发显得妩媚妖娆。我对她说："亲爱的，就凭你现在这个模样，我要争取年薪三千英镑，少拿一个铜板都是罪过。"

"亨利，亨利，你要毁了咱俩啊！"

"你别怕，只管保持你的风姿，相信我，一切都会圆满顺利。"

结果，一路上反而是我一直给她打气，而她却一个劲儿地央求我说："喂，请你不要忘了，假如你要得太多，可能一点儿薪水都拿不到。没有生活来源，我俩以后该怎么办？"

仍旧是那个男仆把我俩领进屋里，两位老先生都在，看见有个美人跟着我，他俩当然感到诧异。而我却说："没什么，二位先生，她是我未来的主心骨和贤内助。"

接着，我便把两位先生介绍给她认识，而且直呼其名。他们也不觉得奇怪，大概知道我查过姓名录。他俩请我和波西娅坐下说话，对我特别客气，对她格外热情，叫她不要拘束，就像在自己家里一样轻松。于是我说："二位先生，我来向你们汇报。"

"我们很高兴听你汇报，"拿我打赌的那位先生说，"我和我兄长亚伯打的那个赌，现在可以分出输赢了。要是我赢了，你就可以在我的手下供职。那张百万英镑的钞票还在吗？"

"在这儿呢，先生。"我把钞票递给他。

"我赢啦！"他大叫一声，还在亚伯的背上拍了一巴掌。"现在，看你还有什么可说的，老哥？"

"我只能说，他活下来了，我输了两万英镑。简直不敢相信！"

"还有一事要向二位汇报，"我说，"说来话长，请容我细说端详，把我这个月的经历全都讲给你们听，保证值得一听。您先瞧瞧这个！"

"啊，小伙子！二十万英镑的存折。是你的吗？"

"是我的。我明智地使用了您给我的那笔小额贷款，在三十天内赚了这笔钱。我买小东西时才用这张钞票，付款时就拿出来让他们找零。"

"哇，太神奇啦！小伙子，简直让人难以置信！"

"没什么，我会证明给你看。别以为我信口胡言。"

接下来，该轮到波西娅吃惊了，她睁大眼睛说道："亨利，那真是你的钱吗？你一直瞒着我呀！"

"亲爱的，我的确一直瞒着你。但我知道你一定会原谅我的。"

她噘着嘴说："别自以为是了，你这个淘气鬼，竟敢骗我！"

"嗨，别生气，宝贝，别生气。你知道我是开玩笑的。好了，咱们走吧。"

"别急，等一下！你的职位，我要给你那个职位。"拿我打赌的那位先生说。

"呃，"我说，"非常感谢，不过，我真的不需要了。"

"可是，你可以在我的手下挑个最好的职位。"

"再次感谢，衷心感谢，再好的职务我也用不着了。"

"亨利，我都替你不好意思。你辜负了这位先生的好意。我来替你表达谢意好吗？"

"当然可以，亲爱的，只要你能表达得更好。咱们看看你怎么表达。"

她走向那位先生，靠在他的膝上，搂住他的脖子，在他的嘴上吻了一下。随后那两位老先生便哈哈大笑起来。我惊得目瞪口呆，可以说，完全僵在那里。波西娅说："爸爸，他说不需要在您的手下供职，我太伤心了，就好像……"

"亲爱的，他是你爸爸？"

"没错，是我继父，他是天底下我最亲近的人。你在公使馆时并不知道我和他的关系，现在你该明白，当你告诉我说，爸爸和亚伯伯父的计划让你多么心烦意乱时，我为什么笑了吧？"

我一听当然打开天窗说亮话，一本正经，直奔主题："哦，我最最亲爱的先生，我想收回刚才的话，您有个空缺的职务我倒是想要。"

"说来听听。"

"女婿。"

"哈哈！可是，你要知道，如果你从没承担过这个职务，那你自然就拿不出推荐信来，证明你符合我们约定的条件。所以说……"

"您可以使用我——哦，就让我试试吧，我求您了！只要给我三四十年的试用期就行。假如……"

"哦，好的，没问题。不就是个小小的要求嘛，带她走吧！"

我俩高兴不高兴？那还用说，查遍整本词典恐怕也找不出几个词来形容。再过一两天，当伦敦人得知我怀揣百万英镑钞票的奇遇和结局后，会不会众说纷纭，众皆欢欣？肯定会。

波西娅的继父把那张热情友好的钞票送回英格兰银行兑换成现金，银行随即将它注销并作为礼物赠送给他，他又在我们的婚礼上将它送给我俩。从那以后，那张镶着镜框的钞票就一直挂在我们家里最神圣的位置。因为是它给我送来了波西娅。要是没有它，我不可能留在伦敦，不可能出现在公使馆，更不可能遇见她。所以我经常对来客说："没错，你眼力不错，就是一张百万英镑的钞票。不过，从它发行起就用过一次，我只花了一成的价钱就把这个东西给买回家了。"

发表于 1893 年

狗的自白

一

　　我爹是圣伯纳德犬，我娘是柯利牧羊犬，而我却属"长老会教友"。这是我娘告诉我的，其中的细微差别我不懂。在我听来，这些不过是几个漂亮的大词，没什么意义。我娘就喜欢这种东西。她说话爱用大词，更喜欢看别的狗露出惊讶的神色，羡慕不已，赞叹她受过良好教育。其实那不是真正的教育，只是炫耀而已。这几个词有的是她从人们在餐厅和客厅的谈话中学来的，有的是她陪孩子们去主日学校上课听来的。每当听到一个大词，她就一遍又一遍地朗诵，直到记在心里，等街坊四邻的狗因教义之争聚在一起，她就脱口说出那个词，叫别的狗惊奇不已，自叹不如，无论袖珍狗或大驯狗，莫不如是。这且不说，他们还要奖励她的辛勤付出。假如来了一条陌生狗，肯定怀疑她说得不对。等他喘口气，就要问她那是什么意思。她便讲给他听。他本来想要抓住她的把柄，不料她竟对答如流。所以当她解答时，他反倒显得有些尴尬，而他本来以为出丑的是她。其他狗早就等着看热

246

闹，他们为她高兴，以她为荣，因为他们就知道会是这个结局。每当她解释一个大词的意思，其他狗全都羡慕不已，没一个表示怀疑。这也理所当然。因为一来她解答得很干脆，就像一本活词典；二来他们也无法考证她说得对不对，因为只有她受过教育。

后来，我长大了一点儿。有一次，她让我知道了"没文化"这个词，而且还在各种聚会上把它苦练了一个礼拜，结果引起许多不快和烦恼。就是在那个时期，我发现她一个礼拜竟有八次聚会，而且每次都有别的狗问起那个词的意义，而她每次都能立刻给出一个新的定义。这是在向我表明，她的智慧比文化多，但我嘴上肯定不这么说。我娘手头有个备用词，也可以说是个急用词，准备随时使用。这就好比是件救生衣，一旦不慎落入水中，便可立即派上用场——这个词就是"同义词"。每当她说出一个几个礼拜前就曾用过的长词，而且该词的意思她早就解释过，已丢进垃圾堆，这时如有一条陌生狗在场，听了准会晕厥两分钟。等他苏醒过来，她早已见风使舵，不料他竟穷追不舍。所以当他叫嚷着要听她解释，我作为唯一知情的狗，看得出她竟尴尬地摇摇尾巴，就像风帆抖动——但只是一瞬——然后她又鼓起风帆，将它张满，就像夏日一般平静："它和'多管闲事'是同义词。"要么，她会说出一个就像不敬神灵的爬虫那样长的大词，然后安然摆脱窘境，迅速切换到另一个航道，特别惬意。而那条陌生狗却露出一副猥琐和狼狈相。其他狗则开始一齐摇动尾巴，拍得地板噼啪乱响，个个高兴得神采飞扬。

我娘对短语也是这样。假如某个短语听起来很华丽，她就把它学回家，一连玩味六个晚上，再琢磨两个下午，变着法子给它重新下定义——她就要这么做，因为她只关心这个短语，不在乎它的意义。反正她也知道，别的狗还没聪明到能看出她的破绽。是啊，她简直就是一朵奇葩！对什么都无所畏惧，自信别的狗一窍不通。她甚至还把听到主人和客人调侃的奇闻轶事拿出来讲给别的狗听。她经常会把两件不相干的陈年旧事扯在一起，本来毫无笑点，可她说着说着，便躺在地上打起滚来，还疯疯癫癫地狂笑嗥叫。我知道她心里纳闷，为什么这个故事不如她第一次听到的那么好笑。不过，没关系！别的狗也都笑得在地上打滚，并且暗暗羞愧没听出其中的笑料。可是他们哪里想到，其实问题不在他们身上，而是她说的那件事根本就没笑料。

单从这几件事便可看出，我娘其实内心空虚无聊。不过，她也有许多优点，我想这足以弥补她的缺陷。她心地善良，待人温顺，即使受到伤害，也从不怀恨在心，而是捐弃前嫌，忘掉恩怨。她教育我们要善待人类。从她身上我们学到许多优点，比如面对危险要勇敢果断，绝不临阵脱逃；见朋友或陌生人有难，要奋力救援，不惜一切代价。她对我们不只说教，还以身作则。这个教育方法最好，最持久，也最有效。她敢作敢为，真了不起！简直就是一个战士！而她又是那么谦虚，让你无法不仰慕她，无法不效仿她，即使查尔斯国王猎犬在她面前也黯然失色。这下，你总该知道，她所具备的不只是良好教育。

二

后来，我终于长大，被人买走后，就再没见过她。离别前，我俩伤心欲绝，抱头痛哭。她不停地安慰我说，我们犬类是带着崇高的使命来到这个世界的，就必须无怨无悔地坚守职责。她要我随遇而安，活着要为人类着想，不计个人得失，因为那不是我们犬类考虑的事。她说人类如果做到这一点，他的高尚行为将会在另一个世界得到美好回报。我们动物死后虽然不能去另一个世界，但只要我们善待人类，不求回报，照样可使我们短暂的一生过得有尊严、有价值，这本身就是一种回报。这些话，是她经常陪孩子们去主日学校上课时学来的，早已铭记在心。她学这些话，比学任何大词和短语都用心。她深入研究过这些话，为她自己，也为了我们。单凭这一点，就可看出，她虽然有时不免轻浮虚荣，但满脑子尽是思想和智慧。

于是我们母子道别，满含热泪，相顾无言，后来她说了一句："记住我的话，见别人有难时，不要想着自己，想想你娘，她平时怎么做，你就怎么做。"我想，她这话是特意留在最后才说的，是想让我记得更牢。

你以为我能忘记？绝不可能。

三

我的新家非常漂亮！房子又大又好看，墙上挂满了画，装饰精美，家具豪华，没有一处是阴暗的，通透的阳光把每个角落都照得亮堂堂。房子周围特别宽敞，还有一个大花园——哇，还有草坪，名贵的树木和花卉，一眼望不到尽头！我成为这个家庭的一员，他们都喜欢我，宠爱我，没给我重新起名，还叫我原来的名字——艾琳宝贝——这是我娘起的，听来很亲切。这个名字是她从一首歌里听到的。格雷一家人知道这首歌，他们都说这名字漂亮。

　　格雷太太三十岁，是个甜美可爱的女人，你想象不出她有多漂亮。莎蒂今年十岁，长得像她妈妈，玲珑可爱，简直是她妈妈的翻版。她身穿连衣裙，头扎一条赤褐色的马尾辫。家里还有一个一岁的小婴儿，胖嘟嘟的脸上长着一对小酒窝。他喜欢我，老爱揪我的尾巴，还抱着我咯咯笑。格雷先生三十八岁，身材修长，英俊潇洒，只是稍稍有点秃顶。他动作敏捷，做事认真，雷厉风行又有主见，从不感情用事，干净整洁的脸上闪耀着智慧的光芒！他是著名的科学家。我不知道"科学家"是什么意思，但我娘知道，还会用这个词表达想法。她能用这个词把捕鼠犬说得垂头丧气，连哈巴狗听了也觉得惭愧。不过，这个词还不是她最拿手的，她用得最好的词是"实验室"。我娘能靠"实验室"组建一个"信用社"，把项圈上挂着欠税牌的那些家伙从狗群里驱逐出去。"实验室"不是一本书，不是一幅画，也不是洗手的地方，就像大学校长家的狗说的那样——洗手的地方叫"卫生间"。它和实验室是两码事。实验室里全是瓶瓶罐罐，还有电器电线和奇怪的仪器设备。每个礼拜科学家们都来这里坐着上班，他们使用仪器，讨论问题，做一些他们所说的"实验"和"发现"这种事。我也常随主人到这里来，站着听他们谈话，努力学习知识。虽然这对我来说，是件痛苦的事，但为了我娘，不忘她的养育之恩，我要努力学习。我知道她的日子越来越少，但我什么也没学到。应该说，我也算比较努力，但至今一无所获。

有时候，我会躺在女主人工作间的地板上睡觉，让她把我当成脚凳，拿脚在我身上轻轻抚摸。她知道我喜欢这种爱抚。有时候，我会在婴儿房待上一个钟头，由着小婴儿把我身上的毛抓得乱七八糟，我觉得特别开心。有时小婴儿睡着了，保姆出去给它准备东西，我就在婴儿床边守上一会儿，看护那个小宝贝。有时候，我会和莎蒂在房子周围的地上和花园里蹦蹦跳跳，追逐玩耍，累了就躺在树阴下的草地上休息。莎蒂看书时，我就在一旁陪着。有时候，我会出去和街坊四邻的狗一起玩。其中有几条非常讨人喜欢，而且住得不远。还有一条长得非常漂亮，高贵又有礼貌，他叫罗宾·阿戴尔，是爱尔兰长毛雪达犬，而且跟我一样，也属"长老会教友"，他的主人是苏格兰牧师。

家里的佣人都对我特别好，也很喜欢我。所以说，你看我，活得多开心。没有哪条狗比我更快乐、更庆幸。这不必说，本来这是事实。我千方百计，努力做得尽善尽美，不忘娘的教诲，为她争光，尽心尽力，所以幸福才降临在我身上。

不久以后，我产下一只小狗崽儿。我简直快乐极了，真是幸福美满。这小东西太可爱了，走起路来一摇一摆，身子光滑柔软，就像天鹅绒一般。他那笨笨的小爪子特别可爱，还长着一双迷人的小眼睛，甜甜的小脸透着天真。看着家里的孩子们和女主人那么喜欢他，抚摸他，对他每个小小的神奇动作都赞不绝口，我特别骄傲，感觉生活简直太美好了，可谁知……

冬天来了。一天，我守在婴儿房看护婴儿，确切地说，我当时趴在床上睡着了。旁边紧挨着壁炉的是婴儿的小床，上面高高挂着一个透明的纱帐，婴儿在纱帐里睡得正香。当时保姆出去了，就我和婴儿在，又都睡着了。后来，大概是一个火星从壁炉的柴火中蹦了出来，落在纱帐上。我估计当时没什么动静，蚊帐就那么烧了起来。我突然被婴儿的尖声啼哭惊醒，只见纱帐上的火苗正往天花板上蹿。惊恐中我无暇细想，一下跳到地板上，立刻向门口冲去，刹那间耳边突然想起临别前我娘的嘱咐。于是我又跳上床，把头伸进火光，叼住婴儿的腰带，把他拖了出来。我俩在滚滚浓烟中一起摔落在地板上。我再一次叼住腰带，拖着这个哭闹的小家伙往门外逃，把他拖到走廊，继续往房外拖，心里又激动又高兴又自豪，却忽听主人大声吼道："滚开，该死的畜牲！"我跳到一边连忙躲命，可他的动作实在太快，追赶我，拿手杖疯狂地抽我，我吓得躲来躲去，后来左前腿被他狠狠打了一杖，我尖叫一声跌倒在地，一时无能为力。他又举起手杖准备再打，还没落下，忽听保姆高声喊叫："婴儿房着火啦！"主人便朝喊声冲了过去，我的其他腿骨才得以保全。

我疼痛难忍，但再疼也得赶紧逃命，因为他可能随时还会回来打我。于是我拖着一条折腿，一瘸一拐地来到走廊的另一头。这里有个昏暗的小楼梯，爬上去是个阁楼，我曾听说里面堆着旧

252

盒子之类的杂物，而且很少有人来。我费力地爬上阁楼，摸黑在几堆杂物里找了一个最隐蔽的地方躲起来。其实这里很安全，但我吓傻了，仍然怕得要命，不敢发出一丝声响，哪怕是轻微的呻吟声，虽然呻吟可以减轻疼痛，安慰我那颗受伤的心。我只能舔一舔受伤的腿，让自己好受一些。

接下来的半个小时里，楼下一片骚乱，叫喊声和奔跑声汇成一片，后来安静下来。几分钟的安静抚慰了我的心灵，我不再像先前那么害怕。但心里的恐惧比肉体的疼痛更难受——哦，那简直是要命！接着我又听到喊声，吓得不敢动。他们在叫我——喊我的名字——在找我！

喊声是从远处传来的，听不太清，但我心中的恐惧仍无法消除。那是我听到的最可怕的声音，它从阁楼下响起，无处不在。走廊上，房间里，楼上楼下，地下室。后来房外也是喊声，越来越远——然后越来越近，又在整座房子里响起。我以为喊声永远不会停止，可是后来，过了几个小时以后，昏暗的阁楼已被漆黑的夜幕完全笼罩，喊声终于停了下来。

在这蒙福的寂静夜晚，我的恐惧也渐渐消失，后来安静地睡着了。一觉睡得很香，天没亮就醒了。我感觉舒服了许多，便琢磨起逃跑的计划。我想出一个好办法：悄悄溜下阁楼，从楼梯后溜进地下室躲在门后，乘天亮时送冰人进来往冰柜里装冰块，我就悄悄溜出去逃走；然后我白天躲藏，夜里赶路，去一个……嗯，去一个别人不认识我的地方，就不会有人把我卖给主人。想到这里我特别高兴，可转念一想：不行，没有小狗崽儿，我的日子怎么过？

我陷入绝望，无计可施。我心里明白，只能待在这里，就这么干等着，接受命运的安排——我无法改变现状，生活就是这样——这是我娘说的。后来……后来他们又开始大声喊我！我又陷入悲哀，心想主人绝不会放过我。我不知道自己做错了什么，竟让主人如此愤怒，不肯原谅我。但我可以肯定，狗永远无法理解人心里在想什么，太可怕了。

他们不停地喊我——好像喊了几天几夜。我已经饥渴难忍，快要发疯，觉得全身无力，特别虚弱。人在这种情况下，通常会一睡不起，我也一样。后来我突然惊醒，感觉喊声就在我藏身的阁楼！果然没错：是莎蒂的声音，她哽咽着，嘴里呼唤着我的名字，声音凄凉，我欣喜若狂，简直不敢相信自己的耳朵："回来吧——哦，回来吧，请原谅——没有你，我们太伤心……"

我高兴地叫了一声，打断了她的话。莎蒂立刻在黑暗中跌跌撞撞地向我冲过来。她一边在废料堆中摸索，一边向家人喊话："找到了，找到了！"

四

接下来的几天——啊，简直妙不可言！莎蒂和她妈妈，还有那些佣人，好像特别崇拜我。他们把床铺给我整理得那么漂亮，似乎仍觉得不够好看。吃的东西就更不用说，他们非得让我吃野味不可，还没上市的美食也想尽办法弄来给我吃，这样他们才满意。家里每天尽是朋友和邻居，他们成群结队来听我的"英勇事迹"——他们用这个名称指我救婴儿的事，它的意思是"农业"——这是我娘说的，我记得有一次她当着一群狗的面就是这么解释的，但她没说"农业"是什么意思，只说它是"内壁炽热"的同义词。格雷太太和莎蒂每天都说上十几遍，把我的事迹讲给来客听，说我如何冒着生命危险救了宝宝的命，还说我俩身上烧伤的部位就是明证。客人们听了后，把我抱来抱去，又是爱抚，又是称赞。我看得出来，莎蒂和她妈妈眼里露出骄傲的神情。可是，每当人们问起我的腿是怎么瘸的，她们母女俩就显得很羞愧，赶紧绕开话题。有时人们问来问去，一再追问时，她俩看上去好像快要哭了似的。

我的荣誉还不止这些。一天，主人的朋友来了，一共二十位，都是著名人物。他们把我带进实验室，围绕我展开讨论，仿佛我是一项重大发现。有几个人说，一个不会说话的动物竟然这么神奇，这是迄今为止本性的最佳表现。主人则激昂地说："这完全超乎本性，绝对是理性使然。许多像你我这样的人，享有被救赎的特权，死后去更美好的世界，却不如这个憨厚的四足动物，而它命中注定要可怜地死去。"然后他笑了笑，继续说道："呵呵，听我说——我只是调侃而已！上帝保佑你们！凭我的伟大智慧，我推出一条唯一的结论，疯狗会把孩子咬死，但假如兽类没有智慧，孩子早就没啦！——告诉你们，这个智慧，其实就是理性！"

他们争论来，争论去，我成了争论的焦点和讨论的话题。我娘如果知道我得到这么大的荣誉，一定为我感到骄傲。

接着他们又讨论起一个叫"光学"的问题，争论大脑某处受损会不会造成失明，但观点没有达成一致，说是必须通过实验才能证明。后来他们又开始讨论植物，这我爱听，因为夏天我和莎蒂在花园里种过一些花籽——知道吧，我帮她刨坑——几天后就长出一小片草木和花朵，真是不可思议，简直太神奇了，但的确是真的。我要是会说话该有多好——那我就可以把种花的讲给那些人听，叫他们知道其实我也懂得很多，那样我就能和他们一起讨论。但我不喜欢"光学"，那东西太无聊。他们又讨论起这个问题时，我烦得要命，就趴在地上睡觉。

不久，春天来了，阳光明媚，温暖宜人。一天，可爱的女主人带着孩子们轻轻拍了拍我和小狗崽儿，他们和我俩告别后，就出远门去走访亲戚了。虽然男主人从来不陪我们，但我们自己玩得也很开心。佣人们友好善良，我们在一起相处十分快乐，都盼着女主人和孩子们早日回来。

一天，那帮人又来了，说是要把小狗崽儿带到实验室去做实验。我瘸着一条腿也跟着去了，感到特别自豪，我的小狗崽儿受到关注，我当然很高兴。他们讨论完后，开始做实验。小狗崽儿突然尖叫一声，他们把他放在地上。只见他满头是血，走路摇摇晃晃。主人拍手大叫：

"瞧，我成功了——承认了吧！它跟瞎子一样，看不见了！"

其他人随声附和："果然如此——你用实验证明了你的理论，从今往后，受苦受难的人将对你感恩戴德。"

他们簇拥着主人，热忱地握着他的手，连声感谢并称赞他。

我不屑一顾，置若罔闻，立刻扑上去，依偎着我的小宝贝，舔他头上的血。他躺在地上，把小脑袋靠在我的头上，轻声地呜咽着。我心里清楚，虽然他眼睛看不见，但却在疼痛中感受到了母亲的爱抚和安慰。接着他的脑袋很快耷拉下来，天鹅绒般柔软的小鼻子贴着地板，一动不动。他再也不能动了！

主人不再说话，按铃叫进男仆，叫他"把它埋到花园远处的角落"，然后他们继续讨论。我跟在男仆身后一路小跑，心里高兴，感到庆幸。我知道小狗崽儿已经睡着了，不会再有痛苦。我们来到花园里最远的一个角落，那里有一棵大榆树，树阴下是夏天我带着小狗崽儿和保姆及孩子们一起玩耍的地方。男仆在地上挖了个坑，见他要把小狗崽儿种在地里，我心里特别高兴。因为不久就会长出一条漂亮帅气的狗，就像他爹罗宾·阿戴尔一样帅，女主人和孩子们回来后，见了一定又惊又喜。我试着想帮他一起挖坑，可一条瘸腿很僵硬，使不上劲儿。知道吧，你得用两条腿，一条不管用。男仆挖好坑后，把小罗宾埋在地下，他轻轻拍了拍我的头，含着眼泪对我说："可怜的狗狗，是你救了他家孩子的命啊！"

我守在那里整整两个礼拜，小罗宾一直没从土里长出来！从上个礼拜起，我心里开始感到害怕，有一种不祥的感觉，却说不清。我吓得生了一场大病，不想吃东西，虽然佣人给我送来最好的粮食。他们宠我爱我，夜里也来看我，哭着安慰我："可怜的狗狗——别等了，回家吧，不要让我们伤心！"他们越是这样，我心里越害怕，肯定出了什么大事。我身体太虚弱了，昨天就站不起来。就在刚才，还不到一个钟头，佣人们抬头望着天上的太阳渐渐西沉，消失得无影无踪。夜风凄凄冷冷，他们说了一句我虽听不懂但感到心灰意冷的话："几个可怜的人啊！他们想不到它是这个下场。明天上午他们回到家后，一定想知道这条小狗——这条忠勇义犬的下落，我们谁有勇气告诉他们：'你们温顺的朋友走了，它去了畜牲死后该去的地方！'"

发表于 1903 年

三万美元遗产

一

湖滨镇是个仅有五六千居民的舒适小镇，就远西¹地区城镇的景色而论，它算得上是个漂亮的小镇。镇上的各类教堂可容纳三万五千人。远西地区和南部城镇的习俗向来如此，这里人人信教，新教的每个教派各具特色，并有自己的成套设施。湖滨镇的人无贵贱之分——反正谁也不承认——大家彼此认识，就连谁家养的什么狗也都一清二楚，友好往来之风一向盛行。

萨拉丁·福斯特是镇上一个大店铺的账房先生，今年三十五岁。他在那家店铺做工已有十四年，在湖滨镇的同行中，数他收入最高。他结婚时，年薪只有四百元，后来逐年攀升，每年涨一百元，连续涨了四年，之后一直保持在八百元——这个数目相当可观，人人承认他就该挣这个数。

---

1 历史上曾指美国中西部，尤指密西西比河以西地区；现指落基山脉至太平洋沿岸之间的地区。

他的太太伊莱克特拉是个能干的贤内助，就是有点儿异想天开，而且私下里爱看传奇小说——这一点倒是有点儿像他。她出嫁时，年方十九，还有点儿孩子气。婚后办的头一件事，是在镇边买了一英亩地——付的是现金，花了二十五元，那是她的全部资产。萨拉丁的资产比她少十五元。她在那块地上开出一个菜园子，租给隔壁邻居种，收入两家均分，每年她从中获得百分之一百的收益。此外，她还从萨拉丁的薪水中抽出一部分，存入银行，头年存三十元，次年六十元，第三年一百元，第四年一百五十元。后来萨拉丁的年薪涨到八百元，这时他俩已有两个孩子，花销也随之增大。但她照旧每年从他的薪水中抽出二百元存入银行。婚后第七年，她在菜园子里盖了一幢漂亮舒适的住房，还置办了家具，全家搬了进去。那座房子总共花了两千元，其中一半是现金。七年之后，她还清了债务，还攒下几百元，用来投资赚钱。

她是靠地产升值赚的钱，因为她早就另外购置了一二英亩地，并将一大半转卖给几户想要盖房的好人家，从中赚了一些钱。那些人将成为她的好邻居，可以和她这个人丁渐旺的家庭和睦相处。她每年还靠着稳妥的投资，单独获得一百多元的收益。两个孩子日渐长大，越发聪慧。她成了一个快乐而幸福的女人。她的幸福感来自丈夫，也来自两个女儿。他们也因她而感到幸福。这个故事就从这儿说起。

小女儿克莱特姆内斯特拉，小名唤作克莱蒂，今年十一岁。姐姐格温德琳，小名叫格温，今年十三岁。姐妹俩都讨人欢喜，姿容秀丽，就连她们的名字也体现出父母血液里一种潜在的传奇色彩，而她们父母的名字，又表明这个特质是承袭而来的。这是一个充满友爱的家庭，所以一家四口各有爱称。萨拉丁的爱称很奇特，看不出性别，叫萨利。伊莱克特拉的爱称也同样如此，叫亚力克。萨利整日辛勤劳作，记账售货样样拿手。亚力克则是一位贤妻良母，头脑灵活，整日精打细算，而且是个懂生意经的女人。不过，一到夜晚，夫妻俩便待在舒适的客厅，忘却白天的劳累，活在另一个美丽的世界——他们轮流念传奇小说给对方听，做着各种美梦，徜徉于富丽堂皇的宫殿或是阴森恐怖的古堡，在珠光宝气和骚动不安中，与国王太子和公侯贵妇打成一片。

二

一天，有个特大消息传来！令人吃惊不已——也着实令人欢欣。消息是从邻近的一个州传来的，福斯特家有个唯一活着的亲属就住在那个州。那是萨利的亲属——但关系有点儿理不清，要么是他的一个远房伯父，要么是隔了两三代的一个同辈堂兄。那人名叫提尔伯里·福斯特，年逾七旬，仍光棍一条，据说家资丰厚，因此不免为人刻薄，性情乖戾。萨利曾给他写过一封信，想跟他套近乎，但没回音，之后就再没做过那种傻事。如今，提尔伯里却主动写信给他，说他将不久于人世，愿将三万美金遗赠予他。还说他这样做，并非出于亲情，而是因为钱财曾给他带来许多烦恼，所以他想让这笔钱有个好归宿，希望它能继续害人。他会在遗嘱中指定遗产的继承人，并且如数兑现。但前提条件是：萨利必须向遗嘱执行人证明，他"从未在口头上或书信中关注过这份遗产，从未探听过将死之人奔赴不归路的进程，也从未参加过死者的葬礼"。

此信给亚力克造成巨大的情绪波动，她尚未完全恢复常态，便立刻写信给这位亲属的居住地，订了一份当地的报纸。

然后，夫妻二人达成庄严协议：只要那位亲属尚在人间，绝不向外界透露这个特大消息，以免哪个冒失鬼将此事告知将死之人，并加油添醋，让他觉得他俩领受遗赠不知感恩，公然违背诺言，将此事张扬出去。

当日下午，萨利把账记得一塌糊涂，亚力克做事也心不在焉——她端起花盆，或拿起一本书，或抄起一根木棍，竟忘了要干什么——两人都在做着白日梦。

"三万块啊！"

振奋人心的感慨之词，就像美妙的歌声，整日萦绕在这对夫妻的脑海中。

自打结婚之日起，亚力克就一直紧抓钱包不松手，萨利则从没享受过乱花一分钱的特殊待遇。

"三万块啊！"美妙歌声萦绕不断。这是一笔巨额现款，简直不可思议！

亚力克整天盘算着如何用这笔钱投资赚钱，萨利则想着如何花掉这笔钱。

当天夜晚，客厅里再也不闻读书声。姐妹俩不欢而去，因为父母默不作声，心神不宁，让她们觉得异常奇怪，无聊透顶。姐妹俩临睡前照例与父母吻别，但他们却无动于衷。所以那个吻，等于是一场空，因为父母对她们的吻别毫无察觉。等他们发现姐妹俩不在客厅，已过去一个钟头，其间两支铅笔一直忙碌不停——夫妻俩又写计划又做备注。后来，是萨利打破了沉默，他面露喜色，说道："啊，太好啦，亚力克！咱们先拿出一千块，买一匹马，再买一辆夏天用的轻便马车。然后再买一架冬天用的轻便雪橇，再买一条盖腿的皮毛毯。"

亚力克果断而又沉着地回应道："拿出本钱？千万不能动，就算咱们有一百万也不能动。"

萨利深感失望，脸上的喜色顿时消失。

"哼，亚力克！"他带着责备的口吻说，"咱们辛苦了半辈子，省吃俭用的，现在有钱了，我觉得……"

他话还没说完，却见妻子眼含温柔。是他的恳求触动了她的柔情。她轻声劝慰道："亲爱的，这钱咱们千万不能动，那不明智。钱可以赚钱，动用的话……"

"说的是，说的是，亚力克！你可真会精打细算！那一定能赚不少钱。要是咱们把赚的利息拿出来……"

"那也不能全拿出来，亲爱的，利息不能全花光，但你可以花一部分。我是说，这钱咱们要花得合理。但是所有的本钱——一分一厘都不能动——必须要让它能生利息，让它利滚利。这个道理你懂的，是不是？"

"嗯，我懂，我当然懂。可是那样的话，咱们就得要等好长时间，第一笔利息要六个月后才能到账。"

"没错——也许时间更长。"

"更长？亚力克，为什么？利息不是半年一结算吗？"

"你说的那种——没错，是半年一结算，但我想要的投资不是那种。"

"那么，你想要哪种投资？"

"能赚大钱的那种。"

"赚大钱？不错，往下说，亚力克，往哪里投？"

"煤炭，新开的矿，烛煤。我打算投一万块，弄到优先认股权，等公司成立后，一股就能变成三股。"

"天哪，亚力克，听起来不错嘛！那咱们的股份到时能值……多少钱？啥时候分红？"

"大概一年以后。他们半年给咱们分一成的红利，到时就是三万块。这我一清二楚，广告就登在这张辛辛那提州的报纸上。"

"天哪，一万变成三万——就一年的时间！咱们把本钱全投进去吧，到时就有九万块啦！我现在马上写信订购——等到明天可能就太晚了。"

他正要奔向写字台，亚力克却叫住他，让他坐回到椅子上，说道："别那么着急，咱们必须先把钱拿到手，才能订购股票，这你难道不明白？"

萨利的兴奋点降低了一两度，却没完全平静下来。

"喂，亚力克，钱就要到咱们手上了，这你知道——而且很快就能到手。说不定他已经解脱了，十有八九，现在正往黄泉路上赶呢。要我说……"

亚力克不禁一怔，说道："你怎么这样，萨利！这种话可不能随便说，太缺德了!"

"哼，你喜欢说冠冕堂皇的话，那随你便。我可不管他是什么来头。我不过嘴上说说而已。难道你还不许人家说话？"

"可你干吗说得那么难听？换作是你，尸骨未寒，别人就那么说你，你高兴吗？"

"换作是我，临终前给人送钱，是想让他遭殃，那我听了这话，可能只是一时不快。算了，亚力克，咱们就别再谈提尔伯里了，还是商量一下眼前的事吧。我觉得应该把三万块全部投到煤矿上，你有什么异议？"

"不能把鸡蛋全部放进一个篮子里——这就是我的异议。"

"既然你这么说，那好吧。其余两万呢？你打算怎么办？"

"不着急，我得先看看行情再说。"

"既然你已打定主意，那好吧。"萨利叹了口气，沉思半晌，说道，"一年以后，一万就能生出两万的利润。到时那笔钱就可以花了，是不是，亚力克？"

亚力克摇了摇头。

"不行，亲爱的!"她说，"等分到前半年的红利，股票才会上涨。到时给你一部分利息花。"

"什么？就那点钱，还要等上一年! 见鬼去吧，我……"

"喂，耐心等候! 也许不出三个月就宣布分红——这很有可能。"

"啊，太开心啦！谢谢你！"萨利跳起来，吻了一下太太，表达谢意。"那就是三万块——整整三万啊！这笔钱咱们可以花多少，亚力克？花得大气一点儿——定要大气，亲爱的，你真是个好女人！"

亚力克受宠若惊，经不起丈夫的死缠烂打，只好许给他一大笔钱——一千块——而她的判断力却告诉自己，那是一种愚蠢的浪费行为。萨利一连吻了太太六七下，即使这样，仍不能完全表达他的喜悦和感激之情。这种久已生疏的恩爱，触动了亚力克的柔情，使她大大越过谨慎的界限，尚未来得及约束自己，便又许给爱人另外一大笔钱——从剩余的两万遗产在一年内预计净赚的五六万中，再拿出两千给他花。萨利一听，高兴得热泪盈眶，说道："哦，我要抱抱你！"说着便把她搂在怀里，然后拿出备忘录，坐下身来，一边核对急于想要购买的第一批奢侈品，一边嘴里念叨："一匹马——轻便马车——轻便雪橇——盖腿毛毯——漆皮皮鞋——一条狗——高顶礼帽——教堂长椅——机械手表——再镶颗牙——喂，亚力克！"

"怎么啦？"

"算好了没？嗯，这就对了。那两万的投资有出路没？"

"还没有，不用急。我得先考虑考虑，算计算计。"

"你不是正在算计嘛！你这算的是哪门子账？"

"嗨，我得先给从煤矿赚的那三万块找个事干，你说对不对？"

"哇，你脑子真聪明！我怎么就没想到。你算得怎么样了？

算到哪一步啦？"

"没算那么远——就两三年。我考虑再三，想把那三万块分作两次做投资买卖，一次做食油，一次做小麦。"

"哇，亚力克，太好啦！总共能赚多少钱？"

"我想……呃，稳妥的话，大概可以净赚十八万，也许更多。"

"天哪，真是好极啦！谢天谢地！亚力克，咱们历经千辛万苦，终于时来运转啦！"

"哦？"

"我打算取出三百块捐给传教士——咱们真有资格不在乎这点破费！"

"你的行为高尚无比，亲爱的，这正如你的慷慨个性，你是个无私奉献的男人。"

妻子的赞扬让萨利觉得既高兴又悔恨，但他还是说了一句公道话。他说这份功德应该归功于亚力克，不能归功于他，因为若是没有她，他不可能拥有这笔钱。

然后他们来到楼上的卧房，却因狂喜兴奋，忘了吹灭客厅的蜡烛。待到脱衣时，方才想起这事。萨利要让蜡烛继续点着，他说即使蜡烛价值千元，他们也照样买得起。但亚力克却下楼回到客厅，将蜡烛吹灭。

这趟楼下得真叫好，因为她返回卧房时，突然想出一个计划：趁热打铁，将那十八万变成五十万。

三

亚力克订阅的那份小报，每逢礼拜四才出版发行。报纸从提
尔伯里住的那个村镇寄出，需要经过五百英里的路程，才能在礼
拜六送至她的手中。提尔伯里的信是礼拜五寄出的，这位大恩人
的讣告，没来得及在前一天的报上发表。虽说晚了一天，但若在
下一期的报上发表，还得要等好几天。这样一来，福斯特夫妇就
得等上整整一个礼拜，才能知道提尔伯里是否已寿终正寝。那个
礼拜过得实在是漫长，两人的情绪也特别紧张，若不搞点儿有益
健康的娱乐活动缓释一下，他们简直没法熬过这段时光。不过，
他们有的是事情可做，这我在前面已经说过。女人仍在盘算着如
何能赚大钱，男人则一心想着如何花钱——无论如何，都要把妻
子许给他的那些钱全部花光。

礼拜六终于来了，《人物周刊》也如期而至。此时，埃弗斯
莉·班纳特太太正巧也在福斯特家里。她是长老会牧师的太太，
是来动员福斯特夫妇参加一项慈善活动。谈话戛然而止——问题
出在福斯特夫妇这边。班纳特太太很快发现，这一对主人根本没
在听她讲话。她心里纳闷，便起身悻悻离去。她前脚刚一出门，
亚力克便急忙撕开报纸的封套，和萨利一起四目扫视各栏目寻找
讣告。结果却大失所望！因为报上根本没提提尔伯里的消息。亚
力克自幼就是基督徒，迫于教徒的本分和习性，她必须隐忍不
悦。于是她只好打起精神，面露喜色，仿佛生意赚了百分之二的
利润。她虔诚地说道："让我们恭顺地感恩上帝，他还活着，而

且……"

"真该死，不守信用的老东西，我真想……"

"萨利！你太缺德了！"

"我才不管呢！"男人气得回嘴道，"你不也是这么想的嘛？如果你不是道貌岸然假慈悲，也会照实说这种话。"

亚力克的尊严受到了伤害，她回敬道："想不到你会说出这么恶毒而又不义的话来。我怎么就道貌岸然假慈悲啦？"

萨利感到一阵心痛，却极力掩饰，他企图通过改变说话方式，搪塞过去，以挽回自己的局面——就好像只要是原汁，即使味道变了，照样可以瞒过他想要安慰的这位行家。他说道："亚力克，我并无恶意，我不是真的说你道貌岸然假慈悲。我只是说……是说……对了，是习惯性的发慈悲，你知道的，呃……我是说生意人的慈悲。那种……那种……对了，你明白我的意思。亚力克……就是那种……对了，比方说，你把镀金的货物挂出来卖，冒充是足金的，你也知道，你不是故意要干缺德事，而是出于做生意的习惯。这种习惯自古就有，是沿袭旧俗的，它忠实于……忠实于……该死，我找不出合适的字眼，但意思你懂，亚力克，我并无恶意。我把刚才的话重新说一遍。你听着，应该这么说：要是一个人……"

"够了！"亚力克冷冰冰地来了一句，"这种话到此为止！"

"我没问题。"萨利热情地回应，同时抹掉额头的汗珠，貌似感激不尽，不知说什么才好。接着他又若有所思地替自己辩解："我手里当然有三点牌……这我知道……但我吊了对家的牌，却没凑成一副。这是我打牌的弱点。假如我不吊……但我还是吊了。我不可能不吊。我还不够老练。"

萨利承认自己输了一局，所以变得服帖顺从。亚力克望着他，表示谅解。

巨大利益和高额利润，立刻再次成为眼前的头等大事，其他的事不可能一连好几分钟将它掩在幕后。夫妻俩开始猜测报上为何没登提尔伯里的讣告这个不解之谜。他们抱着几分希望，猜来猜去，还是回到了最初的猜测，认为报上没登讣告的唯一合理的解释，一定是提尔伯里还没死，毫无疑问。这事真叫人扫兴，甚至对他俩来说可能还有点儿不公平，但事实就摆在眼前，两人只好认命。他们对此心照不宣。在萨利看来，这好像是天意，奇怪而又不可思议。他觉得这是一件超乎寻常的事，但实际上，在他脑子里，这未必就是一件不可思议的事——他带着情绪说出了自己的想法。如果说他是想要得到亚力克的认同，那他的希望只能落空。因为亚力克即使有想法，也会藏在心里。在市场上，世俗的也好，其他的也罢，她还不习惯干不合时宜的冒险事。

夫妻俩只好等待下周的报纸——提尔伯里的死期显然已经推迟。这就是他们的想法和判断。于是两人只好将此事搁置一边，尽量以良好的心态做各自的事。

其实，在这段时间里，两人都错怪了提尔伯里，只是他们并不知情。提尔伯里很守信用，始终坚守信上的承诺。因为他的确死了，如期而死。他已死了四天多，已适应了死亡。他彻底死了，绝对死了，就和墓地里新埋葬的死人一样。他的死讯本来有充足的时间，发表在那个礼拜的《人物周刊》上，却因一件意外之事被排挤在外。这种事在大都市的报社不可能发生，但在《人物周刊》这类可怜的村镇小报馆却屡见不鲜。事情的起因是：那天的社论版面正在排版时，"霍斯泰特夫妇冰激凌店"突然送来一夸脱[1]免费草莓冰水，编辑为了表达狂热的谢意，决定停印已整版排好的、为提尔伯里升天而作的哀婉悼词，而将他自己临时凑成的感谢之词排版印刷。这样一来，提尔伯里的讣告便给编辑的感谢信腾出了空位。

后来，排字工准备将已排好的提尔伯里讣告的铅字放入预留的活版盘时，却不慎弄乱了版面。不然的话，他的死讯还可以排在接下来的某一期报纸上。因为《人物周刊》从不浪费已排好的"活"材料，只要不发生排错字的事故，那些不朽的材料就会留在活版盘里。但铅字一旦弄乱，材料便如死人一般，再无复活起用之日，付印的机会也将永远一去不复返。这样一来，管他提尔伯里喜不喜欢，就让他在坟墓里发怒去吧，那有什么关系——反正《人物周刊》里再也看不到他的死讯。

四

五个礼拜的日子乏味地过去了。《人物周刊》每个礼拜六如期而至，但始终没登提尔伯里·福斯特的消息。萨利的耐性已彻

1　英美容量单位，约等于一升。

底崩溃，他恼怒地说道："该死的老东西，看来他死不了啦！"

亚力克严厉地指责了他，冷冰冰地正色说道："假如这么难听的话刚从你的嘴里蹦出，你就突然断气，那你会是什么感觉？"

萨利不假思索，随口回道："我会因为没把它憋在心里而感到幸运。"

自尊心使他必须说点什么，可他一时又想不出什么合理的话来，便只好撂下这句，然后开始偷垒[1]——这是他的说法——也就是说，他要从太太的眼皮底下偷偷溜走，免得给她那根棒槌似的舌头唠叨碎。

六个月过去了。《人物周刊》上仍无半点关于提尔伯里的消息。在此期间，萨利曾几次试探，暗示他想知道情况，亚力克却故作不知。后来萨利决心鼓起勇气，冒险采取正面进攻。于是他直言建议，由自己乔装打扮，前往提尔伯里居住的村镇，悄悄打听他的情况。亚力克坚决果断地阻止了这个危险的计划。她说："你想的这是哪出戏？简直把我弄得手忙脚乱！你怎么像个孩子似的，老是让人看管，生怕你走进火堆里。你就原地待着吧！"

"怎么啦亚力克，我能行，不会让人发现的——我有把握。"

"萨利·福斯特，那样的话，你就得四处去打听，这你难道不知道？"

"我当然知道，可那又怎么样？没人会猜到我是谁。"

1　棒球术语，指在击球员没有击出球的情况下，跑垒员成功跑到下一个垒包。

"喂，瞧你这个人，说的什么话！总有一天，你得要向遗嘱执行人证明你没打听过死者的消息。到时看你怎么说？"

他早就忘了死者遗嘱上提到的这个细节。他没有回答，也无言以对。亚力克又说："你就打消这个念头吧，别再折腾啦！提尔伯里给你设了个圈套，难道你不知道？他在守候着你，等着你往里钻呢。不过，他会大失所望的——只要我还在，萨利！"

"哦？"

"只要你活着，就算活到一百岁，也别去打听。答应我！"

"好吧！"他叹了口气，勉强说道。

亚力克的语气缓和了一些，她说："不要急躁，咱们现在的日子过得还算宽裕。咱可以等，不用那么着急。咱那点小小的死收入一直都在不断增加，至于以后的收入，我还从没失算过——那将会成千成万地增加。在咱这个州，没有哪个家庭能像咱家这么兴旺。我们的财源已经开始滚滚而来啦。这你是知道的，不是吗？"

"我知道，亚力克，那是当然。"

"那么，你就应该感谢神为我们做的一切，别再发愁啦。要是没有神的帮助指引，我们不可能取得这么大的业绩，你信不信？"

"呃，这个嘛……我信。"萨利的回答有些犹豫。然后他带着赞赏的口吻，深有感触地说道，"不过，要说帮忙指引，你可用不着谁。你那么精明，无需内行帮忙，照样能发行掺水股，你想蒙骗华尔街，那是举手之劳。要是我真想……"

"喂，闭嘴吧！可怜的人，我知道你没恶意，也并非对神不敬。可你一张嘴就胡说八道，听得人胆战心惊。你老让我担惊受怕。为了你，为了咱这个家，我吃尽了苦头。以前我根本不怕打雷，可是现在，一听见雷声，我就……"

说到这里，她已泣不成声，无法再说下去。见此情景，萨利一阵心痛，遂将她搂在怀里，百般疼爱，千般抚慰。他幡然悔悟，责骂自己，发誓一定痛改前非，并请求她的原谅。他说得那么情真意切，为自己的行为感到难过，准备牺牲一切，以弥补自己的过错。

于是，他将此事暗自思前想后，决心做出个好样子给她看。保证悔改并不难，其实他已做过保证。可这真的管用吗？难道能管一辈子？不可能，只能管一时——他知道自己的弱点，并且难过地暗自忏悔——他无法信守诺言，必须得想一个万全之策。他果真想出一个。他不惜花费多年来一分分积攒下来的钱，买了个避雷针装在房顶。

可是没过多久，他又故态复萌。

习惯是多么神奇！它的培养又是多么快、多么容易——无论是小习惯，还是深刻改变人的大习惯，概莫如是。我们偶然连续两个夜晚都在凌晨两点醒来，难免会感到不安，因为这种偶然现象若一再重复，就会变成一种习惯。酗酒亦然。我们连续喝上一个月的威士忌酒，就会变成一种习惯——这些司空见惯的事，人人尽知。

想造空中楼阁——即喜欢做白日梦的习惯，滋生得如此之快！这简直成了一种奢华的享受。我们稍有空闲，便禁不住它的魅惑，沉醉其中，将灵魂浸润。我们陶醉于虚幻的梦想之中——啊，没错，虚幻生活和物质生活，是如此迅速而又轻易地混杂融合在一起，叫人再也无法分清二者的异同。

不久以后，亚力克又订了一份《芝加哥日报》和一份《华尔街导报》。她把两份报纸认真研读了一个礼拜，眼睛只盯着上面的财经报道。那股认真劲儿，绝不亚于她礼拜天诵读《圣经》。萨利注意到，在预测并掌握物质和非物质市场证券的行情方面，她的才能和判断力已得到迅速稳健的培养和拓展，这令他佩服得五体投地。他为太太闯荡物质股市的胆量和魄力感到骄傲，也为她处理精神事务的沉着谨慎感到自豪。他发现，无论在哪个方面，她都从不丧失理智。她胆识过人，在现世的期货市场上，她经常做短线，而且适可而止，见好就收——而在其他方面，她总是放长线，钓大鱼。她的策略明智而又简单，还向他解释说：她投资现世期货只能算是投机，而投资精神期货才是真正的投资；她投资前者只求有个小赚头，碰碰运气，而投资后者，"赚的可不是小赚头"——她不光要让每一块钱都能翻倍，还要将股票转让过户。

没过几个月，这对夫妻的想象力便得到大力开发。每日的训练使这两台机器扩大了使用范围，提高了效率。结果，亚力克想象中的赚钱速度比当初梦想的还要快，萨利超额花销的能力也直追其承受力。起初，亚力克设想的煤矿投机生意是在一年内完成，她不愿承认，一年的期限有可能缩短为九个月。但那是个弱智加幼稚的想法。她在金融投资方面缺乏指导，缺乏经验，缺乏实践，才会生出这个念头。不久，这些不足之处便得到改善。于是那笔投资九个月便告结束，在她的想象中，一万元的投资背着三倍的利润，趾高气扬地回到家中！

这一天，对福斯特夫妇来说，是个大喜的日子。他们欢喜得说不出话来。这自然也另有原因：通过仔细观察市场的变化，亚力克最近动用剩余的两万元遗产，提心吊胆地头一回做了"定金"风险投机交易。她想象着股票在逐步攀升——市场暴跌随时可能发生——直到后来，她忧心如焚，实在没有耐心——毕竟刚开始学做定金交易，她还不老练——于是她在想象中发电报给想象中的经纪人，叫他赶紧将股票抛售出去。她说能有四万的利润就够了。这笔生意成交的当天，恰逢煤矿投资又给她带来丰厚的回报。如前所述，这对夫妻欢喜得说不出话来。是日夜晚，他俩相对而坐，如痴如醉，欣喜若狂，企图将一个伟大的梦想变成压倒一切的事实：他俩想象中的财富足足有十万美元。情况就是这样。

亚力克从此再也不为定金交易担惊受怕了，至少不必担心自己会因它而失眠、脸色苍白，因为她对这个行业的初次体现已告结束。

那真是个难以忘怀的夜晚。夫妻俩自以为已经实现了发财梦，这种感觉渐渐缓缓注入他们灵魂的深处。于是他们开始筹划如何花这笔钱。假如你是透过这两位梦想家的眼睛来看周围的世界，你就会发现：原来那座整齐的小木屋已不复存在，取而代之的，是一座两层楼的砖房，房前有一道铸铁栅栏。你就会看见：房内客厅的天花板上悬着一盏三灯泡的瓦斯枝形吊灯；原来朴素的碎布地毯已换成高档的布鲁塞尔彩色拉绒地毯——这种地毯价格昂贵，每码一元五十美分。你还会发现：原来普通人家用的壁炉已不翼而飞，取而代之的，是一台精美珍贵的自供大暖炉，上面装着白云母片炉窗，威风凛凛地摆在眼前。除此之外，你还会看见诸如轻便马车、盖膝毛毯、高顶礼帽之类的东西。

从那以后，虽然女儿和邻居看到的仍是原来那座旧木屋，可在亚力克和萨利的心目中，那座房子已变成两层楼的砖瓦房。每天晚上，亚力克都为想象中的煤气账单发愁，而萨利却满不在乎地回嘴，这也给了她一丝安慰："有什么大不了的？咱们付得起。"

发了横财的头天晚上，这对夫妻睡前决定要庆祝一番。他们必须举办晚会——就这么定了。可是，怎么跟女儿和邻居解释？他们不能泄漏发财的事。萨利很想说出去，甚至有点儿迫不及待，但亚力克却头脑冷静，不许他说漏嘴。她说虽然这钱等于已经到手，但最好还是等真正到手再说。她坚持这个方针，决不动摇。必须守住这个大秘密——不能让女儿和外人知道。

夫妻俩左右为难。他们必须庆祝一番，并且已决定下来。可是既然要保密，又有什么可庆祝的？在三个月之内，他们这个家不会有谁过生日。提尔伯里的遗产还没到手，他似乎要永远活下去了，那他们究竟还有什么值得庆贺的事？萨利闪出这个念头。他备受煎熬，焦躁不安。但后来终于心生一计——在他看来，这纯属灵感使然——夫妻俩的烦恼顿时烟消云散。他们就借庆祝发现美洲大陆，来举办一次庆祝会。这个计策太妙啦！

亚力克因丈夫的妙计而感到无比自豪——还说她绝对想不出这个妙计。萨利则窃喜于太太的赞许，并对自己赞叹不已。但他极力不露喜色，还说这个计策其实不算什么，因为谁都能想得出。听他这么一说，亚力克自负地仰起陶醉的头颅，说道："哦，那当然！谁都能想得出——哦，谁都能！比方说，霍桑纳·迪尔金斯就能，也许阿德尔伯特·皮纳特也能想得出——哦，亲爱的，你说得没错！不过，我倒是想叫他们试一试，看能不能想出来。哎哟喂，就算他们能想到去发现一座四十英亩的小岛，我相信他们也没能力办到。至于发现整片大陆，我说萨利·福德特，你最清楚不过，就算他俩累得肝血四溢，也绝对办不到！"

可爱的女人，她最了解夫君的才能。即使恩爱使她稍微高估了他的能力，这种过失也无疑充满了柔情蜜意，究其根源，是可以谅解的。

五

宴会举办得很顺利。老少宾朋欢聚一堂。年少者中有皮纳特家的弗洛茜和格雷茜姐妹，还有她们的兄长阿德尔伯特——他年轻有为，羽翼正丰，是个熟练的白铁工；还有小霍桑纳·迪尔金斯——他学徒期刚满，是个熟练的泥瓦工。一连好几个月来，阿德尔伯特和小霍桑纳，一直对福斯特家的两姐妹，格温德琳和克莱特姆内斯特拉表示爱意。福斯特夫妇看在眼里，暗自欢喜。可是现在，这对夫妻突然觉得原来的欢喜之情已不复存在。他们意识到，随着经济状况的改变，他们的女儿和那两个年轻技工之间，已树起一道社会地位的屏障。两姐妹现在应该把眼光放高一点——而且必须要放高。是的，一定要放高。她们要嫁的男人，级别绝对不能低于律师或者商人。爸爸妈妈会为她们操心，婚姻必须门当户对。

然而，福斯特夫妇却把这些念头和计划藏在心里，没表露出来，因此没给庆祝会投下阴影。他们表露出一种安详高傲的得意神情，以及尊贵的举止和严肃的风度，这使来宾不由心生仰慕，同时也惊叹不已。众人全都注意到这个变化，并且纷纷议论，但谁也猜不出其中的奥秘。这是一件令人惊奇的事，也是一件神秘的事。有几位客人发表了看法，不料却一语中的："他们好像发了大财。"

果然如此，一点儿没错。

大多数母亲可能会照老规矩掌握女儿的婚事，她们准会说些严肃而没分寸的话，将女儿数落一通——结果适得其反，只能招来眼泪和私下叛逆，达不到预期的目的。这类母亲可能还会要求那两个青年技工，别再向她们的女儿献殷勤，从而毁了一段姻缘。可是这位母亲却与众不同。她是个讲求实际的女人，对两个年轻人只字不说，除萨利外，没跟任何人说起这事。听了太太的话，萨利心领神会，对她敬佩有加，遂说道："我明白你的意思。不挑展览品的毛病，以免无端伤了和气，妨碍生意。你只给货款提供高质量的货物，让它自然发展。高明，亚力克，实在是高明，响当当的主意。你要钓的是哪条金龟？选好了没？"

没有，她尚未选好。他们得先了解市场行情——而且言出必行。他们首先考虑并讨论的人选是布雷迪什——他是个初露锋芒的青年律师，然后是崭露头角的青年牙医富尔顿。萨利必须要请这两位来家吃饭，但不是现在。亚力克说，不可操之过急，要静观其变，耐心等待。如此头等大事，必须细水长流，方不失良机。

这果然又是高明之举，因为没出三个月，亚力克又凭着丰富的想象，发了一笔横财，假想的那十万元突然翻了三番。是日夜晚，她和夫君飘飘然如走云端。吃晚饭时，他们破天荒地喝起香槟酒来。当然不是真喝，但因为两人调动了丰富的想象，便与真喝没什么两样。那是萨利的建议，亚力克娇弱地顺从。两人内心深感惭愧不安，因为萨利是禁酒会的干将。每逢丧事，他都系着一条连狗都不看一眼的罩衣。他始终保持理智，坚持自己的主张。亚力克则是"基督教妇女禁酒联合会"的会员，具有钢铁般的意志和坚贞的圣洁。可这下倒好，财富带来的骄傲已开始瓦解两人的意志。他们的生活再次证明了一个已被世人多次证明的可悲事实，那就是：伟大高尚的准则可以防止艳俗低级的虚荣和恶习，而贫穷具有它六倍的功效。净赚四十万啊！他们又说起女儿的婚事，却只字不提律师和牙医。那两个后生已被淘汰出局，取消了资格。夫妻俩谈论起猪肉罐头商的儿子和镇上银行家的儿子。可是后来，他们决定还像上次那样，先等上一阵，再做打算，需谨慎行事，以求稳妥。

好运再次眷顾这对夫妻。一直关注市场行情的亚力克，瞅中一个风投的大好时机，进行了大胆投资。接下来的日子里，她整日战战兢兢，疑虑重重，惴惴不安，坐卧不宁。因为失败意味着彻底破产，别无选择。后来终于有了结果，亚力克狂喜不已，几乎晕厥。她难以控制自己的声音，说道："悬着的心终于放下啦，萨利——咱们现在足足有一百万元！"

萨利感激得泪流满面，说道："哦，伊莱克特拉，宝贝女人，我的心肝，咱们终于自由了。财源滚滚而来，再也不用省吃俭用。这下该喝凯歌香槟[1]啦！"接着，他拿出一品脱[2]云杉啤酒，牺牲一回，继续说道："管他贵不贵！"她则眼眶湿润，面带喜色，温柔地将他数落了一通。

于是他们将猪肉罐头商的儿子和银行家的儿子束置高阁，开始打起州长的儿子和国会议员的儿子的主意。

六

从此以后，福斯特夫妇幻想中的财源滚滚而来，若我再详

1　创建于 1772 年，是深受王室贵族及名人雅士喜爱的品牌，也是全球最美味的香槟酒。

2　英美等国容量单位，约等于 500 毫升。

细叙述，读者听来不免有些乏味。总之，他们的财富多得令人啧啧赞叹，令人眼花缭乱，令人头晕目眩。亚力克手摸之处，立马变成金灿灿的黄金，堆积如山，照耀苍穹。千百万元的财富滚滚而来，那条流金大河仍在不断咆哮奔涌，巨流一直不断加大。五百万——一千万——两千万——难道永无止境？

两年倏忽而过，在此期间，福斯特夫妇欣喜若狂。他们沉醉于幻想之中，几乎觉察不出时光飞逝。如今他们已拥有三亿美元资产，并成为全国各大联合企业的董事。随着时光推移，数以百万计的财富仍在不断积累，一次五百万，一次一千万。这钱来得太快，他们几乎来不及点。三亿元翻了一番——又翻一番——再翻一番——复翻一番。

总计二十四亿元！

此时生意有些混乱，需将股票记账，加以厘清。福斯特夫妇心里明白，感觉这是当务之急，知道这事亟待解决。但他们也清楚，这事要想妥善圆满完成，就得自始至终坚持到底，不能中途停止。这是连续十个小时的工作量。可他们上哪里去找一连十个小时的空闲时间？萨利每天整日忙忙碌碌，卖针卖糖，卖印花棉布。亚力克天天从早到晚忙着不停，既要烧饭洗碟盘，又要扫地整床铺，连个帮手都没有。因为两个女儿一直娇生惯养，准备将来进入上流社会。福斯特夫妇知道，有一个办法可让他们抽出一个小时的空闲，而且是唯一的办法。但两人都不好意思说出来，双方都等着对方开口。后来萨利说道："总得有人做出让步，那就让我来。既然我要说，就不管那么多，我要大声说出来。"

亚力克羞得满脸通红，心里却感激不尽。他们再无他话，便已开始堕落。堕落到如此地步——竟然破了安息日[1]的戒律。因为唯有这一天，他们才能抽出一连十个小时的空闲。这样一来，他们在堕落的道路又往前迈出一步。接下来，他们还要迈出更多步。巨额财富具有强大的诱惑力，注定要破坏不习惯掌握财富者的道德结构，这是确定无疑的事实。

他们拉下遮阳窗帘，破了安息日的戒律。经过一番艰苦而耐心的脑力劳动，两人将所持股票清查一遍，列出一个清单。那一长串赫赫大名令人望而生畏！先是铁路系统公司、汽船公司、美孚石油公司、跨洋电缆公司、稀声电报公司，以及其他所有公司；后是克朗代克金矿、德比尔斯钻石矿、塔慕尼协会[2]的赃款，以及邮政部内不可告人的优先股。

二十四亿，全部安全投入可生息的金边股这种好去处。年收入一亿二千万。亚力克娇喘微微，喜上眉梢，遂问夫君道："够了吧？"

"够了，亚力克。"

"接下来该怎么办？"

1　据《圣经·旧约全书·创世记》载，上帝于六日内创造天地万物，于第七日完工休息。犹太教尊这天为圣日，也叫安息日（即自星期五日落至星期六日落的一昼夜时间）。这一日礼拜上帝，不工作。基督教以星期日为安息日，又称主日。

2　是美国民主党在纽约市的一个很有势力的政治组织，创建于 1789 年，由一个慈善机构发展而来，19 世纪贪污成风，大搞腐败政治。

"不再要新牌。"

"你是说退出生意场？"

"正是。"

"我同意。好事已经办完，咱们要休息一段时间，好好享用这些钱。"

"这就对啦！亚力克！"

"对啦，亲爱的？"

"这些收入咱们能花多少？"

"全都能花。"

夫君闻听此言，仿佛千金锁链从手脚脱落。他一言不发，飘飘然无力说话。

从此以后，一到安息日，他们便打破戒律。头几步一旦迈错，事关重大。每逢礼拜天，他们一做完晨祷，便开始编织一整天的白日梦——想着法子花销，并将这种甜蜜的挥霍持续到午夜过后。每逢降神会 [1]，亚力克都大肆挥霍，将数百万元用于大型慈善活动和宗教事业。萨利也挥霍同样的数额，而且最初还能说出各种开支的具体名目。但也只是最初能说出而已。后来那些开支名目渐渐模糊不清，最终淡入"杂项"。这样一来，各杂项开支全部安然变成说不清名目的开支。萨利开始败家了。数百万元的用度——用于购买蜡烛——严重增加了家庭开支，这让亚力克极不舒服，并为此担忧过一阵。然而没过多久，她便不再担忧，

1　一种以鬼魂附体者为中心人物，设法与鬼魂通话的集会。

因为她已没理由担忧。有的只是痛心、悲伤和羞愧，但她装聋作哑，因此她也成了帮凶。萨利开始偷窃店里的蜡烛，这已成为家常便饭。巨财之于不惯持之者，犹如毒药，可侵肉蚀骨，使人丧德。福斯特夫妇贫穷时，别人即使将无数支蜡烛委托给他们看管，也值得信赖。可如今他们——还是就此打住吧！从蜡烛到苹果，只有一步之遥：萨利又偷起店里的苹果来；继而又偷肥皂；然后又偷枫糖；后来又偷罐头食品；最后又偷陶瓷器皿。人一旦走上堕落之路，就容易越走越堕落！

与此同时，福斯特夫妇的其他财产也像里程碑一样，矗立在他们走向发家致富的金光大道上。在他们的幻想中，原来那座虚构的砖瓦房已不复存在；取而代之的，是一座棋盘状双斜坡屋顶的花岗石大厦；不久，花岗石大厦又让位于富丽堂皇的宅府——不断升格，越发气派。一座座空中楼阁凌空而起，越来越高大，越来越宽敞，越来越精美。它们渐次消失而被其他楼阁取代。直到后来，在盛大的日子，我们的梦想家终于在幻想中住进一座远离尘埃的华丽大宫殿。它矗立在绿树成荫的山巅，俯瞰一派壮丽景象：有河谷川流，层峦叠嶂，笼罩在淡淡的薄雾中——一切均属私有，全是两位梦想家的财产。宫殿里充斥着身穿制服的仆人，更有名声显赫的国内外权贵宾客，一律来自世界各国的首府。

这座飘渺遥远的宫殿，正对着初升的太阳，远得不可计量，就像天文数字。它坐落在罗德岛州的新港，是"上流社会的圣地"，更是难以言喻的"美国贵族领地"。每逢安息日，做完晨祷后，他们照例要在这座华丽宫殿里待上一段时间，然后便去欧洲游玩，要么驾着私人游艇在海上巡游。他们每周有六天时间，都因经济拮据，在破败的湖滨镇边，过着潦倒辛酸的现实生活。可是一到第七天，他们便入仙境——这已成为他们的日程和习惯。

在严格受限的真实生活中，他们一如既往——埋头苦干，勤勉谨慎，脚踏实地，省吃俭用。两人依然效忠那个规模不大的长老教会，并为它的利益竭诚努力，全心全意奉行那些崇高而严苛的教义。而在梦想的生活中，他们却经不起幻想的诱惑，无论是些什么诱惑，也无论幻想如何变化。亚力克的幻想并非变化多端，反复无常，而萨利的幻想却四处飞扬，漫无边际。在梦想的生活中，亚力克倒向圣公会阵营，因为那里的官衔大；继而她又加入高教会派，因为教堂里的烛光夺目耀眼；后来她又皈依天主教会，因为那里有红衣主教，而且烛光更亮。但这些宗教信仰历程，在萨利的梦想中却荡然无存。他梦想中的生活，永远光辉灿烂，兴奋持续不断。他要频繁改头换面，让生活的方方面面都保持亮丽光鲜，而不仅仅是在宗教信仰方面。他干起宗教的事很卖力，就像换衬衣一样随便。

福斯特夫妻在幻想中挥金如土，他们挥霍始于发迹，随着财富的积累，越来越铺张浪费，不久便极尽奢靡。每个礼拜天，亚力克都要建一所大学，办一所医院，开一两个罗顿旅店，造一批小教堂，有时还要盖一座大教堂。有一回，萨利不合时宜地开了一句不当的玩笑："那天因为天气寒冷，你才没运走那一船传教士，派他们去说服没头脑的中国人，叫他们拿24克拉纯金的儒家思想，交换伪造的基督教。"

这句粗鲁无情的话让亚力克颇感痛心，她哭着鼻子走开了。萨利见此光景，心里十分难受，他羞愧难耐，真想不顾一切，收回那句不敬的话。可她竟无半句责备之言——这让他心如刀绞。她也没给他提半句建议，叫他反省一下自己的过往——可是，哦，她本来完全可以给他提一大堆严肃的意见！她宽大的沉默，无异于复仇反戈。因为这使他反躬自忖，唤起脑海中一连串幽灵般的画面，这几年他在无限繁华中经历的一幕幕情景，活生生地浮现在眼前。他坐在那里回顾过去，感到脸颊发烫，心中充满耻辱。看看她的人生——何等正直，一心向上；再看他自己的一生——多么轻浮，充满卑鄙的虚荣；又是多么自私，多么空虚，多么可耻！再看他一生的运势——从不上升，反而下沉，一直往下堕落！

他拿自己的经历和她的经历做了一番对比。他曾给她挑过毛病——他心里这么想着——而他！他该如何为自己申辩？她造第一座教堂时，他在干什么？他在召集其他游手好闲的千万富翁，组成一个"扑克俱乐部"，以此玷污自己的宫殿，而且每场牌局都输掉几十万元，还糊涂地引以为傲，以为人家仰慕他的名声。她建第一所大学时，他在干什么？他在和其他腰缠万贯、人格贫贱的纨绔子弟同流合污，背着她寻欢作乐，挥霍无度。她办第一个弃儿收容所时，他在干什么？唉！她在筹划高尚的"性别净化协会"时，他在干什么？在干什么啊？当她与"妇女禁酒联合会"和"妇女战斗团"以势不可挡之势，从国土上扫除酗酒灾害之际，他在干什么？他每日醉三回。当她作为百座大教堂的建造者，罗马教皇向她致谢，表示欢迎，给以祝福，授予金玫瑰荣誉胸章 [1] 之时，他又在干什么？他在蒙特卡洛输得精光。他不再去想。他不能继续往下想，因为他经受不起。他站起身来，嘴角紧抿，神情坚毅：他的隐私生活应该曝光，应该向她坦白，他再也不能偷偷摸摸苟且下去，他要去把一切全都向她交代。

他果然想到做到。他向她交代了一切，哭泣哀叹，将泪水洒在她的胸前，请她原谅。她听得瞠目结舌，突如其来的打击，让她大惊失色。可他毕竟是她的男人，她的心头肉，她的眼中福，她的全部，她不能拒绝他的任何要求，于是便原谅了他。她感觉到，以后他再也不会像从前那样待她了。她知道他只会悔恨，不会悔改。然而，就算他不知廉耻，道德沦丧，可他难道不是自己的男人，自己的爱人，自己毕生崇拜的偶像？她对他说，她就是他的奴隶，他的奴婢。于是她向他敞开渴望的心扉，接纳了他。

七

这件事过后，一个礼拜天的下午，他们驾着梦想中的游艇，在夏日的海上游玩。两人悠闲自得地躺在后甲板的遮阳篷下，各自忙着想心事，谁也不说话。近来他们沉默的时间在不觉中越来越频繁。往日的亲密和赤忱，已逐渐消退。萨利暴露的可怕隐情，对亚力克影响至深。她曾极力想将它忘却，却挥之不去。羞

1　按照玫瑰花样式设计制造的金制饰物，教皇用以赠送信奉天主教的君主等。

辱和苦恼正在侵蚀她优美的梦幻生活。现在她心知肚明，一到礼拜天，丈夫就变成一个讨厌的醉鬼。她对此不能视而不见。可是最近，一到礼拜天，她再也懒得理他——如果她能做到的话。

可是她呢——难道就没有过失？唉，她知道自己的过错。她待他不诚实，对他隐瞒了一个秘密，并为此痛苦不迭。她违背了他们之间的协议，把他蒙在鼓里。因为她禁不住强烈的诱惑，又做起生意来。她曾孤注一掷，以全部家财作为抵押，买下全国所有的铁路网络和煤矿钢铁公司。如今每逢安息日，她无时无刻不战战兢兢，生怕一不小心说漏了嘴，被他发现真相。她因自己的背信而自责悔恨，心中不由对他产生怜悯之情。见他躺在那里，醉眼蒙眬，洋洋得意，对她毫无猜疑，她深感惭愧。他对她从不猜疑——可怜巴巴地完全信赖她，而她却用一根线在他头顶上方悬挂着可能是毁灭性的灾难……

"我说……亚力克？"

萨利冷不丁这么一问，使她回过神来，并因内心不再自责而深感庆幸。于是她仍像往日那样，柔声细语地回应道："说吧，亲爱的。"

"你知道吧，亚力克，我觉得咱俩犯了个错误——可以说，那是你的过错。我指的是女儿的婚事。"他坐起身来，胖得就像一只青蛙，而且慈眉善目，活像一尊青铜佛像，说得那么认真。"你想想看——都五年多了。你从一开始就坚持同一个策略：每次都要抬高五个点。每次我认为该办婚事了，你都要等更好的人选，让我一次次失望。我觉得你太不知足。总有一天，咱们的女儿会落单的。咱们先是拒绝了牙医和律师的求婚。那倒没什么——是明智的选择。接着又拒绝了银行家和猪肉商的儿子——那也没错，也算明智。然后又拒绝了国会议员和州长的儿子——我承认，这也正常。后来又拒绝了参议院的儿子和副总统的儿子——这也完全正确，因为这两个小官并不长久。最后你又意在贵胄子弟。我以为咱们终于钻到石油，飞黄腾达了——没错，将要跻身四百家富豪之列，和古已有之的世家联姻。他们尊贵神圣，难以言喻，具有一百五十年的悠久历史，早已洗净一个世纪前他们祖先身上的咸鳕鱼和臭皮毛味，如今醇香四溢，再也无需每天劳作，玷污门楣。后来呢！当然是女大当婚。但还不行！后来又从欧洲来了两个真正的贵族，可是你嫌人家血统不正，很快把人家拒之门外。亚力克，这实在让人扫兴！从那以后，求婚的人纷至沓来！为了两个男爵，你谢绝了两个准男爵；为了两个子爵，你谢绝了两个男爵；为了两个伯爵，你谢绝了两个子爵；为了两个侯爵，你谢绝了两个伯爵；后来为了两个公爵，你又谢绝了两个伯爵。我说，亚力克，收手吧！——你已经玩到极限了。你已经得手，有了四个公爵，该一锤定音了。他们分属四个国家，威震四方，体格健壮，血统纯正，但全都债台高筑，家徒四壁。他们身价百倍，但我们负担得起。来吧，亚力克，别再拖延了，别再迟疑不决了。你来统筹安排，让女儿们自己挑吧！"

萨利指责她的婚姻策略时，亚力克踌躇满志地报以温柔一笑。她的眼眸里闪出喜悦的光芒，仿佛透出一股略带惊讶的得意神色。她故作淡定，说道："萨利，你觉得王室……怎么样？"

真是奇思妙想！可怜的人，他一听傻了眼，一下跌倒在游船的龙骨翼板上，小腿上的皮也让吊锚架给擦破了。他感到头晕目眩，挣扎了半天才站起身来，踉踉跄跄走到妻子身边坐下来，矇眬的眼眸里流露出往日的崇拜，脉脉含情地望着她。

"天哪！"他热情洋溢地说，"亚力克，真了不起——你是全世界最了不起的女人！你这一身的本领，真是深不可测，我这辈子都学不来。我还以为有资格批评你的计划呢。我吧！唉，我只要静下心来想一想，就知道你有的是锦囊妙计。好了，亲爱的心肝宝贝，我已经急不可耐了——快把你的想法告诉我吧!"

受宠若惊的女人，高兴地把嘴唇贴近丈夫的耳朵，悄声说出王子的名字。他乐得喘不上气来，脸上泛起狂喜之色。

"天啊！"他说，"那真是个出色的对象！他有一个赌场和一块墓地，还有一个主教和一座大教堂——全都属于他。他还有金边股票，每一只的利润都是五倍，这在欧洲是最可观的无形财富。再说那块墓地——那是天下百里挑一的风水宝地，只有寻短见的人才有资格埋在那里。没错，就是，免费入葬的名单一直还没敲定。那个公国虽说并无多少土地，但光是墓地就有八百英亩，外加周围的四千二百英亩，已经不少了。而且还是个主权国——这是关键所在。土地不算啥，到处都有。撒哈拉的土地铺天盖地，所以让人不知西东。"

亚力克容光焕发，喜不自胜。她说："你想想看，萨利，除了欧洲的王室和帝王之家，这个家族从来不和别的人家通婚。将来咱们的外孙就要登上御座啦！"

"的确如此，亚力克——他还可以手握权杖，运筹帷幄，就像我摆弄一把码尺一样，轻松自然，从容不迫。那可真是个好对象，亚力克，他已成为我们的囊中之物，跑不掉啦，对吧？你没因为他而付保证金吧？"

"没有，这你放心。他是资产，又不是债务。另一位也同样如此。"

"他是谁，亚力克？"

"是西吉斯蒙德·齐格弗里德·劳恩费尔德·丁克斯皮尔·施瓦岑伯格·布拉特沃斯特殿下，卡岑雅玛世袭大公。"

"不可能！你说的这位绝不可能。"

"绝对是，就像我坐在这里一样，确定不移，我敢向你保证。"

他一听，心里甜蜜满溢，一阵狂喜，把她搂在怀里，说道："这一切听来多么奇妙！多么美好！那是古日耳曼三百六十四个诸侯国中最古老最高贵的一个，也是被俾斯麦[1]削平后，准予保留王室财产的为数不多的一个封地。我知道那是个农场，曾经还去过那里。那里有一个制绳厂和一个蜡烛厂，还有一支部队。部队是常备军，有步兵和骑兵，比例是三比一。亚力克，我等了好久了，经常伤心失望却一直盼望。不过，老天有眼，现在终于能开怀大笑了。我真高兴，多亏有你，我的宝贝，这全是你的功

1　即奥托·冯·俾斯麦（1815–1898），普鲁士宰相兼外交大臣，有"铁血首相"之称。

劳。日子定在哪一天？"

"下个礼拜天。"

"好，咱们要把婚礼办得热热闹闹，就像王室婚典那么隆重，这才符合高端气派的王室风范。照我的理解，只有一种姻缘，才具有王室独享的神圣，那便是'贵贱联姻'。"

"怎么会有这个说法？"

"我也不知道，反正这是王室的说法，也只有王室才这么说。"

"那咱们也必须这么办。而且——我一定要把婚礼办好。要么贵贱联姻，要么不结婚。"

"就这么说定了！"萨利高兴得搓手说，"亚力克，这在美国将是破天荒的头一回，会让全新港的百姓眼红。"

然后他们又沉默不语，开始扇动梦想的翅膀，飞往地球的远方，邀请各国君王和皇亲国戚参加婚礼，并发给他们路费。

八

接下来的三天里，夫妻俩飘飘然，仿佛踩着祥云一般。两人对周围的一切浑然不觉，眼前所见，朦胧不清，仿佛隔着一层面纱。他们沉浸在梦幻中，对别人的话置若罔闻。就算听见了，也没听清，结果不是问非所答，便是信口回答。萨利卖糖浆时，竟然用秤称；卖糖时，又拿尺子量；人家要买蜡烛，他却递上肥皂。亚力克则把小猫当成了待洗的衣物，她本来要给小猫喝牛奶，竟把牛奶倒在衣物上。人们见状大惊失色，惊奇不已。大家纷纷窃窃私语："福斯特夫妇究竟是怎么啦？"

三天之后，大事来临！事态有了可喜的转变。接下来的两天两夜，亚力克想象中买进的股票一直在不断攀升。攀升——攀升——继续攀升！已经超过成本点。攀升——攀升——继续攀升！已经高出成本五个点——十个点——十五个点——二十个点！巨大的风险投资，现已净赚二十个点的利润。在亚力克的想象中，她的经纪人正在长途电话里向她疯狂叫嚷："抛吧！抛吧！看在老天的份上，快抛吧！"

她把这个特大喜讯透露给萨利，他也劝她："抛吧！抛吧——啊，千万不能铸成大错，整个地球都是你的啦！——抛吧，快抛吧！"但她却昂首挺立舟中，磨练自己钢铁般的意志，说她宁死也要守住，让它再涨五个点。

然而，这却是个致命的决定。就在次日，股票市场出现史无前例的毁灭性暴跌，华尔街彻底崩溃，所有金边股票在五日内跌了九十五个点，亿万富翁一夜间变成鲍厄里[1]街头讨吃的乞丐。亚力克把股票紧紧攥在手中，迟迟不抛，但最后的呼叫终于让她无力抵抗，想象中的经纪人出卖了她。此时（不到此时誓不罢休），她已丧失男子气概，又被女人的本性所支配。她搂住丈夫的脖子，哭诉道："都怪我，别原谅我，我受不了。咱们成了穷人！穷人，真是不幸。女儿的婚礼永远没戏了，一切全完了。现

1　纽约市的一条街，以许多低级旅馆、廉价酒吧和乞丐而著称。

在咱们就连牙医都请不起了。"

萨利的嘴里吐出辛辣的指责："我叫你抛，可是你……"他的话只说了一半，因为他不忍心给她那颗破碎而悔恨的心再增添一丝伤害。一个高尚的思想涌上他的心头。他说："你要坚强，我的亚力克，还没彻底损失！我伯父留下的那笔遗产，你投资时其实从没动用一分。你所投入的，只是没兑现的未来资本。我们损失的，不过是凭着你对金融的无比英明判断，从未来资本中获得的增值而已。振作起来，不要悲伤，我们还有三万元一分没动。你已积累了经验，想想看，一两年后，你能靠它赚多少钱啊！女儿的婚事并没有泡汤，只是推迟而已。"

这番宽慰的话，在亚力克听来，多么情真意切，犹如电流一般，触动了她的心弦。她不再流泪，精神又高涨到极点。她目光闪烁，心怀感激，举手发誓，预言道："现在我在此宣布……"

可是，她的话却被一位来访者打断。此人便是《人物周刊》的编辑和主办。他正好来湖滨镇探望他的一位行将就木的无名祖母，以尽孝心，便在悲哀之余，顺便办事，于是特意前来拜访福斯特夫妇。因为他俩在过去的四年里一直忙于别的事务，忘了交付报纸订阅费，结果欠下六元钱。没有谁能比这位客人更受欢迎，因为他对提尔伯里伯父的情况了如指掌，肯定知道他大概何时入土。他们当然不能直接打听，否则将会失去那笔遗产，而只能通过拐弯抹角的试探，来获得想要的结果。但这个计谋没能得逞。因为编辑反应迟钝，并不知道他俩是在向他试探。然而后来，靠心计未能达成的事，终于凭着运气获得成功。为了阐明所谈之事，这位编辑需要借助比喻的说法。他说："天哪，这和提尔伯里·福斯特的事一样难办——我们那里都是这么说的。"

这话说得太突然，让福斯特夫妇猛地一惊跳起来。编辑见状，歉意地说道："我并无恶意，你们放心。不过是句俗语，开个玩笑罢了，呃……没什么含义。他是你们的亲戚吧？"

萨利压制住心中焦灼的渴望，装作若无其事的样子，说道："我……呃，我也不知道。不过，我们听说过他。"

编辑感到欣慰，又恢复了镇定。萨利问道："他……他……还好吧？"

"能好吗？唉，老天保佑，他五年前就死了。"

福斯特夫妇虽然内心感到十分喜悦，却装作难过得浑身颤栗。萨利闪烁其词，试探道："啊！唉，人生就是这样，谁都难免一死——就连富人的命也保不住。"

编辑笑着说道："假如你所说的富人，也包括提尔伯里在内，那就错了。他不名一文，镇上的人只好把他给埋了。"

福斯特夫妇呆坐在那里，一时不知所措，浑身发冷。萨利脸色发白，柔声问道："真的？难道这是真的？"

"是啊，当然是真的！我是其中的一个遗嘱执行人。他只留下一辆独轮手推车，说是要送给我。车没轱辘，不能用。但好歹是个东西。所以，为了了结这件事，我就胡乱给他写了几句讣告，本来打算登在报上，却让别的内容给挤掉了。"

他的话，福斯特夫妇一句都没听进去——他们的脑袋就像装满苦酒的杯子，再也容不下其他。两人垂头丧气坐在那里，痛心疾首，对一切已毫无知觉。

一个钟头过去了，两人依然坐在那里，低垂着头，一动不动，一声不吭。客人早就走了，他俩竟毫无察觉。

后来他们终于有了动静，疲惫地抬起头来，愁绪满怀，相顾无言，恍如梦中，茫然若失。不久，他们又像两个孩子似的，不着边际地胡言乱语。有时话只说了一半，突然陷入沉默，好像不知所言，又仿佛忘记所言。有时他们从沉默中醒来，意识迷离，瞬息万变，依稀记得脑子里曾经有过的荒唐之念。然后又默默无言，绸缪缱绻，温柔地抚摸对方的手，表示同情和支持，仿佛是在倾诉："有我在身边，共度患难，永不分离。总有解脱之地，让你忘掉忧伤；总有埋骨之所，让你永享安宁。要有耐心，为时不远。"

他们又活了两年，在疯狂的夜晚苦思冥想，沉浸在莫名的悔恨和悲伤的梦中，一言不发。后来，两人终于同日得到解脱。

临终前，蒙在萨利那颗破碎的心上的阴影逐渐散开。他说："靠不义手段突发的横财，就像一个陷阱，对人毫无益处。狂热的欢乐转瞬即逝，但为了意外之财，我们却放弃甜蜜单纯的快乐生活。"

他闭上眼睛，静静地躺了一会儿。随着死亡的寒气渐渐逼入心脏，他的大脑也慢慢失去知觉。他喃喃自语："钱财让他苦恼，他却报复我们。我们又没害他。他实现了遗愿：用卑鄙奸诈的手段暗算我们，留给我们三万块钱，知道我们会设法用它赚钱，结果毁了我们一生的幸福，让我们肝肠寸断。假如他没花钱寄来那封信，我们就能超越发财的欲望和投机的诱惑。善良的人是不会干那种事的。他是个心胸狭窄、缺乏怜悯、没有……"

发表于1904年

竞选州长

几个月前，我作为独立党的一员，被提名为纽约州州长候选人，与斯图尔特·伍德福德和约翰·霍夫曼竞选州长。不知为何，我总感觉自己有个优势明显大于这两位先生，即我品行端正。从报纸上容易看出，即使他俩曾经知道享负盛名何等重要，那也成为过往之事。近几年来，他俩分明对于各种无耻行径已习以为常。可就在我赞赏自己的优势并暗自窃喜之际，却有一股浑浊的暗流在我快乐的心底涌起，让我浑身不爽——那就是，我无奈听说我的令名给人随意拿来与他俩的臭名相提并论并四处传扬。我心里越来越烦闷，后来写信给我祖母，跟她说起这事。她的回信又快又干脆。她在信中写道：

　　你这辈子从没做过一件丢人的事——绝对没有。看看报纸——看了报纸，你就知道伍德福德和霍夫曼是什么货色。然后仔细斟酌，看你是否愿意将自己降至他俩的水平，和他俩公开竞争。

我也正有此意！那天晚上，我片刻不得安睡。但事已至此，我不能退缩。既然我已投身竞选运动，就必须勇往直前，奋力争夺。次日早饭时，我无精打采地翻阅报纸，正好看到下面这段文字，老实说，之前我从未如此诧异：

胡作伪证——既然马克·吐温先生已作为州长候选人站在公众面前，或许他该纡尊降贵，如实"回答"自己因何于一八三六年在交趾支那的瓦卡瓦科，被三十四名证人指控犯有伪证罪。其伪证的意图，是想从当地一位贫苦遗孀及其失怙儿女手中，抢夺一块贫瘠的车前草地，那是丧亲母子凄凉生活的唯一源泉和依靠。马克·吐温先生必须将此事交代清楚，才对得起他本人，对得起他要求投票给他的广大民众。他是否会如实交代？

我惊愕不已，感觉肺都要炸裂！竟有如此毫无人性的诬蔑！我从没到过交趾支那！从没听过瓦卡瓦科！我连袋鼠都不知道，更何况是车前草！我真不知如何是好。我气得发疯，却又无可奈何。那天我根本无心做事，就那么浑浑噩噩地度过。次日清晨，同一家报纸上刊登了下面这条消息——仅此而已：

众目昭彰——吐温先生对交趾支那的伪证行为闭口不谈，居心叵测，这将引起民众的注意。

（备注：在竞选活动后期，这家报纸每提到我，必称我是"无耻的伪证人吐温"）

接下来，《公报》上刊登了下面这段文字：

愿闻其详——新任州长候选人是否愿意委曲求全，将下述小事的实情向为其投票、受尽煎熬的同胞公民澄清：在蒙大拿时，他的同屋室友们经常丢失一些贵重的小物品，后来这些东西总在马克·吐温先生身上或其"手提箱"（即他包裹随身用品所用的报纸）中找到。出于对他的一番好意，室友不得不给予他友善警告，往他身上涂抹柏油，粘满羽毛，令他骑木杠游行示众，奉劝他永远离开他平时占据于棚屋的床铺。关于此事，他能否细说端详？

难道世间还有比这更居心不良的恶意中伤？我这辈子从未去过蒙大拿州（从此以后，这家报纸总是习惯性地将我称作"蒙大拿的小偷吐温"）。后来，我一拿起报纸就惶惶不安，好像一个人想掀开毛毯睡觉，却担心底下可能藏着一条响尾蛇。有一天，我又看到下面这段文字：

谣言不攻自破——根据五点区[1]的迈克尔·奥弗拉纳根和

1　位于美国纽约市曼哈顿，其名称来源于三条相互贯通的街道所形成的五个拐角。

沃特街的基特·伯恩斯及约翰·艾伦三位先生宣誓过的证词，现已证明马克·吐温先生曾诬蔑我党德高望重的旗手约翰·霍夫曼令人哀痛的已故祖父，说他因拦路抢劫被处以绞刑。这种毫无人性的无端捏造，纯属捕风捉影，没有丝毫事实根据。为了获取政坛功名，采用如此卑鄙的手段，诋毁沉眠于青冢的亡灵，诽谤玷污其一世英名，这叫有德之人看了实在痛心。想到这卑鄙谣言定会给死者的无辜亲友造成的巨大悲恸，我们几乎迫不及待地鼓动被侮慢的愤怒民众，对诽谤者断然采取非法的报复行动。但我们不会这么做！就让他遭受撕破良心的痛苦煎熬去（不过，假使民众情绪过于激动，在盲目的愤怒中给诽谤者造成人身伤害，陪审团也不能给他们定罪，法院亦不能处罚他们，因为这分明是一种过失行为）。

末尾那句话标新立异，立竿见影。当晚就有一帮"被侮慢的愤怒民众"从我家的前门涌入室内。我仓皇下床，从后门逃之夭夭。那帮正义之师义愤填膺，一进门就砸烂家具，捣毁窗户，撤离前还把凡能拿动的财物全部拿走。但我可以手按《圣经》发誓，我从没诽谤过霍夫曼州长的祖父。不仅如此，直到那天为止，我从没说过他的祖父，我自己也从没提过那个死人（随便说一下，从那以后，上述报纸一直将我称为"盗尸贼吐温"）。

接下来，报上登了这篇文章，又引起我的注意：

可爱的候选人——在昨晚召开的独立党群众会议上，马克·吐温本应发表一次恶语中伤的演讲，但他竟未到场！医生发来电报，说他被一辆狂奔的马车撞倒，腿部两处骨折，伤者正躺在床上，极度痛苦，以及诸如此类的无稽之谈。对这个卑鄙的托辞，独立党人极力曲意迁就，并且故作不知他们称为旗手的放荡之徒缺席的真正原因。据目击者说，昨夜有个醉鬼东倒西歪地闯入吐温先生下榻的宾馆。独立党人责无旁贷，必须证明这个醉鬼并非马克·吐温本人。我们终于抓住他们的把柄！此事不容回避。民众的呼声如雷贯耳："那个醉汉究竟是谁？"

我的大名竟和可耻的醉酒嫌疑者绑在一起，一时简直令人难以置信，真是太不可思议！我有整整三年从没尝过一口麦芽酒、啤酒、葡萄酒或是别的什么酒（说起当时看见那家报纸在另一期上给我封了一个"酒疯子吐温先生"的绰号，我竟没有一丝痛苦——虽然我明知它将始终不渝如此戏称我，直到永远——这足见时势给我打下什么烙印）。

这段日子，匿名信纷至沓来，已成为我信件的重要部分，如下诽谤司空见惯：

被你一脚踹开的那位老妇现在如何……
爱管闲事的波尔

还有下面这条：

你暗地里干过的那些好事只有天知我知。最好给你这位
真诚的朋友打赏几块钱，不然你会听到报上的传言……

随叫随到的安迪

大致就是这个意思。如果读者还想继续看，我也可以继续列
举，直教你发腻为止。

不久，共和党的主要报刊给我"定了"一条大肆行贿受贿的
罪状，民主党的先锋报纸则把一宗敲诈勒索大案"栽赃"在我身
上（就这样，我又获得两条罪状：龌龊的腐败分子吐温，可恶的
勒索罪人吐温）。

这时舆论已开始嚣张，要求我"如实交代"被控告的各条弥
天大罪。我党的报刊编辑和领袖们也奉劝我说，如果我再保持沉
默，政治前途将会断送殆尽。就在次日，一家报纸又刊登了下面
这段文字，看来他们已迫不及待，欲将我告上法庭。

看，竟有这号男人！——独立党的候选人至今保持沉
默，因为他不敢声张。一切对他的指控，都证据确凿。此人
一贯巧言令色，如今却缄默不语。这一再证明他犯有那些
罪状。自今日起，他将永远认罪服法。独立党人，看看你们
这位候选人！看看这位臭名昭著的伪证人！这位蒙大拿的小
偷！这位盗尸贼！好好看看你们这位酒疯子的化身！这位龌
龊的腐败分子！这位可恶的勒索罪人！凝神细看——将他好
好端详——然后再说你们是否发自内心，想把选票投给这个

恶贯满盈的贼人！他欺世盗名，获得一连串不光彩的头衔，却不敢张嘴否认！

　　凡此种种人身攻击，实在无法摆脱。我只得忍辱含垢，准备"回应"那一大堆无中生有的指控和卑鄙恶毒的谣言，但这个任务始终没有完成。因为就在次日清晨，另一家报纸刊登了一条骇人新闻，再度恶毒中伤，严厉指控我放火烧了一家疯人院，连同住院病人一同烧死，原因是它挡住了我房外的视线。这使我陷入恐慌的深渊。接着又是一条指控，说我曾图财害命，毒死自己的叔父，并强烈要求掘墓验尸。这简直把我逼入怒海边缘。这且不说，他们又给我加了一条罪状，说我在孤儿院当院长时，曾雇用几个老迈无能牙齿掉光的亲戚当伙夫。我顿觉头晕目眩——天旋地转。后来，因党派仇恨而诬陷我的无耻控告，终于达到预期的高潮——他们教唆九个蹒跚学步的各色幼童，身着各种褴褛衣衫，跑上公众集会的讲台，抱着我的大腿叫我亲爹。

　　我认输，我降旗投降，我达不到纽约州州长竞选的资格。于是我递交了辞呈报告，含恨签上自己的大名：

　　　　曾经正派但已沦为
　　　　伪证人、小偷、盗尸贼、酒疯子、腐败分子、勒索罪人的
　　　　马克·吐温 顿首呈上

　　　　　　　　　　　　　　　　　发表于1870年

305

马克·吐温 Mark Twain

1835.11.30–1910.4.21

幽默大师、小说家、演说家，本名萨缪尔·兰亨·克莱门

"马克·吐温"原是密西西比河水手测量航道水深所用的术语

他当过印刷所学徒、报童、水手、记者

1910 年 4 月 21 日因病去世，安葬于纽约州艾玛拉

代表作：《汤姆·索亚历险记》《哈克贝利·芬历险记》

雍毅

复旦大学外文学院副教授

上海外国语大学英语硕士

纽约州立大学文学硕士

译作有《汤姆·索亚历险记》《哈克贝利·芬历险记》等

扫一扫,

测测在经典文学的平行时空里,你是哪一个角色?

经典,你真的读懂了吗?

关注"2040 BOOKSTORE"

一张图,读懂世界经典名著

马克·吐温短篇小说精选

产品经理 | 张馨予　　责任印制 | 梁拥军

封面设计 | 董歆昱　　出 品 人 | 吴　畏

图书在版编目（CIP）数据

马克·吐温短篇小说精选 / (美) 马克·吐温著；
雍毅译. -- 天津 : 天津人民出版社, 2017.12（2019.2重印）

ISBN 978-7-201-12683-8

Ⅰ. ①马… Ⅱ. ①马… ②雍… Ⅲ. ①短篇小说—小
说集—美国—近代 Ⅳ. ①I712.44

中国版本图书馆CIP数据核字(2017)第288871号

马克·吐温短篇小说精选

MAKE TUWEN DUANPIAN XIAOSHUO JINGXUAN

出　　版	天津人民出版社
出 版 人	刘　庆
地　　址	天津市和平区西康路35号康岳大厦
邮政编码	300051
邮购电话	022-23332469
网　　址	http://www.tjrmcbs.com
电子信箱	tjrmcbs@126.com
责任编辑	张　璐
特约编辑	秦晓华
产品经理	张馨予
装帧设计	董歆昱
制版印刷	河北鹏润印刷有限公司
经　　销	新华书店
发　　行	果麦文化传媒股份有限公司
开　　本	880×1230毫米　　1/32
印　　张	9.75
印　　数	14,001-19,000
字　　数	200千字
版次印次	2017年12月第1版　2019年2月第3次印刷
定　　价	39.00 元